U0143655

by
Paul French

民国奇案

1937
*How the Murder of
a Young Englishwoman Haunted
the Last Days of Old China*

〔英〕保罗·法兰奇　著

兰莹　译

午夜北平

社会科学文献出版社
SOCIAL SCIENCES ACADEMIC PRESS (CHINA)

本书获誉

扣人心弦，引人入胜……读者一翻开书就会被吸引，被领入那个腐败的、令人毛骨悚然的世界。

——《卫报》

一部真实犯罪题材的经典之作，全书从头到尾都扣人心弦，使人欲罢不能。

——戴维·皮斯，著有《血色侦程》

四部曲和《魔鬼联队》

一半是历史剧，一半是悲剧性的歌剧……法兰奇用阿加莎·克里斯蒂的技巧讲述了这个令人扼腕的故事。

——《金融时报》

《午夜北平》既是一个侦探故事，又是一部社会史，其情节围绕着对杀害帕梅拉的凶手的追缉展开

（这是理所应当的）。保罗·法兰奇是一位非常机敏熟练的导游。

——史景迁，引自《纽约书评》

法兰奇讲故事的天赋很强。在他笔下，真相一步步大白于天下，使我们不忍释卷。

——《南华早报》

终于来了！名副其实的悬疑元素，侦探小说般扑朔迷离的剧情……风格堪与雷蒙德·钱德勒比肩。

——《文学评论》

非常引人入胜……堪称有史以来描绘两次世界大战间的中国的最佳文学作品。

——《华尔街日报》

《午夜北平》是基于真实犯罪的最佳作品，包含了生动的角色、异国情调、大量秘密和一个真正令人困惑的谜团。

——《基督教科学箴言报》

这个犯罪故事发生在风起云涌的时代大背景下，让人想起格雷厄姆·格林，尤其是他的《黑狱亡魂》；法兰奇简洁、专注的风格，又可与雷蒙德·钱德勒相提并论。《午夜北平》理应与两位大师之作并驾齐驱。

——《独立报》

这部关于谋杀案的小说是一流的。法兰奇显然谙熟讲述惊悚故事的技巧。他灵活地将各种线索绾结在一起，清晰地勾勒出文中的角色。故事的发展也悬念迭出，跌宕起伏。

——《旁观者》杂志

惊心动魄，令人毛发尽竖。在法兰奇笔下，对正义具有悲剧色彩的追寻过程跃然纸上。

——《星期日电讯报》

法兰奇不仅成功解决了这起案件，还还原了那个同时充满光明与邪恶的时代。正如读者将会领略到的，那个时代从来都不以沉闷著称。

——《经济学人》

法兰奇特别擅长刻画北平的战前氛围，呈现它的流言蜚语、焦躁和享有特权的外侨的离奇生活。这是一本极好的读物！

——《星期日泰晤士报》

即使在今天的北京，法兰奇的描写也会让读者有身临其境之感。

——《洛杉矶时报》

这个关于谋杀案的故事很棒，讲述方式很不错。它仿佛一位渊博的导游，带读者走进旧日的中国，向他们展示所有额外的乐趣；而读者们将感激不尽，认为简直不必再多做要求。

——约瑟夫·卡农，著有《伊斯坦布尔逃亡》

献给无辜者

献给帕梅拉

半夜三更北风刮啊，河上冰盖儿溜溜滑啊。
小妹子一人出了门啊，再也不见她回家啊。

　　　　　　——华北地区运河上的船工号子

树斫而后直。

　　　　　　——克里斯托弗·马洛，

　　　　　　　《浮士德博士》

何必笃信超自然的罪恶，
人类自己就是邪恶根源。

　　　　　　——约瑟夫·康拉德，

　　　　　　　《在西方目光下》

目　录

光天化日之下，北平的狐狸精们会销声匿迹；但到深夜，它们就会在亡故已久的逝者坟头焦躁地游荡，把尸体挖出来，将死人的头骨顶在头上保持平衡。然后，它们必须虔诚地膜拜司掌北斗星的斗母。斗母执掌着生死簿，簿上记载了古时神仙们长生不死的奥秘。如果头骨没有倾倒掉落，那么狐狸精就会寿至千年。它们必须寻找猎物以滋养自身。它们捕食无辜的凡人，通过耍诡计来补充自己的精气。它们把选中的受害者勾引到手，在床笫之间吸尽他们的精血，让他们一命呜呼。然后它们用尾巴在地上敲击，在爆出的火光中消失不见，身后只留下一具尸体……

第一章 风雨欲来

自 15 世纪起，人们便可从一座巨大的角楼上俯瞰古老的北平（北京）城东部。这座角楼是护卫城池免受入侵的鞑靼城墙①的一部分。大家认为这里有狐狸精出没，叫它"狐狸塔"②。有了这种迷信说法，入夜时便没人敢在这一带停留了。

天黑后，这里就成了成千上万只蝙蝠的乐园。它们住在狐狸塔的屋檐下，轻快地从月光中掠过，投下巨大的影子。除此之外，野狗是唯一出没于此的生灵了。它们的嚎叫总是把周边的居民从睡梦中惊醒。冬日清晨，寒风裹挟着附近戈壁沙漠的尘土，把行人裸露在外的手和眼睛蜇得生疼。一年当中的这段时间里，人们都流连于温暖的床榻，少有人敢于早起外出。

---

① 满人入主北京后，内城非旗人不得居住，外国人因此称内城为鞑靼城（Tartar City），称内城城垣为鞑靼城墙。——译者注
② 即东便门角楼。——译者注

那是 1937 年 1 月 8 日。天明前，黄包车夫们拉着车，从宽可行人骑车的鞑靼城墙墙头跑过。此时，他们注意到狐狸塔脚下有灯笼亮起，人影幢幢，来回穿行。但他们没那个闲空或闲心去看热闹，而是埋下头，三步并作两步地疾行而过，接着为生计奔忙，躲开出来害人的狐狸精。

天快亮了，又是一个严寒的冬日。狐狸塔再次沉寂。蝙蝠群最后一次在空中盘旋，不久后慢慢露头的太阳就会把它们赶回房檐下。然而，在马路和狐狸塔之间的荒地上，野狗们（它们是黄狗）围着一条沟渠旁边的某样东西好奇地打转，闻来闻去。那是一具年轻女人的尸体，以奇怪的姿势躺在地上，上面结了一层霜。她衣衫不整，肢体严重损毁，腕上戴了一块昂贵的表，指针正好停在午夜后的时刻。

那天是俄历东正教圣诞节（比旧儒略历的西方圣诞节晚十三天）的第二天。死者叫帕梅拉·倭讷（Pamela Werner），19 岁，英国姑娘，在北平出生长大。她被谋杀的消息爆出后，恐惧如波浪一样，在这座城市里本来就已经惶恐不安的外侨中扩散开来。

当时，北平城里住着大约一百五十万人，其中只有两三千外国人。这个群体简直是"大杂烩"——上至傲慢刻板的领事官和他们手下的外交人员，下至穷困潦倒的白俄①。后者为逃避布尔什维克党和革命而去国离乡，现在已经正式成为"无国籍者"了。处于两个极端之间的，有记者、为数不多的商人、一批自清末起就住在北平的老中国通（他们觉得自己决不会离开北平），以及古怪的周游世界的旅行者（他们在东方国家浪迹许久，本来只想在这里逗留十天半月，最后却一住数年）。还有些难民为了躲避经济大萧条从欧洲或美国流落至此，寻找淘金机会。当然，这里也不会少了已走到穷途末路的滞留在中国北方的外国不法分子、瘾君子和妓女的身影。

大多数待在北平的外国侨民聚居在被称为"使馆区"的一块小小"飞地"里，或是散居在其外围。欧洲列强、美国和日本的使领馆都设在这里，这些机构通常被称为"公使馆"。使馆区仅有两平方英亩大小，与周边区域泾渭分明，由威风凛凛的大门和武装哨兵保卫。附近还有标志，命令人力车夫通过大门时要减速接

---

① 指在 1920 年代俄国革命和苏联国内革命期间流亡至中国境内的俄裔难民，主要为反对苏联政权的原沙俄官员、军官、士兵、知识分子、有产者等。——译者注

受检查。这里是西式建筑、商店和娱乐场所的天堂，俱乐部、酒店和酒吧比比皆是，使人觉得自己仿佛瞬间来到了伦敦、巴黎或华盛顿。

尽管世外桃源般的使馆区表面上很平静，但北平的中外居民长期以来都生活在混乱和不确定的状态中。自1911年清政府垮台后，强盗般的军阀们来了又走，这座城市一直要仰其鼻息。当时，中国名义上由蒋介石领导的国民党统治，然而中央政府还要同豢养了私人军队的军阀们角力，因为军阀们控制的土地面积几乎与西欧地区一样大小。在北平和中国北方的大多数地方，局势动荡不定——有时被中央政府统治，有时则被大大小小的军阀控制。

仅在1916年至1928年，就有至少七位军阀如走马灯般来到北平又离开。每当征服了这座城市后，他们都力争胜过前任——军装越来越精工细作，上面点缀的貂皮和穗带也越来越多。所有人都以皇帝或开国之君自居；所有人都手握重兵。曹锟①就是其中一位。他以金

---

① 曹锟（1862～1938），保定人，第五任中华民国大总统，国民革命军陆军一级上将，中华民国初年直系军阀的首领。——译者注

钱开路，通过贿选登上权力宝座，用窃取来的银圆大肆贿赂官员们——因为当时的中国官员不信任纸币。另外一位军阀冯国璋①在非法宣称自己为全中国的大总统前，曾经是妓院里的小提琴手。他们这伙人要榨干这个城市的最后一滴血，城里人人自危。

北平之外的中华大地同样因军阀混战而生灵涂炭。然而，视北平为战利品的所谓的"北方军阀"才是最棘手的问题。除上海和天津外，北平是中国最为富饶的城市。但与另外两座城市不同的是，北平并非通商口岸。19世纪，欧洲列强从清政府治下攫取通商口岸，并在当地实行自治。各国在自己的警力、军队和海军的支持下，建起贸易帝国。但至少在目前，北平还是中国的势力范围。

然而，1927年时，它已不再是首都。当时，蒋介石无法安抚北方军阀，为巩固其在国民党内摇摇欲坠的领导地位，他只得从北平以南约七百英里的南京发起了二次北伐战争。此战意在一举两得：彻底消灭北方军

---

① 冯国璋（1859~1919），直隶人，直系军阀的首领，与王士珍、段祺瑞并称"北洋三杰"。——译者注

阀，以及当时虽为"疥癣之疾"却已日见棘手的共产党，从而将中国统一于国民党治下。然而，他未能毕其功于一役。

当时，以宋哲元为首的冀察政务委员会①管理着北平。名震三军的宋哲元将军时任国民革命军第29军军长。在日本也成为瓜分中国的新力量后，他依然对南京国民政府忠心耿耿。

1931年，日本人入侵中国东北。他们随即向这个地区增派军队，准备挥师南下，占领整个中国。1935年，日本成立"冀东防共自治政府"，治理已经被其侵占的中国领土。当时日占区已经延伸到中国与朝鲜（已成为日本殖民地）的边界，但日军和中国农民之间的小规模冲突此起彼伏，后者从未停止对侵略者的抵抗。在更往北的蒙古国，日本的奸细正在当地煽动反中情绪。

日军要求宋哲元将北平拱手相让；而宋将军只是口头敷衍。然而，他的冀察政务委员会力不从心，且内部

---

① 南京国民政府于1935年设立的行政机关，负责处理河北省、察哈尔省、北平市、天津市一切政务，有很大程度的自治权，以满足日本的"华北特殊化"要求。——译者注

腐化堕落，无力抵抗敌军入侵。日军稳步围困北平；至1937年初，他们已经在距紫禁城大约几英里的地方建起了大本营。每天都有挑衅事件发生。进出城的公路、铁路交通线受到了破坏。受雇的日本暴徒（被称为"浪人"）公开将鸦片和海洛因经东北带进北平。东京政府对此持默许态度，因为这也是他们瓦解北平人民的反抗意志、破坏城市稳定的手段之一。浪人、日本间谍和朝奸们在北平的"恶土"中大肆兜售毒品，同时从日本政府那里获取补贴。当时，北平的"恶土"聚集了廉价酒吧、妓院和鸦片窟，距使馆区——列强的大本营——只有一箭之遥。

无论暴风雨在外面如何蹂躏着北平的华人区、北方的日占区、国民党治下的南方和四万万中国人，使馆区里享有特权的外国人仍不惜一切代价要维护他们"欧洲人的脸面"。按官方说法，中国人不能在使馆区居住，但许多有钱的宦官仍于1911年迁入。这些人曾是帝后们的仆人，在清政府垮台后被驱逐出紫禁城。军阀们随后也于1920年代来到使馆区住下。

在使馆区的全盛时期，有不少外国居民形容自己是"囚徒"，因为这里大门紧闭，与外界隔绝，还有士兵把守。但这即便是笼子，也绝对是只镀金的笼子。笼里的人以无休无止的桥牌游戏消磨时间。夹在各国公使馆之间的，是高级俱乐部、豪华酒店、百货公司、一家法国邮政局，以及横滨正金银行、法国东方汇理银行、俄亚银行和汇丰银行的大楼。

这里是迷你版的欧洲——街道被起了欧化的名字，两旁还矗立着电气路灯。圣米厄尔天主教堂雄踞马可·波罗路和使馆大街①的拐角。在使馆大街上还有德国医院，在这里，充当护士的修女们为她们尊贵的病人端上咖啡和蛋糕。欧式公寓里的住客们在祁罗弗洋行采购，那里销售香水、罐头食品和咖啡。利威洋行被誉为中国北方最棒的珠宝店。阿东照相馆则是首屈一指的摄影工作室。某位法国人经营了一家书店，另一位则开办了面包房。白俄美容师们在维奥莱塔里工作，它是使馆区里开办得最早的美容院。还有一支约五百人的外国警备力量，他们的营房也设在这里。

使馆区有八处门户，每处都设有厚重的铁门，由武

---

① 马可·波罗路即台基厂大街，使馆大街即东交民巷。——译者注

装警卫不分昼夜地把守。中国人若想进入这个"神秘圣地",需持有特别通行证或介绍信。人力车夫们进入时要登记执照号码,在客人下车后他们必须马上离开。华人区里一旦有任何风吹草动,使馆区的大门便立刻会轰然关闭,义和拳的血腥围攻再也不能重演。

使馆区的居民们对义和拳仍心有余悸。1900 年,义和团曾攻入使馆区,意欲杀死京城内所有的"洋鬼子",也就是外国来的恶人,从而彰显中国具有击退西方入侵和炮舰的能力。他们已经砍下了在偏远地区工作的传教士的头颅,后又向北平逼近,人数越来越多。这在某种程度上要归功于传言:拳民们拥有神奇的战斗技能,即使子弹也不能伤害他们。

拳民们将外国侨民围困在使馆区长达五十五天之久。他们在使馆区外围放火,向里面开炮,还试图通过饿死里面的居民来迫其投降。最后解围的是八国联军,包括英国、美国和日本的武装力量。解救了使馆区后,军队继续在北平横冲直撞,烧杀抢掠以庆祝胜利,威胁了整座城市的安全。各国公使馆用从中国人那里掠夺来的财富重建使馆区,使之更加美轮美奂。使馆区范围变得更大,并且保卫措施也远比之前更加严密了。

对大多数中国人来说，使馆区堪比第二座紫禁城；而对1930年代住在那里的外国人来说，它是一处庇护所。但这种画地为牢的做法可能会让人患上幽闭恐惧症。一位来访的记者评价里面的外国人是"水族箱里的鱼"，"兜兜转转地游动……面无表情，平静安详"①。

在这方小天地里，闲言碎语满天飞。一开始，大家可能还在谈论谁家的厨子手艺最好，或是谁在期盼了许久后终于要离开北平回国休假。但很快，话题就降格为赛马会上谁和谁开始了暧昧关系，谁的老婆和使馆区的某个卫兵走得有点近，等等。有时大家会互相暗示更隐秘的事，那些事已经不再能被视为偶一为之的轻率之举。有些人在东方抛弃了他们的道德准则，或者至少大家是如此猜测的。

有很多地方适合传播谣言。高级俱乐部和酒吧历来是滋生阴谋诡计和小道传闻的温床。气氛古板的西绅总会英伦味十足，会员们须佩戴黑色领结才能入内。在这里，沉默的侍者们用托盘送上威士忌兑苏打水；窗前垂着厚重的天鹅绒窗帘，把北平华人区的刺耳杂音隔在外

---

① Peter Fleming, *News From Tartary*, Jonathan Cape, London, 1936.

面。人们可以在这里读到最近两个月的《泰晤士报》和《蓓尔美尔街报》（*Pall Mall Gazette*）。在北京饭店时髦奢华的酒吧里，一群可敬人士小口抿着昂贵的酒水，或是随着乐队（成员全是意大利人）演奏的华尔兹舞曲翩翩起舞。

坐落在"恶土"边缘的顺利饭店格调更低一些。那里的酒吧总是挤满了人，客人们可以喝到生啤酒、风行一时的马颈鸡尾酒和干杜松子马提尼酒。这儿的常客更为喧闹粗鲁——用一个文雅的词来形容就是"鱼龙混杂"。客人们伴随着爵士乐跳狐步舞，而伴奏乐队的成员是白俄。此外，这里还有六国饭店。

使馆区内的六国饭店是一家规模不小的法式酒店，坐落在使馆区和运河街①的交会处，离这座城市的主火车站不远，大家都爱到这里喝上一杯或是约会。它出名的原因是白天这里常有来自外交界的客人光临，稍后还会有光鲜亮丽的年轻人物在夜晚出现。偶尔酒店中还会有几位与上述人士颇有交情的中国人，或是刚刚从巴黎

---

① 《辛丑条约》以通惠河玉河故道为界划出所谓的使馆区，其两侧街道被外侨称为"运河街"（Canal Street），后改名为"御河桥街"。——译者注

或伦敦归来的北平富商的子女。人们愿意在六国饭店敞开心扉，畅所欲言。有的餐桌远离舞池和漫不经心地为各路客人演奏的乐队，那些知识渊博却固执己见的老中国通常坐在那里。

然而，曾经宾客盈门的酒店和俱乐部最近稍稍冷清下来，有时上座率还不到一半。实际上，六国饭店和其他夜总会已经过时，正如本身也跟不上时代发展的使馆区一样。上海有更好的酒吧；上海的东西都比这里的好得多。金钱如水一般流去别处；政治中心也悄然转移。北平成为一处遗迹，这处旧都现在离日本的战争机器太近了。这座城市、居住在此的外侨和他们的俱乐部深受历史和地缘之害。

那些人力车夫在只接待会员的西绅总会外"趴活儿"，等待衣着考究的客人，却每每落空，因为他们不再光顾这里了。外交官和老中国通们坚持留在北平，把头埋进沙子里，希望国民党与日本人会离开。尽管工作人员减少，使馆区仍在运作。有门路的外国人正陆续离开：商人们把妻子儿女送回国，或是送到相对安定的天津和上海。富有的中国人把家人送到南方的广东，或是英国实施殖民统治的香港。北平现状堪忧，只等着日本人腾出手来将其收入囊中。

谣言则雪上加霜：传说蒋介石马上要同东京政府达成最终协议。蒋介石为巩固其在国民党内的领导进行了长期而艰苦的内战，然而其地位仍然岌岌可危。他在党内要与政治对手周旋，在党外还要对付日本人、军阀和共产党。许多人认为他为了自保会双手献出北平：如果日本人能止步于长江，把从长江南至香港的一切留给他，那么蒋介石或许是可以接受这个结果的。1931 年，他发现无望将日军驱逐出境，于是从东北撤军，事实上已承认日本对中国东北的占领。蒋介石在北方算是完蛋了——中国人互相窃窃私语，因为你永远不知道谁在倾听。他们认为蒋介石会出卖北平，"日本鬼子"会把他们杀光。

北平的居民觉得自己被出卖了，成了炮灰。这种情绪弥漫在华人区和外侨区的大街上，弥漫在狭窄拥挤的胡同中，弥漫在人头攒动的市场里（这里物价飞涨，基本的食品供应也在减少）。这使人们恐慌，却又无能为力。大家都说：当中国被征服的最后时刻到来时，如果北平不投降，日本人就会将城中居民全部饿死。这结局终将来临，不过是时间早晚的问题。从中国广阔的内陆地区到北平的传统贸易路线已被切断。为逃避日本人、军阀、饥荒和自然灾害，周边省份的农民拥入北平的华人区。他们在城里漫无目的地游荡，对未来茫然无知。他们挤住在一起，晚上早早入睡，好逃避黑暗和刺骨的寒冷，心里希望明天日子会好起来。

当灾难最终降临时，中国将被迫为避免亡国灭种而战，这将是第二次世界大战的开端。但就目前来说，北平的外国人都心神不定，有时还濒临恐慌的边缘。但许多人在醉酒后能短暂地逃避现实，银圆也会使日子更加好过一点。美国人或欧洲人在这座城市里仍然能过国王般的日子——有仆人、高尔夫、赛马，周末还能去西山上的度假村痛饮香槟酒。暴风雨可能会来，但北平的许多外侨已经未雨绸缪，营造了安乐窝。

这就是北平在帕梅拉·倭讷被谋杀之前几个月的局势。之后，对凶手的搜捕贯穿了北平最后一段寒冷的日子。或者从某种程度上说，它就是这段日子的写照。

第二章　狐狸塔下的尸体

　　一位名叫张宝琛（音译）的老人发现了帕梅拉的尸体并报了警。他是平头百姓，北平的一位劳动者。老张现在已经退休，住在离狐狸塔不远的一条胡同里。在1月8日星期五那个寒冷的早上，他拎着自己心爱的鸣鸟沿着鞑靼城墙遛弯时，发现了那具尸体。

　　在笼中饲养鸣鸟是北平的一种古老传统。每天早上，像老张这样的老人会带着他们的木漆鸟笼外出，笼子上还蒙着蓝色的亚麻布罩子。所有北平人——无论中国人还是外侨——都能辨别出这些鸟儿与众不同的歌喉。它们从笼中飞出，尾巴下面系着哨子，在清晨的天空中逍遥自在地翱翔，一路洒下哨音。它们高高地飞过胡同、紫禁城和狐狸塔，最后忠实地回到主人那里。老张每天都去鞑靼城墙，和大家一起抽烟、喝茶、谈论鸣鸟。寒冷对他来说不算什么，即使是强劲刺骨的风也阻止不了他。他在北平出生长大，是地地道道的北平人；

他已经习惯了。

那天早上八点刚过，他沿着鞑靼城墙向东朝狐狸塔走去，发现两个人力车夫蹲在下面，朝着荒地对面狐狸塔下撒满垃圾的护城河指指点点。在早上这个时候，那地方总是很安静，无论下面有什么，东河沿上的行人车辆都看不见。城墙从狐狸塔延伸出来，直到前门城楼；而东河沿与城墙平行。

老张又向前走了几步，小心提防着黄狗。这些难缠的杂种狗据说很可怕，但这位老人知道它们绝少攻击人类。然而当日本人逐步扼住食物供应的渠道和商贸活动的命脉后，这些狗同许多贫苦的北平人一样无家可归、饥肠辘辘、不顾一切。

不久后，关于老张当时目睹之景象的谣言开始传播。故事每讲一次，实情就被夸大一分。人们为此争论不休，但有一点确信无疑：他在狐狸塔下找到的那个女人已经死去；而且那不是普通女人，而是外国人，是个老外。另外，老张在熹微的晨光中看到她的尸身遍体鳞伤——想必她曾遭受殴打，脸和腿曾被利刃劈砍切割。

那年冬天，北平经济濒临崩溃，曝尸户外的人并不罕见。而且自杀也几乎成了一种传染病，许多人不堪命运折磨，最常见的是以割腕或吸食鸦片了结残生。每天市政部门都会派大车在破晓时分出来收捡冻僵的尸体。但老张仍然十分震惊。

此外，政治谋杀的频率也呈上升趋势。在国民党的执法者、秘密巡警与汉奸之间，冲突频发。这些汉奸坚信东京会将南京和北平碾为齑粉，热切地想尽早从占领军那里分一杯羹。敌对帮派间也常有枪战发生。日本浪人和他们的朝鲜盟友狼狈为奸，犯下桩桩恶行。

然而，老张此前还从未亲眼见过这样的尸体。年轻时，他曾目睹外国军队在镇压了义和团运动后对这座城市的蹂躏洗劫。随后在 1920 年代，他曾看见军阀将人斩首示众。现在，北平的国民党、共产党和日谍正在进行另一种战争，报纸上每天充斥着与此相关的新闻。但一具白人女子的尸体就是另一回事了！总而言之，在北平的街头，外国人的尸体非常少见。

张宝琛记起来：在 1935 年一个寒冷的冬夜，一位白俄流亡者曾走到狐狸塔下，从自己破旧的外套里拿出一把精美的象牙刀柄的锋利剃刀。他把两边的袖子卷起，割开了双手手腕，倒在狐狸塔下方的地上，血液带着他的生命力从体内慢慢流走。第二天早上，路过的人力车夫发现了他的尸体。

这又是一次自杀事件吗？看起来不像。但无论怎样，大事不妙。老张拎着鸟笼，迈动两条老腿，以最快速度沿着鞑靼城墙往回跑，奔向最近的巡警亭。

* * *

爱德华·西奥多·查尔默斯·倭讷（Edward Theodore Chalmers Werner，或 E. T. C. 倭讷）和他女儿所住的传统中国四合院位于北平鞑靼城中的某条胡同里，紧挨着使馆区。如果有人观察他们在 1937 年初的生活，肯定想不到"中国正在悬崖边上踉跄而行"。他们过着舒适的日常生活，而且享受着某种特权。尽管当时鳏居的倭讷选择同使馆区里公开的欧洲圈子保持距离，但比起遵循中国传统，他们更倾向于以英国方式生活。

北平住着许多老中国通，倭讷可能是其中最著名的。他从 1880 年代起就在中国居住、工作。作为一位学者和前英国驻华领事，他的经历广为人知。有许多人拜读过他的著作，它们被翻译成了许多门语言。他在英国皇家亚洲文会（Royal Asiatic Society）和华物协会（Things Chinese Society）的演讲艰涩难懂，然而获得了很高的评价，引起众人瞩目。他也为当地报纸撰写关于中国文化、传统和历史的文章。他的经历和学识可能使他在宴会上大受欢迎，但他很少（如果有过的话）应邀出席宴会。他更喜欢过学者式的隐居生活。

在这段时间，倭讷受国立北平大学邀请，偶尔会过去授课；他也是中国政府的国史编纂处里唯一的外国人。但他主要在家工作。他的宅子位于盔甲厂胡同1号，离狐狸塔非常近，只隔一条古老的、住着一群聒噪鸭子的运河。这条运河是京杭大运河的一部分，现在已被淤泥堵塞，成为一个恶臭的垃圾堆，连运粮的驳船也无法通过。

盔甲厂胡同靠近贡院和几家小规模的家庭裱褙作坊，这些作坊杂乱而勉强地挤在鞑靼城墙下，这里由此形成了裱褙区。盔甲厂胡同两边排列着法国梧桐，白天来往的人群次序总是分毫不乱：最先到来的是养鸟爱好者，拎着他们蒙了布罩的鸟笼；然后是街头小贩，大声叫嚷着推销各种服务；用人们从市场采购食品归来；出租车和人力车来来往往；最后还有卖小吃的摊贩。只有在北平才能找到这样的街道，它可能有一千多年的历史了。

越来越多的外国人在使馆区外住下来。房东们修缮房屋，使房客在过中式生活的同时也能享受现代化生活设施带来的便利。越来越多的人——比如逃离苏联，后来又从哈尔滨或北方的其他日占城市迁居南下的白俄——无力支付使馆区内的生活费用。逃离纳粹德国迫害的欧洲犹太人也日渐增多。

尽管大多数流亡人士前往上海，在北平住下来的人也越来越多。许多人近乎赤贫，只好住在破败的公寓里。这些公寓有的位于鞑靼城（它扩张起来毫无规划，且总是臭气冲天）中，有的坐落在"恶土"边缘。他们做着诸如看门人、酒保、荷官、妓女和鸡头等的工作，或是靠乞讨维持生活。欧洲人的圈子和公使馆当局在很大程度上选择忽视这些下等外国人，认为他们损害了白人在北平的威望，希望他们能够去上海；但在那之前，自己最好还是对他们视而不见。

盔甲厂胡同尽管在鞑靼城内，却必然没有穷困外国侨民的容身之处。在这里，门户华丽、青砖砌成的四合院在胡同两侧排开。倭讷的居所建在传统的南北中轴线上，其门前台阶上的浮雕有驱邪避鬼的寓意。院子里，一株百年紫藤爬满围墙，一棵古老的杨树生长在一座小假山当中。房主是中国人，倭讷从他手中租下了这处院落。尽管这是老宅，屋里却安着电灯，浴室如宫殿般华丽，还有热水器、现代水管设施和暖气。窗上没有糊窗纸，而是镶着玻璃。

为这家人服务的有厨子和女佣各一名。那女佣在帕梅拉小时候做过她的奶妈。为倭讷服务多年的贴身男仆（在中国的外国人圈子里这类人被称为"头号男孩"）实际上已年届不惑，是这家人的首席仆人。此外，还有一位看门人负责安保和家里器物的维修保养，他也在这里工作了很长时间。除厨子外，其他所有用人住在这处四合院里。

在这条胡同里，有的四合院比倭讷这处更大、更漂亮。其中最棒的是 E. T. 奈斯特龙（E. T. Nystrom）博士的产业。他是一位富有的瑞典地质学家，能把中国钢铁和煤炭的储量估计到最精确的程度（精确到吨）。他用一部分财产在遥远的山西太原建立了奈斯特龙科研所（Nystrom Institute for Scientific Research）。在北平时，他总是待在西绅总会的酒吧里；但每年有一半的时间，他和漂亮的太太住在瑞典，因为她拒绝搬来北平。

　　在回瑞典期间，奈斯特龙博士把自己大宅院的一部分出租给两位年轻的美国人——左翼记者、作家埃德加·斯诺（Edgar Snow），以及他热情、富有魅力的妻子海伦·福斯特·斯诺（Helen Foster Snow），她也是知名记者。在北平，斯诺夫妇是最声名狼藉的侨民，人们要么热爱他们，要么痛恨他们。尤其是埃德加，保守的当权派对其政治观点简直是深恶痛绝。其他人则对他们不屑一顾，认为他们是养尊处优、只会空谈的温和社会主义者，以革命分子自居，多亏美元汇率坚挺，才在城外四英里远的跑马场中养得起一匹赛马。斯诺夫妇的名字出现在报纸社会版上的机会，和出现在英国政治保安处（British Special Branch）的政治嫌犯名单上一样多。

　　鞑靼城毫无城建规划，狭窄的胡同里熙熙攘攘。然而，倭讷喜欢在胡同中散步，因为在走完长长一段路后，他就会重新变得精力充沛。这片区域里充斥着棚户的平房、露天肉案、叫卖的小贩和街边集市，集市上到处是摇摇欲坠的小餐馆。在冬天，鞑靼城里的炒栗子就上市了。人们在火盆里炒栗子，火盆下面燃烧的木炭或动物粪便气味刺鼻。冬天也是人们享受面条、油煎五香豆腐块和饺子的季节，这些食物能驱散北方冬日的寒冷。这里还有公共浴室、算命先生和为目不识丁者代写书信的人。此外还有路边的剃头匠，在其为客人剪发时总是有旁人围观。这些剃头匠堪称百晓生，任何闲话都逃不过他们的耳朵。京剧票友在这里即兴演唱；卖艺的孩子和胡子拉碴的变戏法的人在街头表演，然后举着帽子在人群中绕场一周。寥寥几辆小汽车艰难地从人力车车流中穿过；下雨时，车辙交错的路面上的泥泞深及脚踝。作为现代化标志之一的高架电线为鞑靼城第一次带来了电流；然而，老一辈的居民并不信任这些蜿蜒如蛇、嗡嗡作响的电缆。

作为一位学者，倭讷希望尽可能多地观察北平的街头生活和传统；作为一位熟练的语言学家，他很愿意与人交谈。此外，他相信每天散步会使人保持年轻。冬天，他把自己裹在一件长华达呢外套里，这件衣服曾陪伴他在蒙古进行研究探险。这位上了年纪但仍肩背挺直的白人男子相当引人注目。他总是戴着专门定做的包边墨镜，这是由他自己设计的，能挡开北平的沙尘暴，从而保护眼睛。倭讷毕生都戴着这种眼镜，因此保持了极好的视力。

他的散步路线通常是：出门向南走，通过一条条热闹的胡同，横穿哈德门①和花市，然后沿着绣花街②经过金鱼池（学者们在这个安静的地方冥思苦想）。从那里，他继续走向古老的天坛，数不清的皇帝曾在天坛祈祷五谷丰登。

偶尔，他出门后会信步向西，沿着鞑靼城墙去哈德门。汽车和人力车通过狭窄的拱门进入使馆区时，必须减速以示恭敬。这处城门也是使馆区的东侧边界，而西侧则以户部街和另一处城门——前门为界。北平最主要的火车站坐落在前门；户部街上则拥挤着以涮羊肉为特色的饭馆。琉璃厂就在前门外不远处，倭讷可能会去逛逛那里的旧书店和古玩店。有时他也会漫步至使馆区的北端，去宏伟的长安街和紫禁城。使馆区的南端则以鞑靼城墙为界。

治学之余，倭讷平日里最关注的就是帕梅拉；他溺爱她。帕梅拉曾是个孤儿，一出生就被身份不明的

---

① 即崇文门，又称海岱门，始建于1267年，历经元、明、清三朝，有七百五十多年的历史。——译者注
② 即前门外的西湖营绣花街，集中了绣花铺户和绣作坊。——译者注

母亲遗弃，并被无儿无女的倭讷以及他的英国太太格拉迪斯·尼娜（Gladys Nina）收养。在帕梅拉能记住养母之前，格拉迪斯就去世了，倭讷只好独自抚养女儿。

帕梅拉在使馆区外长大。起初她住在前门区的三条胡同，随后搬到盔甲厂胡同。她喜欢使馆区里的溜冰场和酒店里的茶舞①。她去大栅栏的电影院看好莱坞电影，大栅栏被誉为"北平的百老汇"；从上海的一家广播电台收听大型爵士乐队的音乐。但是，她的国语讲得很流利；比起大多数与她同龄的白人，她出入中国人圈子的频率更高，也觉得更舒适。她常去人头攒动的美食街苏州胡同；她家附近的中国大学生常请她在那里的廉价中国餐馆吃饭。

帕梅拉这样的白人女孩在这座城市的外国人圈子里非常少见。她既能享受使馆区的欧式生活，又能走进北平城里中国人的世界。在其父亲工作的影响下，她无疑能轻松地与中国人交谈，还增进了对中国文化的兴趣。因此，她常常骑着自行车，在北平的大街小巷无拘无束

---

① 下午的舞会。——译者注

地漫游，探索城市里其他外国女孩从不敢涉足的地方。在更年幼的时候，她偶尔会消失不见，几小时后又上气不接下气地回到家中，正好赶上喝下午茶。像她父亲一样，帕梅拉看起来对自己的圈子很是满足。当倭讷离开北平，前往遥远的内陆地区进行探险或研究时，她也能自得其乐。家里的用人会照顾她，但无法给她立规矩。由于母亲早逝，父亲又时常远行不在身边，帕梅拉在思想和精神上被迫成长起来，无疑比大多数同龄人都独立。

尽管如此，她过的是养尊处优的生活：上学、和其他外侨去使馆区里某个华丽的大饭店吃午饭（简便快餐）。漫长的夏日里，他们会去北平城外的西山野餐。在北平，有几周是最难熬的——灰尘满天，气温又高。这时，她会去北戴河的海滩，倭讷在那儿有一小栋别墅。那里的漆黑夜晚被萤火虫和门廊上的灯笼照亮；白天里，她就在咸津津的海中懒洋洋地游泳，或是在沙滩上骑驴散步，消磨时间。

倭讷尽管如此宠爱帕梅拉，也会为她愁眉不展；生活并不总是一帆风顺。她最开始在怀特方济各会修女院的学校读书时，就是个问题女孩——她很叛逆，常跟老师们顶嘴或激怒老师。然后她进了法国学校，又被勒令退学；接着美国学校也拒绝她入学。尽管这令人困扰，但帕梅拉很聪明。她通过了北平卫理公会学校的考试并获得了奖学金，赢得一个入学名额。然而，她仍然桀骜不驯，校方又一次要求她父亲领她回家。

最后，因为管不住女儿，倭讷束手无策，只好于1934年把她送到天津的一所寄宿制文法学校。这所学校严格采用英国公立学校的管理方式，以严明的纪律而闻名。在那里，那些了解帕梅拉的人给了她一些自主权。她终究不过是个孩子，没有兄弟姐妹，还失去了母亲。当她的老父亲离家进行长期探险，去寻找迷失的成吉思汗墓，或在穆斯林聚居的中国西部荒野寻找稀有文物时，她就会被独自留在北平。所以，她成为一个小野人也就不足为奇了。

* * *

15岁时，帕梅拉被送到天津——一个与北平截然不同的城市。它自1860年代起就成为通商口岸。在这里，外国人掌控自己的租界，不受中国法律管辖，自行解决治安和诉讼事务。天津共有四个主要租界，分别属于英国、法国、意大利和日本。英国无疑是领头羊——

海河外滩上到处是英国公司的标志，英租界工部局①看起来也运转良好。而日本在权力榜上排在第二位，日渐自命不凡。

19世纪，上海蓬勃发展，当时大家都认为天津相对落后。但到20世纪初时，天津也日渐繁荣起来。此处的外国势力更加强大，把这座城市变成了中国北方最富有的港口；这里的人口翻了一番，超过百万。由于最远来自蒙古和西藏地区的商品（从骆驼毛到羊毛、马海毛）在这里交易，加之采矿业的发展，天津的财富大大增加了。

不过，与北平相比，天津无疑使帕梅拉多少有些"下乡"的感觉。这座城市有自己的历史和传统，但比不上巍巍帝都，尽管它也有剧院、电影院、高档餐厅、一家冰激凌店、一家德国咖啡厅和位于维多利亚道②的惠罗百货公司分店，甚至有白俄歌手驻唱的夜总会。北方军阀们想体验大都会的繁华时，偶尔也会驾临夜总会捧

---

① 英租界工部局（British Municipal Council）是天津英租界里的行政管理机构。因与中国朝廷的"工部"类似而得名"工部局"。——译者注
② 现天津市和平区解放北道。——译者注

场。天津也有藏污纳垢之所——妓院、酒吧和鸦片窟；但在这方面，它比不上离经叛道、别具魅力的上海。

帕梅拉入学时，天津文法学校聚集了来自约二十九个国家的学生，包括英国人、美国人、白俄、无国籍的犹太难民、富有的中国人和印度人等。尽管有石墙、光可鉴人的地板、英式校服和米字旗，但该校实际上成了一所国际学校。虽然位于东方国家，但它仍属于传统英式学校中最传统的那一类。在深受军阀之苦又被日本步步紧逼威胁的中国北方，天津文法学校在某种程度上是一个具体而微的英国——一般而言，它只招收来自特权阶层的、养尊处优的孩子。

女孩们穿着单调乏味的英式中学校服，上面只有徽章作为装饰；男孩们戴着便帽，系着领带，穿着西装。他们用英语上课。每天早上，全体学生在墙上镶着木饰板的礼堂集合：男生在左，女生在右，校长则身穿粗花呢导师长袍站在大家面前的台子上。例行的晨起问候后，大家开始唱赞美诗，也许是《青山歌》（*There is a Green Hill Far Away*），随后唱《天佑国王》（*God Save the King*）。

从早上八点五十分开始上课；中午下课吃午饭；下

午两点继续上课直至四点。帕梅拉和她的同学要为折磨人的剑桥入学考试做准备，课本上有很多拉丁文。当然也有军事教官和雷打不动的体育课——女生学习曲棍球和篮网球，男生则主攻板球、橄榄球和游泳。学校有业余戏剧俱乐部，校方引以为荣；同时还为女生的编织课提供奖品。每月的学费是 80 银圆；住在天津英租界外的学生要多付一半，像帕梅拉这样的寄宿生每月则要再多付 85 美元。

大多数学生是家在天津的走读生；只有大约六位寄宿生，帕梅拉就是其中之一。她住在校舍里，那是一幢昏暗的哥特式独栋建筑，同时也是校长的家。寄宿生的膳宿费有一部分进了他的口袋，这也是传统了。学生们须遵守严格的日常起居要求：早上七点起床；四十五分钟后用早餐；八点半去学校。放学后，五点是下午茶时间，然后预习功课，五点半开始阅读和进行各种兴趣爱好活动。在晚上七点至九点之间要上床睡觉，具体时间取决于学生的年纪。

睡前有可可和饼干；周三可以邀客人来喝茶；经批准后，周末也可有客来访。几乎没人能打破这套常规。

帕梅拉在天津的朋友跟北平那边的谣言中心完全是两个圈子。他们对她曾被学校数次开除之事一无所知。在他们眼中，她是一位朴素安静的女孩，热衷于体育运动。他们猜想她之所以寄宿，是因为她那有名的父亲要频繁离家工作。

帕梅拉实际上已经掀开了人生的新篇章。她试着守规矩，远离麻烦；但她的生活并不限于一成不变的时间表和睡前的可可——她交了男朋友。人称"米沙"的迈克尔·霍杰尔斯基（Michael "Mischa" Horjelsky）是一位波兰裔犹太人，是天津文法学校的明星运动员和帅气的游泳健将。他的身材会使六年级以上的女孩们激动得无法自持。米沙有浓密的深色头发，笑容迷人。他偶尔显得冒失，但为人有趣，且学业优秀。

他是帕梅拉的意中人。如果把与她同年级的男孩排成一队，任何人都会认为米沙属于偶像级别，会使走廊里的女孩们意乱情迷。很明显，他也倾心于帕梅拉，两个人形影不离。据认识他们的某些人说，在上学的日子里他们很少分开。

1937年初，米沙决定去北平待几天，见见帕梅拉的父亲。但在那之前，她就被杀害了。

第三章　北平警察

使馆区由外国人自治；而在使馆区之外，北平的治安由一连串巡警亭维持。它们位于全城各主要十字路口，由专人值守。这套系统仿照的是日本模式，而日本人又照搬了普鲁士人的方法。巡警亭上标记有"X"，还配备了电话，这意味着肯定有位警官离此不远。

在那个寒冷的 1 月清晨，离老张最近的巡警亭位于哈德门火车站附近，在鞑靼城墙以西四分之一英里处。年轻的警士高道宏和北平警队里资格更老的巡警许滕臣（音译）在那里值守。当时他们已经快要交班，许滕臣正蜷缩在一个炭火盆旁取暖。当他看到那位老人跑过来时，还不知道何事将要在今早困扰自己，但他并不太担心；他认识老张，总能看到他在这一带遛鸟。

然而在老张上气不接下气地报告了他的发现后，许巡警戴上帽子，穿上厚大衣，跳上自行车，沿鞑靼城墙迅速骑向狐狸塔。那两个人力车夫还待在那儿，但他们一看到巡警的制服就溜了——他们横穿马路，消失在鞑靼城拥挤的胡同里。

许巡警马上明白：事态已经超出了自己的能力范围。他骑车返回巡警亭，半路上在鞑靼城墙下遇到了高警士。高道宏让他回狐狸塔那里看守尸体，赶走所有觅食的黄狗，禁止任何人触碰那女孩。高道宏随后回到巡警亭并打电话求助。在那里，他让第三个警员——一位年轻的巡警去找张竹席以保护犯罪现场，不让泥泞的地面模糊任何证据。然后高警士再一次迅速回到狐狸塔，把所有他能观察到的东西记下备案。

现场令人毛骨悚然，因为死者肢体残损，衣衫也被扯裂。有那么一会儿，帕梅拉的腕表引起了高警士的兴趣。这件奢侈品没有被拿走——显然这不是简单的劫案。但高警士心里很明白，若非必要，不可擅动谋杀案现场。此外，这也不是一个普通的受害者，而是老外。这将带来麻烦和大量的文书工作。上峰会施加压力以求破案，因为如果办案不力，中国警察就会在外国人面前大失面子。

* * *

高警士的求援被转至北平公安局东南区侦缉队，它所在的莫理循大街①恰好在使馆区外面。在那里，韩世清值完了一轮漫长的夜班，正在等人前来换岗。韩世清是一位经验丰富的警探，曾在北平警察学校受训，手下指挥着北平一万来名警员中相当大的一部分。他不仅是莫理循大街侦缉队的负责人，还是北平公安局东南区（内一区）警署署长。他才忙了一晚。

宋将军的政务委员会命令警察们肃清日本和朝鲜的毒品贩子——毒贩立决，瘾君子则被执行死刑或终身监禁。韩署长和他的便衣们整晚都在外面执行公务，对鞑靼城和"恶土"里的鸦片窟进行突击搜查。二十余名毒贩和瘾君子被带到城市边缘的刑场，在一堆烧焦的鸦片旁被公开枪毙，以儆效尤。

度过这个艰难的夜晚后，韩署长品着茶，一边抽着他的哈德门牌香烟，一边把行政手续补全。按南京的官

---

① 袁世凯称帝后，为感谢他的外籍政治顾问乔治·厄内斯特·莫理循（George Ernest Morrison），将王府井大街更名为"莫理循大街"，并在大街南口立英文路牌"Morrison Street"。——译者注

方命令，北平公安局将在 2 月成为北平警察局。名称变动起来简单，但由此产生的文书工作将堆积如山。

韩世清时不时站起身，在局里各处溜达，一方面伸伸腿，另一方面也看看昨晚抓捕瘾君子和毒贩的行动有没有进一步的消息。由于舆论强烈抗议对中国人执行死刑，有消息称：宋将军会继续处死朝鲜暴徒，但很可能会把日本浪人驱逐出北平，以免激怒东京；同时，他会把所有中国瘾君子的刑罚减轻至终身监禁。

在某次溜达时，韩世清停下来和接待处的办事员聊天，讨论正在恶化的政治局势，大家这几天都在讨论这些。蒋介石会如何应对日益好斗的东京？宋将军和政务委员会如何保护这座城市免受日益严重的侵犯？所有暗杀事件和密探是谁指使的？日本人屯兵东北，一旦得令就将倾巢南下，但没人确切知道他们在等什么。然而，韩世清听到了一些关于日军在马可·波罗桥①附近进行军事演习的谣言。猛虎般的日本人在伺机突袭，或许他们更像土狼，当地人用俚语"小鬼子"来形容他们。

---

① 即卢沟桥。马可·波罗在游记中称其为"世界上最美的河桥"，后来西方人习惯性地将之称为"马可·波罗桥"。——译者注

　　韩世清再次回到自己的办公室，随后接待处的办事员把高道宏警士带进来。高道宏介绍了在狐狸塔下发现的女尸——那是个身上有可怕伤口的老外。作为距使馆区最近的警署中的资深警探，韩世清之前处理过外国侨民的命案：要么是守卫公使馆的海军陆战队好斗士兵因肚子上被插了一刀而死，要么是身无分文、无家可归的白俄冻死在某条胡同里。1920年代，外国人在北平的居住区域很安全，但由于白俄大量拥入，现状是每况愈下了。白俄们瘦成了皮包骨，尸体上通常只裹着些破布，几乎和穷困潦倒的人力车夫没有区别。巡警会把这些尸体送到已经十分拥挤的俄罗斯人的墓地埋葬。

　　韩世清以为这女孩又是个穷苦的俄罗斯人，也许是被赶出家门，又羞于为几个小钱卖身而走上绝路。尽管如此，任何外国侨民的死都是烫手山芋。白色的皮肤会引来质疑。大人物们会提出各种问题，会反复询问直到得到答案。狐狸塔虽位于使馆区外，但距其极近，必须尽快确定死者身份。有时中国巡警和使馆区巡捕房之间的关系很难协调，但韩世清向来彬彬有礼，喜欢照章办事。保全自己是一门艺术，掌握这门艺术将有利于在动荡时期求生，而现在无疑就是动荡时期了。

韩世清命令年轻的高警士带上局里所有空闲的人手回到罪案现场，随后他给管理使馆界事务公署①的常任秘书多默思（W. P. Thomas）打了电话，告诉他：在狐狸塔下有一具外国人的尸体。虽然案发现场在使馆区外，但看在同行的份上，常任秘书愿意到现场协助辨认尸体吗？多默思同意带上几个人与韩世清在狐狸塔那里碰面。

韩署长把烟碾灭，穿上厚大衣，戴上帽子和手套，动身走向不远处的狐狸塔。他横穿长安街，通过使馆区北端边界上的雄伟石门，它们按欧式风格修建，却由中国士兵把守。他穿过使馆区，到达其南侧的鞑靼城墙，然后继续东行，一路感觉自己似乎在穿越外国领土。古老的城墙环绕着臭名昭著的"恶土"。这段墙体年久失修，但由使馆区管理的那部分状况较好。人们可以由街道直接走上宽阔的坡道，爬上城墙俯瞰脚下的城市，那里视野良好。各公使馆派出的哨兵轮流沿着城墙根巡逻。

---

① 使馆区的欧洲列强经商讨成立了管理使馆界事务公署，自 1914 年起对使馆区进行统一管理。该署设有常任秘书办公室，指定一位官员担任常任秘书，作为使馆地区日常事务的实际管理者。——译者注

韩署长从一道小石桥穿过城墙，走向狐狸塔。他到达时，发现一大群中国人正聚在那儿围观；城市苏醒过来，消息在周围的胡同里迅速传播。一点小事就能让好奇的北平人在街头驻足围观，一具尸体当然就更不必说了。

高警士和从莫理循大街赶来的巡警已经围着尸体站成一圈，不让那些爱管闲事的人靠得太近。有些好奇的当地人开始讥讽官僚作风、嘲笑巡警（这也算是北平传统的消遣了），必须把这种人赶走。

不一会儿，常任秘书多默思和他的使馆区巡捕也赶到了。高警士把原本盖在尸体上的用来隔开那些窥探目光的草席移走。韩署长和多默思弯下腰查看。

女孩躺在沟边，头西脚东，尸身半裸，穿着一件格子呢半裙和一件染血的羊毛开衫。她的一只鞋落在稍远处，里面塞着一条手帕。

韩世清把那条半裙向下拉，盖住女孩赤裸的大腿。她的脸曾被残忍地殴打、刺伤，很难从五官上分辨出她到底是外国人还是中国人，但金黄的头发和白皙的皮肤表明了她的种族。两个男人把尸体稍稍抬高，多默思从她身下拉出一件胡乱丢在那里的宽松丝绸女服。他们可以看到：这个女孩身上到处是切伤和割伤。刀痕很深；韩世清和多默思不知道其中一些伤口是不是昨夜黄狗撕咬尸肉造成的。

韩署长把开衫拉开，移走一片埃尔特克斯（Aertex）① 棉织衬衫的碎片，检查胸前的伤口。随后他和多默思都跳了起来，十分震惊。尸体的整块胸骨都被切开了，所有的肋骨都断了，胸腔内部暴露在外。血腥味很重。然而奇怪的是，尸体上没有血迹，地面上也没有——昨晚有霜冻，要做到这一点很困难。她的血一定在别处已经流干了。

这两个人之前都见过许多死尸和残缺的肢体。他们都参加过形形色色的战斗：韩世清与中国北方的军阀打过仗；而1900年义和团围攻英国公使馆时，多默思是公使馆里一位年轻的见习译员。但现在，他们面面相觑，被眼前的可怕景象吓得哑口无言：帕梅拉的心脏不见了；它从破碎的胸腔中被生生扯掉了。

韩世清把棉布衣料放回原处，再次用草垫把尸体盖好，命令手下把围观者赶远些。这景象可不宜公开。

---

① 服装品牌名。——译者注

接着，韩世清拿走了那块昂贵的腕表。它由铂金制造，镶以钻石。所以，这可不是另一个贫困的白俄，事情并不简单。但她是谁呢？她身上没有其他东西了，没有钱包；但手下人在离尸体不远处找到了一张溅着血的法国总会溜冰场的会员卡。韩世清拍了照，把它捡起来，塞进一个马尼拉纸信封里留作证据。

正在此时，一位上了年纪的戴着墨镜的白人男子用肘部推搡着，从人群中挤出来。他把墨镜取了下来，脸上带着疯狂的表情，尖声叫着一个词——"帕梅拉"。然后他捂着嘴，痛苦地大声喊叫，瘫在了地上。

* * *

前一天下午三点之前，帕梅拉的父亲走出家门，开始日常穿越城市的散步。在历史研究或他的日常通信工作上花了一个上午后，他喜欢这样遛遛腿。

他的女儿坐在窗边的一张桌子旁写信。她告诉他：自己要出去一小会儿，见一个老校友；他们会一起喝茶，然后去溜冰。她会在晚上七点半回家，如常与父亲共进晚餐。

倭讷在天黑前散完步回家，又做了一些学术工作。七点半时，帕梅拉还未回来，但最初他并不担心。她和朋友们在一起，她很熟悉北平。无论怎样，溜冰场不过在一英里之外，且使馆区里会很安全。然而，一小时过去了，她仍没回来，他开始着急。如果她要晚归，为什么不打电话回来说一声呢？

九点了，倭讷越来越担心，然后又开始生帕梅拉的气，因为她没有打电话报告行踪。事实上，他的女儿并不总是靠得住，她正处在叛逆期，但去天津上学使她有所收敛。不过由于某些另外的原因，在天津，事情也在向错误的方向发展，这实在是令人羞愧。但能回北平过圣诞使她感到很开心。她到处跑，与老朋友们见面、约会、溜冰，还花时间陪父亲。父女两人正准备在几个月后回英国；在离开之前，还有许多事情要做。

十点，倭讷再也没法继续研究了。他裹上厚实的华达呢外套出门找她去了。出门前他抓起一盏煤油防风灯，好在漆黑的夜里照路。

北平的人定时分来得很早。冬天，鞑靼城里的街道在晚上九点左右时就几乎空无一人。商铺打烊，小贩消失，最明智的人已高卧在家。使馆区外街灯稀少，出租汽车和人力车也很少见。只有最能吃苦耐劳或是最贪图金钱的车夫才愿意送那些从"恶土"里的酒吧、夜总会和鸦片窟里出来的夜猫子回家。

72岁的倭讷身体健康（就他的年纪来说）；他也为自己强健的体格而骄傲。他轻快地向使馆区走去。穿过使馆区里熟悉的宽阔街道。他找到那栋宅子并上前敲门。帕梅拉的朋友八点左右时已经回家——她的父母这样告诉倭讷。然后他们试图安慰他。帕梅拉一定是无意中遇到一个老熟人，聊起来就忘了时间。他应该先回家；她一定已经在家里等着了，同时为自己造成的麻烦满怀歉意。

倭讷确实回了家；但帕梅拉不在，也没有打电话回来。厨师、保姆和"头号男孩"都在不眠地等待，现在他们也很担忧。倭讷派厨师去溜冰场，但那里已经关门，被黑暗的夜色笼罩。厨师回到盔甲厂胡同告诉倭讷这一消息；后者再次出门寻找，这次他带了手电筒。

大约凌晨三点时，他去了老熟人常任秘书多默思的办公室，但这位官员已经下班，回家睡觉了。倭讷留了张便条，说帕梅拉还没有回家，自己很担心，要出去找她。然后他继续在北平的大街小巷里穿行，迈着沉重的脚步从城东走到城西。他向南一直走到天坛，又再次掉头穿过使馆区；然后他向北走到雍和宫，这里聚集了西藏来的僧侣；他经过贡院，那些渴望进入封建朝廷行政部门的人曾在此焦急地等待考试结果；他经过牛街清真寺，西北地区来的穆斯林们聚居在此，形成自己的社区；然后是南堂，他就是从这里的孤儿院收养帕梅拉的。他在黑暗中走了几英里，大多数时间踩过的是不平整的路面。

于寂静的黑夜中，他听到在位于紫禁城附近的午门城楼上，铜鼓在报时，就像它在过去几百年中一直做的那样。四合院的大门口外，更夫敲着拍板和锣，意图惊走恶灵。他们按照中国的时辰报时（一个时辰等于西方的两小时），越接近天亮，锣音便越长。最后，倭讷回了家，一边休息一边等候消息。

破晓时分，北平慢慢苏醒，迎来了又一个 1 月的寒冷日子。倭讷再次离开盔甲厂胡同。他现在心烦意乱，无助地再次在北平东部游走，在沉重的木制大车间穿行，车上有一袋袋新磨的面粉，可用来做饼。饼是这座城市的传统早餐，是"未发酵的小麦蛋糕"。他发现自己又回到了使馆区的边缘，沿着古老的鞑靼城墙，走向前方高约五十英尺的居高临下的狐狸塔。

铁道从券门下穿过，他走近狐狸塔，打算绕过券门，去使馆区找常任秘书多默思。这时他发现一群人聚在那里。受本能和宿命感驱使，倭讷冲了过去。

他看到了闻名已久的韩署长、常任秘书多默思，以及其他巡警和摄影师。所有人都围着一具尸体站着。只凭那头金发，他就认出了那是自己的女儿。

＊ ＊ ＊

倭讷躺在冰冷的地面上，常任秘书多默思迅速向他跑去。这两个人相识多年，都是北平的老住户。多默思每天负责使馆区的有效运转，担任巡捕房长官和管理使馆界事务公署常任秘书。他差不多可以算作身兼市长、警务处处长和行政官三职。

多默思在看到倭讷的便条后不久，就被韩世清叫去了狐狸塔。他没把便条当回事，以为最迟在自己读到它时，问题就已经解决了。但现在，他和韩世清都意识到，躺在他们面前的这具被残忍对待的女尸属于帕梅拉·倭讷。

罪案现场会迅速吸引观众，就像街头卖艺表演一样，这次也不例外。韩署长立刻调来更多的巡警，把狐狸塔下的整片区域用绳子围起来，把围观者赶得离这片区域更远些。随后，巡警们彻底排查了这里。在稍远处的水沟里，他们发现了一盏油灯并将其记录在案，它可能会成为证物。韩署长命人拿来更多草席盖在尸体上，防止闲人观看。他得先对现场做完彻底检查，然后才能移动尸体。

这项工作越来越困难。消息像燎原野火一样传开：狐狸塔下发现一具白人女孩的尸体，而这个地方本来就以恶灵和邪术著称。好奇的当地人不断到来。中外媒体记者也闻风而至——也许有某个巡警向他们通风报信以换取酬劳。路透社的记者带来了一架相机；上海《字林西报》（*North-China Daily News*）驻北平的特约通讯员和上海以北发行最广的报纸《京津泰晤士报》的记者也来了；当然也少不了它的对手《华北明星报》。韩世清不许他们接近尸体，而是先让自己从莫理循大街带来的摄影师拍摄现场留作记录。

与此同时，两个年轻巡警陪倭讷回到他在盔甲厂胡同的家。韩世清和多默思现在需要确认死去的女孩确实是他的女儿——他们需要正式的身份证明，而这个证明由死者家属做出是最理想的。倭讷看起来很有把握，但他现在处于精神混乱状态。而且许多外国女子都长着金发，尤其是在大批俄罗斯女子拥入北平的现在——在所有外侨中，她们最有可能陈尸于这座城市的某处。必须进行身份确认。如果死者是帕梅拉，那么情况就是一位英籍人士在中国领土上被谋杀；同时来自另一方面的严重性也不相上下——她是前英国领事的女儿。

多默思建议给英国公使馆的皮尔森（Pearson）警官打电话，因为此人认识帕梅拉。皮尔森被派过来了，他于下午两点十五分赶到现场，但也无法做出确切的鉴定，由此可见死者面部被损毁的严重程度。

然后韩署长有了主意。他派一个巡警去倭讷家，把看门人严平（音译）带回来。这位老人在到达现场后报告说帕梅拉还没回家。自从回到家中，倭讷一个字也说不出来。现在他仍在休息，且处于震惊状态，胸口很痛。人们打电话请一位医生来检查他的心脏。

韩署长把在尸体下找到的丝绸女服给看门人看，但严平无法确认它是否属于帕梅拉。于是韩署长让他看那具尸体。像其他人一样，严平也吓了一跳。不，他说，他认不出那张脸，但头发不会弄错。此外，其中一只眼睛伤得较轻，严平认出了那与众不同的灰色虹膜。

皮尔森警官当时还没有离开。他也确认帕梅拉确实有少见的灰色眼睛；同时他和严平一样，也认出了那只昂贵的镶钻手表。

这就够了。狐狸塔下的尸体被认定为帕梅拉，这一情况被正式记录在案："帕梅拉·倭讷，英国公民，现居北平，前英国驻福州领事爱德华·西奥多·查尔默斯·倭讷（现已退休）之女。"

暮色四合，不知不觉中，北平的冬夜已早早降临。韩世清派人去拿棺材，把证物汇总：被随意乱扔的帕梅拉的衣物，包括她的格子呢裙（搬尸体时它掉了下来）、束带外套、一双撕破了的丝袜；另外还有一把梳子、她的鞋、一条手帕、染血的法国总会溜冰场会员卡和那块腕表。棺材被带过来后，四位巡警把帕梅拉的尸体小心地放在里面。她的腰部以下盖着一条床单。

按中国的习俗或是法律，抓到凶手之前不应移动受害人的尸体。但北平的警察从现代警察学校里学到了新招式，并以此自傲。韩署长把现场发现的物品放在棺材里，合上棺盖。巡警们把它抬到狐狸塔里的一处荒废的小庙里。随后一辆救护车赶到，把尸体运到北平协和医学院做尸检。

第四章　野狗和外交官

常任秘书多默思是第一个意识到这起谋杀案可能造成的后果的人。1898 年，刚满 19 岁的他加入英国外交部门并被派驻北平。几年后他因健康问题辞职，但仍然待在中国，在管理使馆界事务公署找了份工作，并逐渐以高效、熟练和寸步不让的谈判者身份闻名。他的性格特征可能遗传自其父——一位精明的什鲁斯伯里①牛贩子。多默思很清楚：中国政府将倭讷视为友好人士，他们会给北平警方施加压力，令其尽快破案。

当有外侨在北平死亡且死因存疑时，标准程序是请该国公使馆指定一位专员监督调查过程。就该专员本身而言，他没有逮捕权，也不能在获得中国警方许可前讯问嫌犯。他不过是一个观察员、一位"中间人"。

多默思知道英国方面肯定希望指派一位专员来监督案件侦破过程，而这位专员会从公使馆的工作人员中挑

---

① 什鲁斯伯里（Shrewsbury）是英格兰西部的城市。——译者注

选。帕梅拉是一位高等外侨的女儿，无论其父是否退休，此案都将备受瞩目。但英国领事尼古拉斯·菲茨莫里斯（Nicholas Fitzmaurice）不喜欢倭讷，几年前这两人因工作上的事闹翻了。这一情况会使事态更加复杂。

不过，对于韩世清来说，英国公使馆派来的专员会是个大问题。当和多默思一同在犯罪现场时，他就反对这一点，认为专员会妨碍侦破工作。而且，此案并非隐蔽小巷里临时起意的持刀杀人，也不是搞错了对象的拦路抢劫，更不是酒吧里的心脏病发作。这是一桩深不可测、令人毛骨悚然的案件。要么它是一场家人间的争吵，最后戏剧性地升级成为暴力事件；要么是情杀、仇杀或两者兼而有之。情况已经够糟糕了。在城中之人正如此紧张不安的时刻，一位年轻英国女性在北平（名义上）的华人区被杀害，这种事无疑会使当局惊恐担忧。

多默思意识到他们必须迅速采取行动，于是他建议两人各退一步。韩世清应该占取先机，抢在英国公使馆之前提名某位英方无法反对的人作为专员。常任秘书明白：在公使馆的下属人员中，没有人拥有足以胜任此任务的资历和经验。同样，考虑到该罪案的重要程度，使馆区巡捕房里也没人能担负这一使命。

多默思认为公使馆可能会从上海请人来担任专员。英国在上海的公租界执掌大权；而在公租界，司法和秩序的实际维护者是个性强硬、经验丰富的首席常任秘书贾尔德（Frederick Gerrard）少校。此人来自苏格兰高地，曾在驻印度的军队和英国警署服役，随后长期在美索布达米亚地区的巴士拉（Basrah）① 担任警局副警监之职。多默思知道贾尔德很优秀，是警务人员中的佼佼者；但也认为最近形势不妙，以至于贾尔德须同时照管警界和英国情报机关驻上海特勤部（British Intelligence and Special Branch in Shanghai）。此外，贾尔德还在全力与黑帮作战。为掌握有利可图的毒品交易和卖淫业，黑帮正在上海滩上龙争虎斗，以芝加哥街头枪战的方式大打出手。最近，许多上海显要人士突然被绑架；日益好战的日本人也制造了太多麻烦。贾尔德自己要解决的谋杀案就不少了，肯定不情愿派他的人过来，更不用说让他亲身前来了。

幸运的是：多默思告诉韩署长，他知道有一位背景无可挑剔的警官可来监督案件调查。他指的是天津英租界

① 伊拉克的港口城市。——译者注

总督察、警务处处长谭礼士（Richard Dennis）。谭礼士十分能干、经验丰富且颇有主见。他曾在苏格兰场受训。

公使馆不能轻易质疑一位前苏格兰场资深警探的资历。此外，既然谭礼士为天津英租界工作，严格来讲，他就不是英国政府的人。公使馆可能会向他施加压力，但谭礼士能够与之抗衡。他是经验丰富的老派警察，属于一心要追寻真相的那类人，而且他接受过最好的训练。换句话说，多默思设法让韩世清明白，谭礼士不是一位外交官，身处英国校友关系网之外。他不是政客，而是警察，就是这么简单。

韩署长最后同意了；多默思离开他，去给英国驻天津领事打电话，代表北平使馆区巡捕房正式请求将总督察谭礼士暂时派至北平。

* * *

当天晚上稍晚，韩世清挤过莫里循大街警署后面的胡同，来到附近的北平协和医学院。这所医学院于1906 年在传教士的帮助下建立，是北平最先进的医学中心，现由美国石油大王约翰·D. 洛克菲勒和他的基金会赞助。它一直让西方医生和中国医生一起工作，还把年轻聪明的中国人送到美国受训。医学院聘请美国和欧洲专家来这里工作，甚至建起一排西式风格的住宅给外国员工居住。按北平的标准，这所医学院现代、干净且高效。在整个中国，这里的医学设施是除上海的医院外最好的。

韩世清走进迷宫一般的综合大楼，它按北平的传统风格布局，但四周的西式建筑比较新。这样的地方本该出现在纽约或波士顿。它有四五层楼高，走纯功能性路线；唯一不同的是，你抬头便可见到融汇了中国风的华美装饰——绿色鞍形屋顶和传统的凌空燕尾飞檐。有一点是韩世清不知道的：在当初负责建立这所学院的委员会成员中，有一位建议要加上这些装饰，此人是中国建筑方面的专家，坚持要保留北平传统的天际线，他的名字是 E. T. C. 倭讷。

入夜后，医院里一片沉寂。门卫们在入口处的一间小屋里围着炭盆取暖。韩世清前往病理科，在那里见到了王院长①。韩世清知道，王院长一直跟病理学系首席教授胡正祥②合作。韩世清很钦佩胡医生。胡正祥毕业

---

① 即王锡炽，时任协和医学院附属医院院长。——译者注
② 胡正祥（1896~1968），中国著名病理学家，时任中国协和医学院病理学系主任。——译者注

于哈佛医学院（Harvard Medical School），经验非常
丰富。

王院长陪韩世清去了尸体解剖室，这是个与外面截
然不同的世界。白色的瓷砖一尘不染，不锈钢闪闪发
光，装着化学药品的瓶子摆在架子上，托盘上摆放的解
剖刀和其他医用器具反射着灯光。

胡教授一边洗手，一边向韩世清点头致意。王院长
站在旁边，拿着笔记板和笔，准备记录细节。工人们把
帕梅拉的尸体用手推车推进来，搬到解剖台上。解剖台
微微倾斜出角度，上有收集血液的沟槽。残破的尸体散
发出臭气，盖过了防腐剂和清洁剂的气味。淤在喉咙后
部的血块发出浓烈的金属味道，它同另一种味道，一种
与苏州胡同市场里卖的炸猪肉差不多的味道混在一起。
无论是中国人还是外国人，成为尸体后散发的是同样的
臭气。

帕梅拉的衣服已被脱掉，身体也清洗过了，但上面
仍布满了难看的切伤、砍伤和擦伤。她胸腔上的大洞仍
然同韩世清在狐狸塔下时看到的一样。实际上，在大部
分血迹和泥水被清理掉后，他就看清了那些数不胜数的
刺伤。尸体赤裸的前胸被切开，切口宽得出奇。韩世清

发现自己很难在脑海里描绘帕梅拉的长相，因为他还没看到她的照片。但在强烈的灯光下，他可以看出她长了雀斑。他也注意到她小手紧握，拇指被捏在拳头里，因尸僵而无法伸直。

解剖室里还有一位法医——威廉·格拉汉姆·阿斯普兰德（William Graham Aspland）医生。正是这位高级顾问正式发出了验尸的命令，并指定了胡正祥为帕梅拉的首席法医。两位医生穿着西服和衬衫，打着领带，罩着绿色隔离衣。同韩世清一样，他们也认为这是自己见过的损毁最严重的尸体之一。这一点也很能说明问题，因为胡正祥几乎每天都要解剖尸体，而阿斯普兰德是一位英国内科医师，主攻鸦片瘾，曾于一战期间在法国和比利时的战场上为死者清洗尸身。

现在已经过了晚上十点；但韩世清要求当晚解剖完毕，这样案件调查就可以继续进行。按惯例，他要在二十天之内破案。二十天后，警员们就要被重新指派任务，侦缉总队的上层也会失去兴趣，从而使工作更加困难。阿斯普兰德同意连夜工作，还立即把胡正祥请了过来。

他们开始工作。首先，他们称了尸体的重量（九英石四磅），量了身高（五英尺五英寸）。特征？没有。
但胡正祥注意到了她罕见的灰眼睛和长睫毛。死亡时间
估计是在昨晚十点至今天凌晨两点之间，但胡正祥无法
说得更精确了。致死原因是钝器对右眼周围的几处重击
导致的颅骨裂开和大量脑出血。在第一次重击的两三分
钟后，她就死去了。大多数可怕的伤口是死后造成的。

王院长关于当夜的记录显示：帕梅拉在受到重击
时，站立并面对着攻击者，这说明她认识他。发出致命
重击的源头距死者不远，且击打极其有力，所以帕梅拉
和那个凶手应该距离很近，也许他们在一个密闭的空间
里。他应该比她高，因为她的头骨被自上而下击中，像
一个鸡蛋那样碎掉了。血从伤口涌出，糊住了她的眼
睛，于是她摔在地板上，躺在那里死去。凶手眼睁睁地
目睹了这一过程。

胡正祥把所有伤口分类记录。韩世清同医生们确认
了一点：这些伤口造成了大量失血。由于狐狸塔下几乎
没有血迹，这证实了他的猜想，即帕梅拉是在别处被杀
害的。行凶现场一定有更多的血。

据胡正祥估计：在帕梅拉尸体上造成伤口的那把
刀，其刀刃约有四英寸长，也许是柄双刃刀。她死后，

喉咙也被割开，且气管被完全切开了。各道伤口的长度和深度不一，看起来是随意造成的，胡正祥在记录中用"疯狂"一词描述它们。韩世清注意到：虽然帕梅拉的格子呢裙和埃尔特克斯上衣被撕破，但衣物上没有砍刺的痕迹，这说明她先被脱下衣服，然后才被砍伤。

帕梅拉的右臂也几乎从身体上被砍下来，肌肉被干脆利落地一切到底。据胡正祥推测，凶手使用了两种不同的非常锋利的刀片。肱骨（从肩部到肘部的长骨）被沉重的钝器在两处击打，最终骨折，但胡正祥无法鉴定那是何种钝器。伤口周围的肌肉组织并未大出血，这使他相信凶手是在她死后才尝试砍断那条胳膊的。阿斯普兰德同意胡正祥的看法。

看起来凶手（们）曾试图在弃尸前分尸。肩膀上的砍伤不可能是普通刀具造成的。凶手用来劈砍肉体和肌肉的刀肯定是专业的切削刀具。

随后胡正祥开始查看帕梅拉的胸口——从喉咙到腰骨，胸腔几乎被完全剖开、切碎并扯开。胡正祥记下："总的来讲，切痕表明这里的肉是被整片取走的。"一大片皮肤，包括帕梅拉的部分乳房，都不见了。

女孩的尸体在狐狸塔下被发现时，她的羊毛开衫上沾着血，但量不多。这说明凶手先把受害者的衣服脱下，待其大失血后，又为她穿上除内衣和袜子以外的衣物，并把撕坏的裙子、上衣和开衫随意地套回去。韩世清目前几乎可以断定狐狸塔并不是杀人和分尸的第一现场；第一现场肯定另有他处。

现在，胡正祥觉得很难记录验尸结果，因为这太匪夷所思，太令人难以置信了。凶手把帕梅拉胸口和腹部的皮肤削掉，切开胸腔并使肋骨露出。然后他（们）把她所有的十二根肋骨（每边六根）都折断了，而且每根都是向外断掉的。随后，凶手取走了她的心脏、膀胱、肾脏和肝脏。

向内折断肋骨并不困难，只要重击胸腔即可。而且人们跌倒、打架或遇到意外事故时也经常会折断肋骨。然而想要向外折断，则要考虑肋骨的粗细和硬度，还要克服骨骼的自然弯曲……

尽管证据就躺在他们面前的解剖台上，医务人员还是无法相信。没人愿意大胆推测凶手采用的手法和动机。这样一桩罪行的动机根本超出了他们的想象。凶手在打开死者的胸腔后并不满足，而是伸手进去取走了内脏。看起来帕梅拉是被疯子杀害的。

尸检继续。胡正祥指出：在肺下的横膈膜处和腹腔处有两个干脆利落的切口。他认为这是由外科医生的解剖刀或是专业的截肢刀来完成的。这可不是业余爱好者的活计。帕梅拉的胃也由食道和小肠处被切下来了——它仍在她的体内，但没有附着在其他任何器官上。医生们现在把它取下来做进一步检查。

韩世清提出一个疑问：这些内部损伤会是狗或其他动物造成的吗？他想起来有人曾提出，那天早上黄狗曾偷偷摸摸地在狐狸塔周围出没，直到被人赶走。

但胡正祥认为不是。横膈膜和腹腔处的切口是锋利的工具造成的。它们干净整齐，动物可没有这个本事，而且尸体上也没有发现狗咬的痕迹。黄狗是无辜的。

考虑到帕梅拉伤口的特征，其中大多数应该是死后造成的。这对验尸小组来说或许是种安慰，因为如果这种暴行是在女孩还活着的时候犯下的，他们的感觉就会更糟糕了。她小臂上的划痕倒是生前造成的，或许表明死者挣扎过，尽管这种挣扎看上去只持续了很短的时间。似乎帕梅拉先被杀死，再被放干血并切割。这是暴行的顺序，但并非在同一个地方进行。

当韩世清问起帕梅拉是否曾被强暴时，胡正祥就答不上来了。尽管当时已经过了午夜，阿斯普兰德还是打电话叫醒了另一位同事詹姆斯·麦克斯韦（James Maxwell）医生。他是医学院的妇产科教授。几年前，麦克斯韦曾为报纸撰文，称中国农村里不合格的产婆使用挂肉的钩子接生，造成不止一起母婴双亡的事件。他的文章当时引起了轩然大波。

现在他来检查帕梅拉的尸体，试图找到性行为或性骚扰的迹象。他得出结论：她不久以前有过性生活，也就是说，她已经不是处女。但他不知道那是不是两相情愿的性行为，也不知道那是在她生前还是死后发生的。当时科学还未能发展到可以确认这些问题的地步。帕梅拉的阴道也被破坏了，但麦克斯韦同样不能确定时间。韩世清问他是否能断定凶手是个性虐狂，麦克斯韦回答说很有可能。

当晚验尸的最后一位医生是哈利·凡·戴克（Harry Van Dyke）。他是一位出色的内科医生，医学院聘请他来创建药理学系。凡·戴克迅速排除了中毒的可能性，也没有发现使用氯仿的痕迹。帕梅拉没有被下麻醉药；她饮过酒，但血液中的酒精含量不高。凡·戴克同时断定：在头天晚上的某个时候，帕梅拉吃过中餐。

尸检结束，胡正祥在记录中写道：帕梅拉·倭讷，
"女，被杀时年龄在 18 岁至 19 岁之间，身体健康，发
育正常"。他注意到她牙齿健全，但后面两颗在某个时
间以专业的手法被拔掉了；此外，她的两颗前牙最近出
现了小缺口，他猜想那是死前的挣扎造成的。

医生们就已经能确定的信息和无法确定的问题讨论
了一下。从伤口可以看出凶手的狂怒和丧心病狂，而且
其中有人能使用外科手术刀，还掌握了解剖学的基本知
识。胡正祥认为：如果凶手技术娴熟，半小时就足够弄
出所有伤口；如果没那么熟练，则需要两三个小时。

韩世清问医生们：这一切是否可以在室外完成？凶
手是否需要在室内灯光下行事？胡正祥无法确定，但认
为即使有熟练的技巧，凶手还是需要照明；但一个屠夫
或猎人或许可以在暗中行事。

胡正祥认为整个犯罪过程如下：死者断气后，凶手
（们）首先剖开胸腔（这会导致大量失血），于是他
（们）可能会无法避免地沾上血迹。然而，在切开腹腔
之前，里面的血就流干了，这就是医生在腹腔里没有发
现淤血的原因。也就是说，在凶手（们）取走帕梅拉
的内脏之前，她的血实际上就已经被放干了。血管中没

有凝血的迹象，胡正祥由此判断放血行为发生在帕梅拉死后不久——不会很迟，最多不超过五六个小时。①

拂晓时分，尸体被送到附近的太平间。当韩世清离开医院时，媒体记者们——其中大部分是外国记者——正在外面等他，他们被冻得直跺脚。韩世清没有心情讲话；此外，他知道最好不要透露刚才在解剖台上看到的细节。他只说了一句："无可奉告。"②

星期六，关于帕梅拉·倭讷之死的报道占据了中国沿海城市所有报纸早间版的显要位置。上海《大陆报》（*China Press*）的头版头条以"前英国领事之女被发现身亡，尸身支离破碎"为题报道此案。记者们千方百计地探求真相，但韩世清告诉他们目前警方无可奉告，于是相关报道漏洞百出。但全中国——后来发展到全世界——的报纸仍然一再重复类似报道。帕梅拉的年纪被写成从 15 岁到 19 岁不等。所有的报纸都包含了同一个错误细节，即她的尸体惨遭野狗啃食。

---

① 上述所有帕梅拉尸检中的细节，参见：*North-China Daily News*，30 February 1937，and *The China Weekly Review*，13 February 1937。

② *North-China Daily News*，30 February 1937，and *The China Weekly Review*，13 February 1937.

她父亲的职业生涯被一再提及，在报道里占据了不少篇幅；她的尸体在狐狸塔下被发现的事实也被大肆渲染，因为那里离她家的直线距离只有二百五十码，紧挨着被视为外侨世外桃源的使馆区。此外，媒体也发掘了当地人关于狐狸塔有鬼怪出没的迷信观念，对此大书特书，狐狸精占据了头版。北平被形容为神秘莫测的城市——至少这一点是真的。但大家都说事实上是倭讷在外出寻找女儿时自己发现了她的尸体，当时黄狗围着她撕咬，他不得不扔石头赶跑它们。

医学院没人向媒体透露信息，因此记者们并不知道尸体被切割和内脏消失的细节。但有人隐晦地暗示这是一出惨绝人寰的杀戮。记者们的消息来源是当时到过现场的人。北平警方的韩世清署长被指定为侦破工作的负责人，但没有人提到苏格兰场也插了一手，大英帝国国王陛下的领事对此也不予置评。

在太平洋彼岸的美洲大陆上，《纽约时报》（*New York Times*）称："一位英国女孩的尸体在鞑靼城墙下（哈德门和狐狸塔之间）被发现，北平全城深感震惊。"这点没错，北平确实被震惊了。你可以感觉到恐慌如涟漪般在城中扩散。

尽管北平人已在遭受侵略的威胁下生活了数月，尽管大家都知道如果日本人攻进城来，他们就会遭到残暴的蹂躏，但这座城市中的恐惧刚刚又被提升到了新的高度。狐狸塔下被杀害的女尸似乎象征着人类社会正向原始的野蛮暴虐退化。这不是刺杀事件，也无关政治争端，而是对一个无辜女孩的虐杀。恐惧在城市里悄然汇聚。现在，终于有一个名字能指代所有人即将面对的惨剧，那就是帕梅拉·倭讷。

第五章　查　案

在那个周五的晚上，两位警官——督察博瑟姆（Botham）和警长比涅茨基（Binetsky）从天津赶到北平，给他们的上司总督察谭礼士打前站。谭礼士将于周六到达北平。博瑟姆为谭礼士在六国饭店订了房间，把自己和比涅茨基警长安排在略便宜的顺利饭店。

与此同时，警长比涅茨基来到莫理循大街警署，那里的人也忙了一夜。接待处正在处理莫名其妙的电话和那些精神不正常的北平居民，他们把城市里所有的谋杀认在自己名下。其中一通电话的交谈内容如下。

接待处办事员："你做了什么？"

打电话的人："我掐死了她。"

接待处办事员："你为什么要杀她？"

打电话的人："她是个肮脏的俄罗斯婊子。"

接待处办事员："你怎么处理尸体的？"

打电话的人："我把它喂狗了。"

接待处办事员："她对你做了什么?"

打电话的人："她是个狐狸精。我被缠上了。"①

当然，也有不那么荒唐的自首者，但没一个能跟罪案对上号。直到周六早上，电话仍响个不停。有一次，韩世清从办公室被叫到接待处，直面一位咆哮的野蛮白俄女人。她要求警察把她的丈夫关起来，控告他犯了谋杀罪。她口音很重，接待处的警长听不懂她说话，韩世清也很难理解。她化着浓妆，大喊大叫，口沫四溅。她坚称：自己的丈夫是废物、杀人犯。他迷上了那些年轻的金发妓女。"恶土"的酒吧娼寮中的那些小妞掏空了他所有的钱财。他现在就在家，满身是血。警察得采取行动。

他们迅速赶到她家，发现那个男人宿醉刚醒，胸前还戴着陈旧的沙俄勋章。他疯狂地破口大骂，那劲头和他妻子一样；当看到她跟着警察一起进来时，他更是狂怒地大叫起来。但他完全不知道他们为何而来。他还没有来得及看妻子今早读过的报纸。他浑身是血，但那是他自己的血。他告诉警察，那是一家俄罗斯酒吧里的某

---

① Anthony Abbot, *These Are Strange Tales*, John C. Winston, Philadelphia, 1948.

个美国士兵用拳脚留下的纪念品。当时他们伏特加喝得
有点多，没控制住脾气。另外两个住在同一条胡同里的
俄罗斯人证明此人曾经酒后斗殴，这都是常事了。他的
老婆是个脾气暴躁的泼妇，他就该把她留在圣彼得堡。
这两口子双手空空地逃离俄国，在陌生的国度过着潦倒
的生活，已经有点精神错乱了。

　　一个巡警被派去美国公使馆里的海军陆战队士兵驻
地，带回一份关于这个俄罗斯人的不在场证明。一位健
壮的海军陆战队士兵承认自己揍了这个俄罗斯人一顿，
因为此人侮辱了自己的女友和海军陆战队第四团的战斗
荣誉。他并不为自己的行为感到后悔；不过他认为这个
俄国佬虽说是个混蛋，但不应受到谋杀指控。

　　在星期五那天，还有一名惊魂未定、畏畏缩缩的人
力车夫被带到莫理循大街，他在帕梅拉的抛尸处附近被
捕。这是个乡下孩子，名叫孙德兴（Sun Te-hsing），被
捕时他正在清洗人力车座上染着鲜血的坐垫套。当天韩
世清回到警署，把这个小伙子关进一个小房间，然后检
查了套子——确实有血，但血量很少，与死者受伤的严
重程度不匹配。韩世清下了结论，讯问车夫后就放了
他，让他赶紧离开。车夫被赶回寒冷的街头，警察让他

赶紧消失。

大多数打进警署的电话和挤在莫理循大街警署前厅里的报社记者都提到了一个人：帕梅拉的父亲。而且这的确是谋杀案侦破的程序：首先要关注家庭成员、丈夫和配偶。杀人犯们总是认识受害者，随机杀人很少见。这是一位警探的思路——要想到别人想不到的事，这样才很可能更接近事实真相。

* * *

韩署长连午饭都还没吃，刚到下午，就站在了北平正阳门东站①的月台上，在严寒中恭候总督察谭礼士的大驾。这座欧式风格的火车站位于使馆区的西南边缘，靠近前门。它有着很高的拱形屋顶和一座矗立在月台另一端的与众不同的西式钟楼。

检票口并没有记者聚集，这说明媒体还不知道一位英国警界人士将要从天津前来插手此案。对于谭礼士的介入，韩署长喜忧参半。这位警探经验丰富，又是英国人——这两样都是侦破此案所需要的。一位警探总比公

---

① 正阳门东站在 1937 年之后又易名为前门站、北平东站、北京站。——译者注

使馆的间谍强，如果碰到的是个只会拖后腿的蠢蛋就更糟了。但从另一个角度看，韩世清又对外国人插手发生在北平的谋杀案心有抵触——这可不是在上海或是别的哪个通商口岸，这完全是在中国的管辖范围内。

但他还是决定理智行事，接受现实，因为这并非发生在北平的一宗普通谋杀案（如果现在北平还有普通谋杀案的话）。一位外侨被杀，谭礼士（或是其他类似的人物）必然会插手。

韩世清本以为列车会晚点。从天津到北平一般只需花两小时。但近来土匪、破坏分子和游荡的日本士兵使这段旅程不甚太平。结果这趟火车只稍微迟到了一点。韩世清抖动身体，促进血液流动，使自己更暖和一点。在一位来自苏格兰场的人物面前冻得打哆嗦可不太体面。

韩世清知道，从某种意义上说，但凡抵达北平之人都会对这座皇城产生敬畏之情。被称为"国际列车"的火车驶进位于巍峨的前门城楼下方、北平城墙根附近的火车站。该城楼是北平这一古老城池最高大且最靠南的城门，标志着北平内城（即古老的皇城）的入口。偶尔仍会有骆驼商队走出城门，向蒙古、古老的茶叶贸易路线和丝绸之路进发。

谭礼士乘坐的列车停靠在水关门①月台，张口吐出肚子里的乘客。这时韩世清才意识到自己还不知道总督察谭礼士的外貌，只知道他是个外国人；而许多——不，大多数下车的乘客看起来都是外国人，至少列车前部头等车厢的乘客大多如此。

然后，韩世清看到了他。即使不知道对方的种族或国籍，韩世清也能看出这个男人是警察，因为谭礼士的风度出卖了他。此人身材笔直，举止果断，即使身着便衣，从其举手投足间仍可看出他是位权威人物。他身穿一件深色精纺双排扣西装，领带和外套都是黑色，戴了一顶随处可见的软呢帽。他的白色衣领上了浆，皮鞋光可鉴人。谭礼士个子很高，比周围所有人——无论中国人还是外国人——都足足高出几英寸。所以韩世清很容易就看到了他。韩世清本人身高六英尺，在中国人里已经算是高个子了，但当他看到谭礼士时，还是不由自主地挺了挺胸。

总督察很熟悉北平巡警的制服。他大步走向韩世

---

① 外国人在修建铁路时，改造正阳门东水关，在此单开一门，方便
　 使馆区居民出入，下火车后可由此直接进入东交民巷。——译
　 者注

清，两个男人彼此掂量。韩世清身材强壮，头发很短，颧骨突出。比起许多中国人，他的下巴更长，鼻子更尖，鼻梁也更高挺。谭礼士比韩世清个头更高，冬天的厚外套显得他身材瘦长；但他肌肉发达，足以对付任何找麻烦的人。他五官轮廓略大，浓眉高鼻，阔手大耳。他身上的一切都表明此人是位权威人士。

"谭礼士总督察？"

"韩署长。"

"我开了车来。走吧？"

"请。"

他们在检票口畅行无阻，铁路工作人员很机灵，知道哪些人的票不该查。他们大步从出口的拱门下走过，对面就是停车场（那里只停着几辆小汽车和一大批人力车）。谭礼士只带了一只小手提箱。韩世清的司机是一位年轻警士，他从那辆雪弗兰警车里跳出来，为他们打开后车门。

"去酒店？"韩世清问。

"我看还是直接去工作吧。"

在去莫理循大街的路上，韩世清简单地向英国警官介绍了尸检的结果，并且不情愿地向谭礼士承认，到目前为止自己还没有发现重要线索。之后他还要在媒体前承认这一点。两个男人达成一致意见：既然没有线索，那么按照程序，他们就应从被害人生前最后几天的活动入手，从目击者最后见到她的时刻开始，迅速而小心地向前追溯。侦破谋杀案必须迅速，否则就可能被耽搁，可能突然陷入停滞。线索会中断，证人会消失，罪犯会逃脱法网。

当然了，韩世清的头上还悬着二十天的期限，更别提那些潮水般涌来的匿名告发或是胡说八道的电话了（它们说明北平的谣言机器已经开动）。那天早上，在办公室的折叠床上睡了几个小时的韩世清起身，把所有可用的人手都召集起来。全体人员的休假被取消，大家都接到了走上街头搜寻的指令。找什么呢？血！找到了血，就找到了凶手。

对帕梅拉·倭讷被谋杀一案的调查正式开始。

* * *

总督察韩礼士（或称理查德·哈里·丹尼斯，在孩提时期又叫迪克）年近不惑，是伦敦东区边缘西汉姆区的一位屠夫之子。他的母亲据说出身于富裕家庭，在爱德华七世在位时属于体面可敬的下层中产阶级。迪克·丹尼斯年轻时，一战猝然爆发，他急忙入伍参战。
当时他身体健康，聪明伶俐，在行军途中又把法语学得
很好。于是他与新成立的皇家陆军航空队（Royal
Flying Corps）签约，飞越英吉利海峡在法国境内的战
场作战。1917 年，他的飞机被击落，他本人因伤退役
回家，结束了自己的战场生涯。

1920 年，也许是出于对战斗、军纪和制服的怀念，
他加入了伦敦警察厅（Metropolitan Police），并升至驻
帕丁顿地区（伦敦西区边缘）探长的职位，随后又转
任至苏格兰场。他结婚生子，儿子起名叫小理查德，但
是婚姻破裂。谭礼士于 1930 年再婚，对方是他儿子的
保姆，一位名叫弗吉尼亚、出身于伦敦东区的女人，这
是件不太体面的事。他通常叫她薇奥莱特，而小理查德
认为她是自己的生身母亲。

谭礼士喜欢警务工作，但不愿在伦敦苦苦奋斗，用
警察的微薄薪水供养妻儿。凭借一封来自重要人物特伦
查德爵士①的推荐信，他在天津英租界工部局谋得总督

---

①　特伦查德爵士（Lord Trenchard）曾任英国皇家空军元帅、伦敦
　　警察厅总监。——译者注

察一职，并于 1934 年 7 月履新，任警务处处长。在职位得到提升的同时，其薪水和生活水平也大大提高。他从肮脏的伦敦西区搬到天津英租界的一栋大宅子里，手下还有维多利亚道警署里的一票人马为之奔走。

中国北方的晒盐场天津很合谭礼士之意。他的住宅位于繁华的香港道①；在北戴河的海滨疗养地，他还有一栋海滨别墅。他的儿子在法国小学读书，还在天津的赛马训练场随一位白俄学马术，此人曾经在沙俄统治时期教贵族子弟骑小马。谭礼士的妻子负责管理仆人，他们家养得起一匹蒙古矮种马，谭礼士把这匹名叫希思菲尔德（Heathfield）的马寄养在了天津的马场。在北平为所有从前未获得马赛冠军的新马组织的赛事中，它荣膺第一，登上了《京津泰晤士报》的头版。

在英国，凭一位警察的收入可过不上这样的日子；而在天津，谭礼士备受尊敬。警务工作不过是例行公事，他的职位还需要他参与公民事务，在英国公使出场时要上前迎接。谭礼士自然而然地在天津那些德高望重的英国人中有了一席之地。拜中国沿海航行的不定期货

---

① 现天津和平区睦南道。——译者注

船和京汉铁路的一条支线所赐，这座城市与外界的联系较之从前更加紧密。

当然，对来自北方的威胁也要密切监视。城里人心不稳——这是免不了的。但外国租界均以重兵把守，因此在贪婪、掠夺成性的军阀和日本人，以及神出鬼没的秘密组织白莲教（以高粱地为掩护出没于城市周围）面前有了些底气。

尽管政治环境每况愈下，天津还是座相对平静的城市，只是偶尔有必要控制一下肆意的夜生活。但这比周五营业时间结束后的帕丁顿的潮湿夜晚要强多了。

然后，谭礼士应召到中国的旧都调查一桩罪案。它现在是所有北平人谈论的话题，天津人很快也会加入讨论。在人们现存的记忆中，这是针对住在中国的外侨的最可怕的谋杀案。然而总督察到达北平后，觉得处处束手束脚。

动身前，英国驻天津领事约翰·阿弗莱克（John Affleck）曾于深夜召见他。这位老中国通请他将调查活动限制在使馆区之内，不要越界，并称这是外交部的命令。在使馆区之外，不得搜捕，不得调查。阿弗莱克非常直率：谭礼士只需与韩署长保持联系，不应与使馆区巡捕房的常任秘书多默思以及英国公使馆的工作人员走得太近。作为一位向来独立思考的警官，谭礼士认为这种要求大大限制了自己的行动能力。

在整个会面过程中，谭礼士觉得阿弗莱克紧张得异乎寻常，但阿弗莱克把官方立场表述得很清楚：别在使馆区外搞事！此外，虽然死者曾在天津上学，但此案与天津毫无瓜葛。谭礼士不过暂赴北平协助破案，他只要完成工作然后回到这里就好；这起谋杀案不是天津该操心的。

第六章 帕梅拉

1936 年，从帕梅拉回北平过圣诞起，盔甲厂胡同的那部电话就响个不停。小伙子们打电话请她去吃午饭、跳舞、参加宴会或音乐会。总督察谭礼士和韩署长回溯她生命中最后的日子，发现其追求者一般会来家里接她。他们通常也是这个家庭的世交；如果不是的话，她的父亲就会出来见他们。

从政治角度看，那是一个人心惶惶的圣诞节，随后的新年也令人紧张。北平的所有居民都关注着西安事变，以及随之而来的一系列令人难以置信的事件。12月 12 日，蒋介石在西安被扣押——这是一次不可思议的行动。陕西的西安是一座古老的城市，位于丝绸之路的起点，现在却发展得缺乏规划。劫持了蒋介石的人是一个军阀，名叫张学良，人称"少帅"，曾经吸毒成瘾。其父"大帅"也是军阀，大家更熟悉的是他"奉天虎"的恶名，他于 1920 年代末期被日本人暗杀。

　　少帅希望能迫使蒋介石联合共产党，形成抗日统一战线。他扣留蒋介石长达十四天之久，在僵持期间各方进行了多次彻夜谈判。全体中国人和外国人都屏息静气，等待最终结果。圣诞日，蒋介石终于获释，所有人都大舒一口气，中国大地焰火横空。少帅出人意表的行动达到了预期效果，蒋介石被迫同意建立统一战线。但劫持者本人也付出了高昂的代价：在随后的五十多年中，他一直被软禁在家。

　　外侨中的政治活跃分子，如倭讷在盔甲厂胡同的邻居斯诺夫妇，密切关注这场大戏的每一处起伏转折，巨细无遗地记录下所有细节，以便之后写入文章。但比起世界大事，帕梅拉似乎对小伙子和舞会更感兴趣。紧张的对峙、步步紧逼的日本人、凶恶的军阀……算了吧，她还是更喜欢溜冰。在那年的圣诞节，法国公使馆的人新开了一家溜冰场，只接待外国人。它离法国总会不远，离她家更近，里面的人比紫禁城下的冰冻湖面、北海或是基督教青年会（YMCA）在哈德门大街的溜冰场要少得多。世交友人们带帕梅拉去了新的溜冰场。她特别喜欢那里，就办了张会员卡。

　　除了溜冰，还有宴会、舞会和西方的新年等一连串事情使人应接不暇。北平也为自己的年度大事——农历新年——做好了准备。1937 年将是牛年，属火。人们已经准备好红纸和鱼皮做的传统灯笼，后者被挂起来庆贺新春。许多人注意到：在 1936 年和 1937 年之交，各式聚会和宴请要比往年更恣意，就像是纵情狂欢的赴宴者们预见了某些事行将结束，以及某种疯狂即将来临。

在帕梅拉生命中的最后一个下午，她在父亲外出散步后写完了信。她穿上厚重的外套，戴上羊毛手套和贝雷帽，把自己金黄稻草般的头发塞进帽子里。她拿好溜冰鞋，推着自行车出门，出发前告诉家里的厨子何英（音译）自己会在晚上七点半之前回家，晚饭想吃肉丸和米饭。何英自她婴儿时起就为这家人服务，他说自己肯定会去附近东单牌楼大街的猪肉杠看看。帕梅拉走出四合院的月亮门，骑车沿盔甲厂胡同离开，她要去和一位朋友喝茶。

埃塞尔·古雷维奇（Ethel Gurevitch）生于一个白俄家庭，在北平已经住了五年。尽管她比帕梅拉年轻，但从她 15 岁那年起，这两个女孩便在同一所学校读书，直到倭讷把女儿送到天津文法学校。前一天，她们在溜冰场偶遇，彼此交换关于学校、各自生活和共同友人的信息；同时她们商定第二天下午要再次见面。

她们把见面安排在下午五点，地点是六国饭店外面。埃塞尔迟到了几分钟，而帕梅拉又过了几分钟才出现。她们推着自行车绕过拐角，向位于使馆大街的古雷维奇家走去。在古雷维奇家，她们和埃塞尔的父母一起喝了茶，他们也认识帕梅拉。大约在六点，两个女孩出发去溜冰场了。

她们一起溜冰，大约玩了一小时，穿得暖暖和和的，沐浴在灯光下——溜冰场安装了明亮的电弧灯。两人共同的朋友莉莲·马里诺夫斯基（Lilian Marinovski）也在那里。这位白俄女孩曾和帕梅拉在同一所学校就读。七点时，帕梅拉说自己该回家了。她告诉埃塞尔和莉莲自己答应了爸爸要在七点半之前回家，如果晚归，他就会担心。他年事已高，总是忧心忡忡，是位相当传统的父亲。

七点时，天早已黑了下来，寒意袭人，刺骨的冷风吹过使馆区周边已开始实行灯火管制的街巷。女孩们站在炭盆周围——溜冰场中有炭盆供溜冰的人取暖。

"但是，你独自骑车回家难道不害怕吗？"埃塞尔问帕梅拉。莉莲也想知道帕梅拉是否怕黑。另外两个女孩都住在附近，住在使馆区里。因为那天是俄历圣诞节，所以她们可以比平时稍晚些回家。但帕梅拉必须在使馆区外骑车大约一英里，才能到达盔甲厂胡同，其间还要沿着鞑靼城墙绕过臭名远扬的"恶土"。然后，她还要在黑暗中骑车穿过鞑靼城，要沿着黑灯瞎火（连月光都没有）的胡同一路骑下去。从鞑靼城回望使馆区，夜里仅有的地标是从圣米厄尔天主教堂、六国饭店和顺利饭店的高层窗户里漏出的灯光，以及美国公使馆里无线电塔的黑色轮廓。

帕梅拉当时的回答在事后想起来颇为古怪，它被不停地报道，人们反复咀嚼其中含义。"我这辈子总是独自一人，"她告诉自己的朋友，"没有什么可以吓到我，没有！另外，北平是世界上最安全的城市啦。"①

说完，她就离开了两个朋友，重新推起自行车。她们向她挥手道别，而她消失在 1 月寒风刺骨的黑夜中。这是她们最后一次看到她。

* * *

北平面积巨大，人口稠密，但并不是上海那样的

①　*The China Press*, 9 January 1937.

不夜城。后者的夜生活闻名世界，而北平总体来说要更加传统、保守、矜持；但"恶土"就完全是另一回事了。

"恶土"是位于使馆区和鞑靼城墙之间的一片狭窄地带，由一片蜿蜒曲折、有如蛛网的胡同组成。这里是藏污纳垢之地。在光天化日之下，这片地方显得风平浪静，令人昏昏欲睡；入夜后，它就渐渐喧嚣起来，人们在这里寻找法外的乐趣。只要有钱，就可以在"恶土"里买到任何东西。

清政府于 1911 年垮台，之后"恶土"以"缓冲区"之名广为人知。这个军事术语指一片开放的缓冲地带，进攻者进入后会被迫暴露自己。当时，这里是北平的中外居民之间的一片无人区，欧洲列强在这里操练军队，高等外侨们在这里训马。在过去的二十五年中，这片缓冲区发展起来，逐渐蚕食马球场地。但它仍然是"三不管地带"，既不是完全中国化的，也没有完全西化，尽管从法律意义上讲，它的管辖权属于北平警方。

廉价酒吧、妓院、夜总会、赌场和鸦片窟搬进了这片真空地带，大多数由无国籍的白俄或朝鲜人经营。后者的后台是日本人，其人数也有日渐增长的趋势。这里实际上是法外之地，已成为北平底层外侨的乐园。使馆区傲慢的官员们对眼皮底下的罪恶视而不见，而北平的巡警只在向形形色色的犯罪分子收取"礼金"时才会出现。

到1930年代时，旧日蒙古市集的一部分已并入这个现在大家通常叫它"恶土"的地区。除了底层的中外居民外，它还吸引了好奇的访客，也笑迎守卫附近公使馆的美国海军陆战队以及英法意等国的士兵。这处罪恶渊薮可以满足所有需求，无论它们有多么奇怪或堕落。

人们用原木或廉价砖头匆匆搭建房屋，并在里面抹上厚厚的灰泥，好让它们看上去更结实些。就这样，"恶土"仓促成形，让人感到朝不保夕。低等公寓聚集在边缘地带，里面被隔成许多小间以供出租，为隐蔽的犯罪或皮肉生意提供场所。赤贫者居住的廉价小旅馆里有劣等酒和烈酒出售。这里也是北平外侨中的弃儿的容身之处。这些男女背井离乡，尽可能地远离祖国，以逃避某些多半不可告人的东西。街头游荡着中国乞丐，他们满身脓疮，缺胳膊少腿，双眼混浊，颈部的甲状腺高高肿起。穷困潦倒的白俄留着凌乱的胡子，穿着磨破了的沙皇时代的制服，漫无目的地在此徘徊。"恶土"里皮肉交易繁荣；走投无路的穷人沉湎于毒品和滥交，它们夺去了许多人的生命。

"恶土"的北部边界是苏州胡同。白天这里是繁忙的菜市场，聚集了肉贩、蜜饯商贩和果蔬摊子；晚上这里则成为街头大排档的天下，跑腿的人把外卖送到附近的酒吧和妓院。船板胡同是"恶土"的中心，其蜿蜒的街道两侧布满了偷工减料的建筑物、腐臭潮湿的短租公寓和通宵营业的餐厅（鸡头们在这里与他们手下的姑娘见面）。那些因年老色衰或吸毒太多而无法在妓院里工作的妓女在街上走来走去，招揽恩客。如果哪处低等娱乐场所门外挑起红灯笼或是站着大块头的门卫，就说明这处酒吧会营业到很晚，且里面有俗气的卡巴莱歌舞表演；或者表明这处妓院受到保护，由一位可怕的鸨母坐镇，而她会满足客人的任何要求——白人女孩、中国女孩、中国男孩将任君采撷。欧林比亚[①]的卡巴莱歌舞厅备受欢迎，就像白俄经营的高加索酒吧（Kavkaz）

---

① 欧林比亚（Olympia）为意大利汽车商米纳于东长安街修建的三层小楼，一楼为电影院，二楼为意大利餐厅，三楼为歌舞厅。新中国成立后此地被改建为青艺剧场。——译者注

和朝鲜人经营的白宫舞厅（White Palace Ballroon）一样。

后沟胡同从船板胡同的中点穿过，延伸至鞑靼城墙。这段一直延伸到鞑靼城和狐狸塔的城墙，形成了"恶土"南部的天然边界。街头小贩们在后沟胡同兜售鸦片、海洛因和注射毒品的工具，还有印有中国少男少女和"白俄卡罗尔·隆巴德"①的劣制小卡片。

中国内地会②的教堂是"美德"在这里的最后一块阵地。它位于后沟胡同，信徒寥寥无几，每天倒是都有弃婴被送来。新教传教士们将他们的教堂称为"希望之岛"。

外侨中的"上层"人士认为"恶土"象征了中国人之堕落，中国人则觉得它是外国人野蛮一面的象征。双方通常都假装它不存在。他们是在自欺。1937 年，中国与西方这两个世界终于迎头相撞。

* * *

在从火车站到莫理循大街警署的短短车程中，韩署长和谭礼士总督察开始讨论帕梅拉，随即就发现帕梅拉

---

① 卡罗尔·隆巴德（Carole Lombard）是 1930 年代好莱坞最有才华的女星之一。——译者注
② 中国内地会（China Inland Mission）是英国牧师戴德生（James Hudson Taylor）1865 年创建的基督教差会组织。——译者注

在他们各自心中有着大相径庭的形象。两个人这时都意识到，他们对她的了解远比想象的少。

谭礼士听说过她父亲的大名——一位前外交官兼汉学家。他也知道倭讷在北戴河有一栋度假别墅，因为总督察自己也有。谭礼士的儿子在法国小学上学，他当然还知道该校的竞争对手——天津文法学校。于是他假定帕梅拉是那种典型的好学生——彬彬有礼、举止规矩，还有些高冷，因为那所学校自视甚高。帕梅拉可能对运动和学习特别感兴趣。

谭礼士从天津带来了一些照片，其中一张是期末照，里面的帕梅拉是一个相貌平平的女孩，金黄色的头发紧贴头皮，从中间分缝，在两侧编成发辫，从耳后垂下来。天津文法学校松垮的罩衫和统一的上装并没有为她的容貌增色。厚厚的校服袜子和偏于实用的黑色鞋子使她的腿看上去很粗壮。

在其他照片中，帕梅拉有时在曲棍球队里蹲在前排，有时在篮板球队里僵直拘谨地站着。这些照片应该是在十二至十八个月前拍摄的，里面的帕梅拉板着脸，面色阴沉。她没有盯着镜头看，表情十分冷淡，似乎并不想拍照。

　　韩世清心目中的帕梅拉却截然不同。他之前一直在提问，以及阅读莫理循大街警署的电话记录、匿名信和他手下警员们的报告。他自己也有一张帕梅拉的照片给谭礼士看。这张照片是他让手下的警员从倭讷家取来的。在接下来的几天，它将出现在中国和国际报纸的头版，它们将给这张照片上附上简单的标题——"谋杀案的受害者帕梅拉·倭讷小姐"。

　　这张照片里的帕梅拉与其说是女孩，不如说是成熟女性。这张摆拍的照片摄于北平最有名的阿东照相馆，帕梅拉站在一块作为艺术装饰的幕布前，旁边放着一瓶鲜花，鲜花下面的架子上松松地蒙着绘有图案的中国丝绸。她的头发时髦地抹了发油，顺滑地垂下来，头顶分缝，下面打卷——这是时兴的瑙玛·希拉①或克劳黛·考尔白②的风格。她穿着一件剪裁时髦的裙子，领口在脖颈处稍稍向下开了一点（显示出她是平胸）。这种样式在 1930 年代的好莱坞电影中很流行，帕梅拉常去大

---

①　瑙玛·希拉（Norma Shearer）出生于加拿大，是美国早期影星，曾有"好莱坞第一夫人"的美称。——译者注

②　克劳黛·考尔白（Claudette Colbert），法籍美国人，著名演员，曾获第七届奥斯卡最佳女主角奖。——译者注

栅栏的电影院看这些电影。她的裙子在腰间收紧，勾勒出柔和的臀部线条。她的腿藏在拖地裙摆下，看不出粗细。一只穿着精美绣花鞋的小脚从裙下探出。

这次帕梅拉自信地直视镜头，而在学校的照片里她可不是这样。她涂了唇膏，描了眉，眼下还扫了眼影粉。她以一位漂亮女人的姿态出现，人们肯定会注意到她。

韩署长曾派手下前去使馆大街上的阿东照相馆，并从那里获知这张照片摄于 1 月 4 日星期一，也就是帕梅拉死前三天。一方面，在天津认识帕梅拉的人从报纸上读到消息时，被她迷人的外表震惊；而另一方面，她在北平的熟人惊讶地发现当她穿着天津文法学校的制服时，看起来竟是那么的朴素乏味。

韩世清现在向谭礼士复述案情：可怕的初步尸检结果、例行的骚扰电话、捏造的供词和指控（包括那个被嫉妒成性的妻子出卖的一文不值的白俄酒鬼）。谭礼士对那个人力车夫的故事更感兴趣：曾有人发现孙德兴在狐狸塔附近清洗他被鲜血染红的坐垫罩。韩世清告诉谭礼士：这个车夫在俄历圣诞节的那夜拉了一位晚归的乘客，那是个外国人，在"恶土"里喝过酒并跟人动过手，他的血沾在了孙德兴的坐垫罩子上，所以车夫只好把它清洗一下，否则没人会雇一辆座位脏兮兮的人力车。

韩世清断言这个车夫在接受讯问时吓坏了。他是个19岁的乡下小伙子，来到城里却只能整天拉人力车，没有别的选择。无论酷暑严冬，他和这座城市里的其他约六万名车夫每天要运送五十万位乘客，报酬却少得可怜。

韩世清很了解这一行的运作，并给谭礼士形容了一下：一个对大城市中种种门路懵然无知的乡巴佬若想要租一辆人力车，就需要付很高的车份，因此奔忙一天后，他自己手里剩不下几个子儿。只有最壮实的人才能一连好几个冬天坚持在大街小巷里穿梭往来。一个逐渐陷入绝望，直到不顾一切地去偷盗一个外国醉鬼的钱包的人力车夫形象是很容易想象的，但他还不至于精神错乱到杀人并把白人少女的尸体切割得七零八落。总之，他们清楚地认识到：这并非一起劫案，否则最先消失的一定是那块腕表。

另外，韩世清告诉谭礼士，他曾派手下的警员去那个车夫供出的使馆区地址。他们把一位美国人从宿醉中唤醒。那人是个守卫美国公使馆的海军陆战队骑兵。他承认自己曾在船板胡同的一间酒吧里酗酒斗殴，被人把鼻子打破了，还被砍了几刀。回家路上，他的血流在人力车的座位上。韩世清亲自检查过血迹，它看起来并不像是从帕梅拉身上伤口流出来的血造成的。

韩世清告诉谭礼士，此路不通；他们应该另寻他途。

* * *

两位警官根据各自的背景分了工，分头讯问相关人员。韩世清将讯问倭讷的中国仆人，并试着追踪商铺店主、人力车夫、出租车司机、溜冰场员工、邻居，以及任何可能就帕梅拉生前最后几天的活动提供线索的人。谭礼士则要和帕梅拉的外侨朋友们谈谈，就从埃塞尔·古雷维奇开始，目的是还原帕梅拉的活动。谋杀案刚过去两天，人们的记忆应该还很鲜活。

韩世清在星期天早上去了倭讷家，从厨子何英开始讯问。何英说在帕梅拉被杀那天，他为父女俩做了通心粉作为午餐。那天下午大约三点时，他去附近东单牌楼大街的市场买猪肉，因为帕梅拉要求吃肉丸。他还买了传统的北平蜜饯和一些别的东西。帕梅拉喜欢这些糖渍水果和糯米点心，经常让他去买。

何英在星期五那天已经向韩世清手下的一个警士讲述过这些了。他这次的叙述与之前完全吻合。帕梅拉曾说她会在下午四点左右出去，晚上七点半前回家。何英已经做好了肉丸和米饭，她却永远不会回来食用了。帕梅拉的晚归使倭讷老爷越来越焦虑。何英在每天的工作结束后会回到几条胡同外的他自己的家。那天晚上，他在倭讷家里待得比平常都晚。最后，倭讷叫他去溜冰场打听帕梅拉的去向，但那里已经关门了。正在清扫冰面的中国工人告诉他，溜冰场那晚接待了两百位溜冰者，但他们不认识帕梅拉。何英飞奔回盔甲厂胡同，把这个坏消息告诉倭讷，然后就回了自己的家。

接下来，韩世清跟 64 岁的看门人严平聊了聊，后者确定地告诉他：在那天下午一点左右，倭讷和帕梅拉一起吃了午饭；两点多钟，倭讷出门，开始每天下午的例行散步；三点刚过，帕梅拉也离开了，当时何英已经去了菜市场；倭讷于五点回到家中，不久后又进出多次以寻找他的女儿。严平整晚都坚守大门；他在那里从周四的中午一直待到周五早晨，一直守望着她。自从她在那天下午三点刚过时离开后，他就再也没见过她。严平的叙述也和他之前的说法一致。

韩世清发现自己在这处四合院中已无用武之地。谭礼士过会儿会来讯问倭讷。考虑到这位老人还未从震惊中恢复，谭礼士的前景似乎也不甚乐观。倭讷的医生告诉韩世清：由于过度紧张，倭讷的心脏很难受。

那天早上，谭礼士在使馆大街的古雷维奇家得到了新的信息。埃塞尔之前已经为警方录过口供，称自己到达六国饭店的时间比约定的晚了一点，那时下午五点刚过。然后帕梅拉于几分钟后出现，告诉埃塞尔自己早就到了，但发现埃塞尔还没来，就去散了一会儿步。两个女孩随后和埃塞尔的父母喝了茶，然后就一起溜冰去了。帕梅拉后来骑着自行车离开，埃塞尔再也没见过她。埃塞尔和莉莲·马里诺夫斯基一起待在溜冰场，直到八点溜冰场关门。

他们一起喝茶时聊了什么呢？谭礼士提出这个问题，然后第一次被告知帕梅拉在天津交了男朋友。按埃塞尔的说法，帕梅拉非常激动，因为他要来北平待几天，但她没有说出他的名字。埃塞尔假设他会在盔甲厂胡同住上几天。谭礼士提出的下一个问题是：帕梅拉和埃塞尔在一起时吃了什么？她吃的是中餐吗？不，埃塞尔说，只吃了点涂黄油的面包，就着茶水咽下了一片蛋糕。她的妈妈也证实了这一点。帕梅拉吃喝都很少，并说自己不饿。但她并没有说自己上一次进餐是在什么时候。帕梅拉在溜冰场时也没有吃中餐。

帕梅拉的衣着呢？她那天下午穿的什么？谭礼士问。埃塞尔回忆起她穿了格子呢短裙、时髦的埃尔特克斯女上衣、羊毛开衫、系腰带的蓝色大衣、手套、贝雷帽和长袜。埃塞尔只认识一位帕梅拉在北平的朋友，那就是那晚在溜冰场上遇到的莉莲·马里诺夫斯基。埃塞尔告诉谭礼士，帕梅拉当时看起来很不一样——更开朗、更成熟。她交了新朋友，有了新的消遣方式。她受邀参加聚会和舞会。她对男孩们感兴趣。她已经不是埃塞尔认识的那个北平的帕梅拉了。从前在学校，她总是很安静，但偶尔会显得叛逆；她曾因惹麻烦而被送到天津。

谭礼士离开古雷维奇家后横穿使馆区，去拜访莉莲·马里诺夫斯基。但这次他没有新发现。莉莲18岁，还在北平上学，比埃塞尔更接近帕梅拉的年纪。在溜冰场时，她说得多，听得少，也没问帕梅拉太多问题。帕梅拉没有提到任何关于男友的事，但莉莲也认为她看起来更自信、更成熟了。莉莲认为自己不过是偶然碰到一个不太熟的女孩，仅此而已。

韩世清和谭礼士在午饭时分回到莫理循大街警署碰头，那里除了苦涩的警局茶水和一听哈德门香烟外一无所有。除了男友的事之外，几乎没什么新信息，因为所有接受讯问的人都只是确认了他们在前一天给出过的时间和细节。谭礼士给倭讷留了张便条，问他知不知道帕梅拉将在最近一两天带某人回家。然后，他给天津的警署打了电话，让手下一个警员去查帕梅拉的男友是谁，特别要搞清楚此人从 1 月 7 日晚七点到次日清晨在哪儿。

"四处打探一下，"他在电话里吩咐那个警员，"查出她的男友是谁。问问老师们对帕梅拉有什么评价，还有她平时行为举止如何。"① 尽管没有明显动机，这个男友是他们目前所知的最有嫌疑的人；而且他们也不知道当时他是否在北平，甚至连这个人是否存在都不确定。也许这只是一位少女为吸引朋友们的注意力而虚构的人物。

整个事件中有一个漏洞：帕梅拉下午三点刚过就离

---

① *The Times*（London），11 January 1937.

开了盔甲厂胡同，五点后不久就见到了埃塞尔·古雷维奇。从帕梅拉家骑车到六国饭店只需二十分钟左右；如果沿着鞑靼城墙骑行的话最多只要半小时，而这是她平时最喜欢的路线，因为可以绕开"恶土"。因此，那天下午就有一个半小时没有着落。在那段时间里，她做什么去了？

韩世清把帕梅拉的照片发给手下的人，把他们派了出去。巡警们在盔甲厂胡同的倭讷家和六国饭店之间呈扇形散开，遵照他的指示把照片展示给每个人看：每位店主、咖啡厅老板、市场摊贩，以及每个小贩、酒店前台与看门人。这片地区十分热闹，肯定有人见过她。

当然，确实有人见过她。很快，在周日晚上，案情就有了突破。六国饭店的一个门房在周四下午见过帕梅拉。韩世清手下的一个低阶警士打电话来，说他找到了那个人。

警探们驾车横穿使馆区，赶往六国饭店。那位警士和门房在大堂里等着他们。韩世清把帕梅拉的照片再次拿给门房看，门房认出了她，说她在 1 月 7 日进了六国饭店，要在那里开一间房；他隐约记得那是在下午三点到四点之间。门房的桌子离前台大约二十英尺远。那个女孩走进大堂，从前台拿了一张传单。她那时是独自一人。门房想不起来她在前台与谁交谈过，但金发灰眼的特征使他确定那就是帕梅拉。

但她的家就在约一英里外，所以她为什么还想在六国饭店开房呢？她是要和从天津来的男友幽会吗？或者她跟父亲吵了嘴，想要从盔甲厂胡同离家出走？警探们需要跟倭讷深谈一次。当然，得等到明天，因为明天是周一，它不仅是新的一周的开始，对帕梅拉一案的正式审理也将会在这天进行。

那天晚上，韩署长回家睡觉。实际上，他几乎已经连续不断地工作了整整三天。谭礼士则回了六国饭店，在那里的酒吧中消磨了几小时，想听听老中国通们在传播些怎样的流言，以及北平外侨中的那批快活的年轻人在互相交换哪些八卦和小窍门。他让督察博瑟姆在顺利饭店的酒吧里也如此照办。谭礼士知道现在大家讨论的唯一话题就是帕梅拉·倭讷。如果想获得关于倭讷父女的有用消息，酒吧就是个好地方，在那里人们不太管得住自己的嘴——人们会窃窃私语，在无意中说出有价值的信息。

第七章　一位老中国通

对帕梅拉·倭讷一案的审理于周一早上在英国公使馆举行，公使馆位于所谓的"英国路"（真是个应景的名字）。因为中国首都已迁至南京，严格来说它现在应是一处领事馆。若有一位英国国民去世，且死因存疑，那么按标准程序，一次审理就会举行。

在所有的外国公使馆中，英国公使馆占地面积最大。它是一处宽敞的大院，内有二十二座建筑物，由女王皇家军团（萨里郡）（Queen's Royal Surrey Regiment）以及门前两头极大的石狮子守卫。大不列颠的王权和威望不仅光耀北平这座中国城市的上空，也泽及这片区域里的其他公使馆。在 1900 年的义和团运动中，英国公使馆是外国人为对抗拳民而同心协力背水一战的最后据点。后来，外国军队对北平的报复性屠杀和洗劫也是从这里开始的。

法庭设在主楼里一间阴冷、实用、毫无装饰的房间中。审理由英王陛下的特命领事尼古拉斯·菲茨莫里斯主持。这日上午，他将充当英王陛下派驻北平的死因裁判官①。这位菲茨莫里斯与倭讷曾有龃龉。菲茨莫里斯是一位职业外交官，曾经担任驻中国喀什噶尔的领事。1933 年，他转任至北平。此人是一本正经且拘谨的英国使节中的典型；但据他的助手们说，帕梅拉身上的伤也使他战栗失色了。现在，他仍然以英国式的坚定沉着示人。

领事占据了房间里唯一一张舒适的椅子，其他人只好将就坐在硬靠背的木椅上。他们前面站着一排身着黑色制服的使馆人员。筋疲力尽的韩世清作为调查官出席；谭礼士作为英方和北平警方间的正式联络员也出席了审理；还有常任秘书多默思，他是使馆区巡捕房的代表。旁听席上挤满了媒体记者——有的来自中国沿海城市的英文报社，有的是《泰晤士报》和《纽约时报》的特约通讯员，还有许多其他国际性报纸的记者在寻找热点。从澳大利亚的阿德莱德到加拿大的温尼伯，关于帕梅拉之死

---

① 死因裁判制度是英美法律体系中的一种特殊制度，用来对死者的死因进行法律上的认定，采用由死因裁判官主持死因裁判庭的形式。——译者注

的消息同时占据了多家报纸的头版。漂亮的欧洲女孩在东方被谋杀可是广义上的白人世界里的大新闻。

那天早上的审理相当敷衍。只有一位证人——帕梅拉的父亲——被传唤。媒体形容他是一个"身形佝偻、白发苍苍"、被悲伤压倒的男人。倭讷在喀什噶尔跟菲茨莫里斯有过节，导火线是考古学家奥莱尔·斯坦因（Aurel Stein）爵士横穿中亚的远征探险。斯坦因从敦煌附近的千佛洞里获取了许多古老的手稿，这件事使倭讷与菲茨莫里斯发生了争端。这些手稿被带到大英博物馆，中国人对此十分不满。作为著名的学者，倭讷也被卷进了此事。他认为斯坦因取走古代手稿的举动无异于抢劫，并和菲茨莫里斯吵了起来。菲茨莫里斯支持斯坦因和大英博物馆，认为倭讷是个脾气暴躁的人。现在这位刚刚痛失爱女的父亲就坐在他面前。这可真是世事无常啊。

胡医生和北平协和医学院的其他医生并未公布他们的发现；他们还在继续检查帕梅拉的尸体以寻找线索，该过程用一个新的科学术语来形容就是"取证"。韩世清支持他们在审理中就医学细节保密，免得它们在报纸上出现。目前把细节公之于众只会招致越来越多的骚扰电话，对调查全无帮助。疯子们源源不断地出现，向韩世清宣称杀了帕梅拉的是自己；他不想在办公室门外再发现一群偷人心脏的贼。

同时，他还要考虑公众安全问题。器官盗窃在中国是个微妙的话题。现在，关于反常的药物使用、奇怪的宗教祭仪和三合会仪式等的谣言满天飞。如果大家知道一个外国女孩的内脏器官被取走了，谣言就会愈演愈烈。北平已处于盲目恐慌和混乱的边缘，韩世清可不想往火上再浇一勺油了。

大家都在走程序。菲茨莫里斯所做的不过是召集庭审，并请倭讷确认那是女儿的尸体。因为她目前已被肢解，所以倭讷只能通过她的衣物和手表来完成这一环节。

帕梅拉的名字被菲茨莫里斯的书记员记录在案。当被问到女儿年纪时，倭讷给出了 19 岁又 11 个月的答复。记者们潦草地写下这点，截至当时的所有报纸都搞错了她的岁数。

倭讷随后坐了下来。菲茨莫里斯宣布尸体经确认为英国国民帕梅拉·倭讷。他指出案件的调查由北平警方的韩署长负责，随后宣布休庭，等待进一步的医学鉴定。谭礼士的出席并没有被正式记录。菲茨莫里斯问韩世清：何时才能将帕梅拉的尸体发还给其家人下葬？

韩世清从长椅上站起来，手里拿着帽子。为出席这一场合，他特地穿上了黑色礼服和皮鞋。他保证说医学院的医生们完成尸检工作后就会马上归还尸体。菲茨莫里斯点点头，敲下他的小木槌。

整个程序仅持续了二十分钟。人群从寒冷的房间里鱼贯而出。更多记者挤在正门外，在路边种植的刺槐间转悠。闪光灯不时爆开，韩世清重复着他的口头禅"无可奉告"。倭讷从侧门悄悄溜出，避开这混乱的一幕——这是菲茨莫里斯的善意安排。除了"帕梅拉一案的庭审举行"外，媒体在头版头条中也无甚可写了。

韩世清和谭礼士回到莫理循大街。谭礼士已经跟倭讷约好于当天下午在盔甲厂胡同见面，而不是把后者带回警署讯问，因为这样看起来不太友好；而且谭礼士也想看一下那处宅院和帕梅拉的房间，好对父女俩在他们的生活环境中的状况有个印象。两位探长都有一种感觉：倭讷家想必会有不同寻常之处。

现在，他们正坐在专案室里吸烟。韩世清手下的警察已在这里清理出一片空间，把警署标配的红木家具向后推，把在罪案现场拍摄的照片钉在墙上。黑白照片上有粗大的黑色箭头，指出了尸体被发现的地点；还有对帕梅拉的腕表、丝绸衬衫、染血的溜冰场会员卡、鞋子，以及附近发现的一盏油灯的特写。韩世清把医学院里拍摄的照片放在一个很平常的马尼拉纸信封中，再将其锁在自己的办公桌抽屉里。当然，他让谭礼士看过这些，但它们太可怕了，不适合摆在外面。万一有哪个警员想在新年之际搞点外快，于是把它们卖给媒体呢？此类风险确实不小。

韩世清听过关于倭讷的传言，并向谭礼士分享了他知道的信息。用人们说帕梅拉的父亲虽然受人尊敬，却是个怪人。他手面阔绰，从不虐待仆人。他会讲的中国方言比他们自己还多；他懂他们的文化，是位学者。但由于没有母亲，他的女儿变野了，在学校里总是惹麻烦。这位老人无法控制她，且他要经常出远门，于是把她留在家中同用人们待在一起。这个家庭称不上和美。

在学校的圣诞假期，她回到家里，周围的人却传说她过得并不开心。用人们说父女俩时有争吵，大喊大叫，甚至倭讷还和帕梅拉的一位追求者在院外的街道上打了一架。她一直跟男人约会，在外面吃午饭和晚饭，与他们跳舞，很晚才回家。倭讷不喜欢她的新派社交生活，他是老派人，认为这样太摩登了。他对一个追求者特别注意，那是个中葡混血儿，名字很怪，叫约翰·奥布莱恩（John O'Brian）。此人在天津迷上了帕梅拉，现居北平，很明显曾向她求婚。

帕梅拉拒绝了他，但整件事使她父亲很担忧。随后倭讷又开始针对一个中国学生，因为此人邀请帕梅拉出去过几次。传说倭讷曾经让他走开，不要再烦帕梅拉；随后事态升级，他们在盔甲厂胡同打了一架，好多邻居都来围观。年已古稀的倭讷用手杖在那个男孩脸上打了一下，把他的鼻子打破了。

看起来帕梅拉的父亲脾气不太好。

* * *

爱德华·西奥多·查尔默斯·倭讷于 1864 年出生在"黑天鹅"号客轮上，当时这艘船正停泊在新西兰但尼丁市的查尔默斯港。他的父亲是普鲁士人，母亲是英国人。他们玩笑般地在他的出生证上加上了"查尔默斯"作为中间名。

约瑟夫·倭讷（Joseph Werner）和哈丽雅特·倭讷（Harriet Werner）相当富有，因为约瑟夫的父亲安排了家庭信托基金。约瑟夫是个旅行爱好者，他带着妻子和孩子们到处旅游，横穿南美洲、美国和欧洲大陆。他们曾像吉卜赛人一样（只不过衣着更考究罢了）到处流浪长达十年之久。直到倭讷、他的三位姐妹和一位兄长都到了学龄，他们才终于回英格兰定居，倭讷在那里的汤布里奇中学就读，那是一所令人肃然起敬的公学。但好学的倭讷不太喜欢这所学校，因为它更注重体育而非智育，旨在培养斯巴达勇士而非学者。总之，这是帝国建设者或扩张主义者的摇篮。

约瑟夫于 1878 年去世，享年 64 岁，这意味着倭讷结束学业后就得找份工作了。他通过了外交部的录取考试，成为远东军校的学员，被派至北平做为时两年的见习翻译，好使他的中文达标。

1880 年代晚期的北京和 1937 年的北平截然不同。当时这座城市正慢慢从众多灾难（其中之一就是太平天国运动）中恢复元气。太平军意欲推翻清政府，在中国建立神权政体。他们的领袖洪秀全据说有神明护体，自称耶稣基督同父异母的弟弟，给自己施涂油礼，并自立为太平天国的统治者——天王。再没有比这更不切实际的政权名字了。洪秀全的起义发起于 1850 年，终于 1864 年，持续了十五年，葬送了一千五百万中国人的生命。鸦片战争于 1860 年结束，北京被洗劫一空。1870 年代末，中国北方还暴发了大规模的旱灾和饥荒。

倭讷第一次到北京时，这里还没有太多外侨。他们彼此抱团，欧洲人的数量比上海或天津的少得多。北京的欧洲人实际上只有外交官、由外国人运作的中国海关中的员工以及传教士。哪位外国人如果走到使馆区外，就会引起群众围观，围观者还会发出"洋鬼子"的惊叫。使馆区的面积也比现在小得多，直到义和团运动后它才逐步扩张。这里有祁罗弗洋行和瑞士人经营的北京饭店，但仅此而已。遥远而陌生的北京是一个"艰苦的驻地"，但倭讷马上就感到，面前的这个国度值得他奉献终生。

他尽情地观赏北京的景色，嗅着北京的气息。在城门和内城周围，人群熙来攘往，车如流水马如龙；外城则比较杂乱，但仍然热闹非凡。他喜欢街头小贩，喜欢卖陌生食物的小摊，从干果、冰碗到烤红薯和糯米藕，所有的东西他都喜欢。周期性的沙尘暴使人睁不开眼，让他深受其害；下雨时的积水、盛夏里的高温和冬天刺骨的寒风使他苦不堪言。

两年的译员实习期满后，倭讷开始在不同岗位上任职，坚定地沿着外交界的等级阶梯向上攀登。他在北平公使馆里的大法官法庭工作了一段时间，随后在广州待了一年，在天津待了两年，又在澳门驻留了几年。然后他休假回国，在中殿律师学院①进修，取得了专业律师资格，从而为他出任领事铺平了道路。回到中国后，他得到提拔，从较小的通商口岸做起——一年在杭州，一年在罗星塔②，一年在琼州（琼州位于孤悬海外的潮湿热带岛屿海南岛上）。之后他在东京湾驻留了几年。

然后他更进一步，代表英国官方主持了新的通商口岸——不起眼的江门——的开放。随后又回英格兰休假一年。作为回报，他被任命为驻九江领事，九江是一个繁忙的茶叶贸易港，他在那里工作了四年。

在上述职业生涯中，倭讷一直单身。然而，在 45

① 中殿律师学院（Middle Temple）是英国伦敦培养律师的组织之一。——译者注
② 福州马尾港有罗星山，山顶有罗星塔，是国际公认的航标、闽江门户的标志，有"中国塔"之誉。——译者注

岁那年，他终于遇到了未来的妻子。

格拉迪斯·尼娜·雷文肖时年 23 岁，出身于一个古老而富有的英国家族。她于 1886 年生于布莱顿，在家里四姐妹中排行第二。她的父亲查尔斯·威瑟斯·雷文肖（Charles Withers Ravenshaw）中校系出名门，是一位老派的大英帝国英雄，曾供职于著名的东印度公司印度政治部①和大英帝国的驻印军队，经历过第二次阿富汗战争。他所在的部队曾在坎大哈（Kandahar）激战，占领过喀布尔。他也是前英国驻尼泊尔公使、优秀的运动家和神枪手。倭讷非常崇敬他，形容他是"英国人中的佼佼者"。

格拉迪斯·尼娜的孩提时代多在野外度过：要么是在特纳斯山（Turners Hill）上风景如画的某苏塞克斯郡的村子，要么是在印度境内的山间避暑之地。她和家人跟着她父亲辗转于各个任职地——拉杰普塔纳、塞康德拉巴德、波斯湾的麦沃尔、迈索尔、库格的山区，直到

---

① 东印度公司印度政治部（Indian Political Department）是英属印度的政府部门。它起源于 1783 年东印度公司董事会通过的一项决议，目的是协助印度总督处理秘密和政治事务。——译者注

他成为驻瓜廖尔①的英国公使。后来，他又转任驻尼泊尔公使。在 1906 年他退休后，他们又举家回到了苏塞克斯郡。

格拉迪斯·尼娜是典型的英国淑女。她擅长运动，喜欢打网球、溜冰、打高尔夫球，还特别喜欢马，任何跟马有关的运动她都爱。她参加苏塞克斯南部丘陵地区的赛马，与驻印度英军里的年轻人玩马球。她会演奏小提琴和钢琴，会背诗，在语言学习方面也很擅长。她对宗教的虔诚只限于敷衍了事地去教堂，但对通神学有浓厚的兴趣。这门学说当时在英国上层社会的女孩间很流行，其奠基人是勃拉瓦茨基（Blavatsky）夫人。通神学认为所有宗教都包含部分真理，在当时这是一个激进的想法。雷文肖家的姑娘们当然知道老中校对此感到很恼火。

才貌双全的格拉迪斯·尼娜被报纸的社会新闻版称为最后一位未婚的"雷文肖闺秀"。她有匀称的面孔、光洁的秀发、深棕色的双眼、光滑的皮肤和优雅的脖

---

① 拉杰普塔纳（Rajputana）、塞康德拉巴德（Secunderabad）、麦沃尔（Mewar）、迈索尔（Mysore）、库格（Coorg）、瓜廖尔（Gwalior）均为印度城市。——译者注

颈。可以想象，肯定有很多同龄人追求过她，然而，她爱上了倭讷。后者虽年纪老大，但被雷文肖家视为乘龙佳婿。

两人在奥尔德堡①的一次通神学讲座上相遇。虽然倭讷总是在各种场合宣称自己是无神论者，但他对这个课题也十分好奇，于是参加了这次公开讨论。（他和格拉迪斯·尼娜在婚后也对不同理念保持开放的心态，但他们两人从不踏进教堂，除非需要出席某些正式场合。）倭讷年迈的母亲之前搬到了这座深受上流社会青睐的萨福克郡海边小镇，与格拉迪斯·尼娜认识时，倭讷正在看望母亲。他因必须回中国的重要通商口岸福州担任驻华领事，而只好与格拉迪斯·尼娜鸿雁传情。

最后，他向她求婚，而她接受了。她去了中国，两人于1911年12月在香港十字造型的华美教堂圣约翰座堂成婚。这对新婚夫妇在澳门度完蜜月后返回福州，倭讷在那里担任领事，直至1914年退休。

之后他们选择留在中国，使有些人颇为惊讶，因为

---

① 奥尔德堡（Aldeburgh）是英国伦敦东北方向的海滨小镇。——译者注

对一名外交官来说，惯常做法是退休后回到英国南部沿海，惬意地守在壁炉边。当时倭讷的退休金足以使他们在中国过上优裕生活。三条胡同是前门附近的一条古老街道，充斥着兜售玉器和古董的商贩，倭讷在那里租下一处宽敞的四层小楼。它位于市中心，所以格拉迪斯可以轻而易举地探索大街小巷，熟悉这座新城市。

由于一直没有生育，1919 年，倭讷和格拉迪斯从一处天主教会运营的孤儿院收养了帕梅拉。该孤儿院属于无玷始胎圣母堂①，又称葡萄牙教堂或南堂。北平的穷困外侨（多数是白俄）把婴儿遗弃在这里，修女们则收留他们。在那个动荡的年代，为逃避布尔什维克革命，白俄横穿西伯利亚草原，南下到达哈尔滨、天津、北平、上海和其他五六个城市。这些地方的孤儿院一度挤满了白人弃婴。母亲们的钱用完了；而她们的丈夫、兄弟和父亲通常仍然在"白军"②的部队里战斗。婴儿们成为多余的累赘，或是令人悔恨的耻辱。

---

① 即今天的宣武门天主教堂，坐落于前门西大街 141 号，现在是北京教区主教座堂。——译者注
② 在苏联建国初期的内战中反对苏俄红军的军队，主要由支持沙皇的保皇党、军国主义者等组成。——译者注

孤儿院中有那么多婴儿，为何倭讷夫妇偏偏选中了这个女婴呢？也许格拉迪斯·尼娜在凝视她的灰眼睛时突然动念，做出了决定。也许比起其他颜色的眼睛，灰色的眼睛更像是在深深地注视着对方的灵魂。总之，倭讷夫妇把她带回了位于三条胡同的家，给她取名帕梅拉，在希腊语中这个词指蜜糖和所有甜蜜的东西。他们不知道她的生母是谁，也不知道她的生日和确切年龄，因为修女们也对此一无所知。在公使馆签发给她的护照上，她的出生日期是"1917年2月7日"。

帕梅拉逐渐长大，从不讳言自己是养女。当人们评论她与众不同的灰眼睛，或是问起她的血统时，她会猜测自己的生母是俄罗斯人，因为灰眼睛在俄罗斯人中最普遍。

1922年，悲剧降临。格拉迪斯·尼娜去世，得年仅35岁。帕梅拉失恃，倭讷则成了悲痛的鳏夫。他开始将自己写的所有书献给亡妻，还为学术研究工作推掉了大多数使馆区的社交活动。他更喜欢待在自己的书房和藏书室，那是大家公认的北平最好的书库之一，人们因此认为他要避世隐居。他为自己赢得了汉学家和作家的声名，还是位极具天赋的语言学家。他熟练地掌握了数种中国方言，同时法语、德语、西班牙语和葡萄牙语也讲得很流利。他在中国国史编纂处得到一个职位，并因在北平大学的学术成就被誉为"中国人的朋友"。

至于帕梅拉，格拉迪斯·尼娜给她留下了20000银圆，供帕梅拉满18岁后自由支配。她因此成了一位富家小姐。这就可以解释那块镶钻铂金手表了——她从使馆大街上的利威洋行买下它作为送给自己的礼物。

当时铂金是上流社会女士的独选。占据各大报纸头版的温莎公爵夫人华里丝·辛普森（Wallis Simpson）说："晚上七点以后，只有铂金才值得你佩戴。"于是这种金属流行起来，价格飞涨。帕梅拉为那块手表花了450银圆。而且埃塞尔·古雷维奇告诉谭礼士，她从未在别的熟人身上看到过这样的手表，就连相似的也没有。帕梅拉继承的遗产数额之巨不是什么秘密。

* * *

天津维多利亚道警署的一位警官拜访了帕梅拉的男友，带去了她的死讯。这位名叫米沙·霍杰尔斯基的年轻人最开始无法相信，随后悲痛欲绝。比尔·格林斯莱德（Bill Greenslade）警司是谭礼士的副手，他不久后去见了这位帅气的体育明星、老师的宠儿兼六年级级长，并认为这是个诚实的小伙子。米沙有不在场证明，他的家人（一个良好的家庭）和用人可以做证。当帕梅拉在北平时，他一直待在天津的家中。

米沙也无法为帕梅拉的谋杀案提供线索。他说那一周他本来打算去北平和她待几天，见见她的父亲。

天津同样被这消息震惊了。这座城市里有许多人认识倭讷，他们觉得帕梅拉不过是个十几岁的文静女学生。

现在，有两个问题等着谭礼士和韩世清解答。第一，谋杀现场在哪？他们怀疑狐狸塔并非现场，尸检结果也证实了这一点。韩世清派出手头能召集起来的所有人去搜查鞑靼城和"恶土"里的酒店、公寓和所有对外出租的房间，核对在1月7日那晚和第二天早上登记入住的所有客人的姓名。他们打听是否有哪间房里发现了血迹，是否有谁的床单不见了，或是哪里有两个人开房入住，在退房时却只有一人。

帕梅拉的照片被展示给所有周四晚上至周五早上当值的看门人、守夜人、门卫、公寓门房、前台接待员和搬运工；如果调查时他们在轮休，警察就把他们叫来，或是上门拜访。韩世清告诉手下：从中国人到外国人，从北京饭店到"恶土"里最劣等的充斥着跳蚤的廉价旅馆，一个都不能放过。（北京饭店虽然只接待外国人，但恰好在使馆区外，因此严格来讲也在韩世清的管辖范围内。）警察们接到命令，要求检查每间酒吧、夜总会、深夜咖啡厅和餐馆（帕梅拉那晚在某处吃过中餐）。警察们从东边出发，四散执行任务去了。

更多巡警被派到荒芜的鞑靼城墙下，检查那些在深夜里人迹罕至的地方——寺庙、公园、货仓等。以狐狸塔为圆心向外辐射，每间巡警亭分管区域内的每一处地方都要搜查。

鉴于韩世清的手还伸不到使馆区里，谭礼士申请在使馆区中挨家挨户搜查，但被管理使馆界事务公署（背后站着英国公使馆和菲茨莫里斯领事）驳回。你，谭礼士总督察，想暗示什么？搜查北平的华人区足矣。

第二个问题与交通工具有关。谭礼士和韩世清假设凶手使用了一辆小汽车，那么这些人应该在经过狐狸塔旁的东河沿时停过车，把尸体从车上拖下来扔进沟里，然后驱车离开。1937 年，北平登记在案的私家汽车有超过两千辆，每辆都需要检查，城里还有大量的出租车。韩世清发现汽车登记工作做得很糟，往好里说也是"没有条理"，但该检查的还是要检查。交警接到命令，把所有非北平牌照的汽车也拦停检查。

韩世清还派人去搜查城市里的跳蚤市场、旧货商店或凶手可能卖掉帕梅拉的所有物的其他任何地方。有些物品目前仍然下落不明，比如她的溜冰鞋、自行车、手套、外衣和贝雷帽。

想要搜查北平每处宅子里的每间房是不可能的；同时，搜查使馆区内的请求也被正式驳回了。但在城市里的某处，一定有一个房间布满血迹。韩世清和谭礼士断定：凶手们并没有把尸体运得太远；谋杀就发生在鞑靼城里。他们在如下假设的基础上开展工作。

凶手（们）独居，或是可以利用某处私人空间。在那里，他们不会被任何其他居民或仆人打扰。

他们能弄到车和司机运送尸体。为避人耳目，若非必要，他们不会把尸体运得太远。

他们要做大量清洁工作，而且他们未必能把房间和自己衣物上的所有血迹清除。

同时，帕梅拉的内脏也还没有找到。

第八章　盔甲厂胡同

　　总督察谭礼士去那处四合院拜访倭讷，督察博瑟姆和警长比涅茨基随行。这是一次棘手的拜访。倭讷是一位悲痛的父亲，而北平全体外侨似乎都在与其同悲。人们从报纸上读到帕梅拉的尸体被野狗糟蹋的消息后非常震惊。当然，这是捏造的新闻，但人们信以为真了。如果人们了解到帕梅拉的真实情况，他们可能就会出离震惊，陷入彻底的恐慌。被临时派到北平出差的谭礼士在这座城里待了不过几日，但已经突破了外交部强行设置的限制，将调查行动推进到了使馆区之外。警务人员的本能使他别无选择。

　　目前还没有可信线索或重要嫌疑人，而且抢劫的可能性已被排除。谭礼士凭经验判断倭讷是头号嫌犯。除非在战场上，很少有人会死于陌生人之手，无论在伦敦还是北平，这一点都一样。谋杀也是件私事。在十之八九的案例中，死者以为凶手爱着自己：丈夫杀死妻子，父母结束子女的生命，恋人相爱相杀。就目前来说，虽然倭讷曾身居高位，且现已垂垂老矣，但他就是头号疑犯。

谭礼士知道自己必须小心谨慎。虽然倭讷已经退休，但他的人脉还在，可以上达大不列颠在中国的最高权势集团之听。而且那个权势集团正像老鹰一样监视着这件案子，因为它认为英国处于列强在华势力等级体系之巅，英国人的声望比什么都重要。它不会坐视一位前英国领事因谋杀并试图肢解自己的女儿而受审。公使馆不情不愿地允许谭礼士插手此案——鉴于他的资历，他们没有什么其他选择。但这并不是说他们喜欢这样，也不是说他们不会祭起"老朋友法案"①的法宝并试图影响他。从踏入北平起，他就等着他们的召唤。

所以他必须（至少在最开始时）小心谨慎。谭礼士沿着盔甲厂胡同走下去，试着感受这条街道。这里的房屋很老旧，也不怎么现代化。窗上没有安玻璃，还糊着半透明的厚窗纸。近年来这里建起了一两处新的水泥建筑，有着更坚固的砖石结构。胡同两端通向更多的胡

---

① 英文中的戏谑语，指熟人间相互帮助的道义。——译者注

同，它们形成一张网，这张网扩张下去，最后又回到散发着恶臭的运河和狐狸塔。从盔甲厂胡同西行就可抵达苏州胡同，穿过"恶土"，走到使馆区边缘。

谭礼士还没有意识到抛尸处距她家和使馆区有多近，因为"恶土"在这两地之间形成了一处真空地带。

然而他知道倭讷曾是最早搬至盔甲厂胡同的外侨之一。这位学者为自己租下了整座四合院。当周边乡村的农民拥入城市时，一处这样的院子可能要挤着住下四五家人。

看门人严平请三位警官进来，领着他们穿过院子进了上房。对犯罪嫌疑人住处的第一印象很重要。谭礼士把传统的中式深色家具、红漆柱子、格子窗棂和竹丛看在眼里。屋里光线昏暗，看不清室内装饰。倭讷在中国和蒙古探险时收集到的物件陈列在四周，颇似博物馆里的展品，使这里看起来更简朴了。这里像是一位老人的家，19 岁的女孩肯定不会喜欢。或者还有一种可能性是：家就是家，帕梅拉身处其中，久而久之就对它习以为常了。

谭礼士被引至倭讷的书房，博瑟姆和比涅茨基等在外面。这间房坐北朝南，拥有最充足的阳光。屋里一排排书架高至天花板，上面放满了书，书脊上的标题有中文的也有英文的。一墙之隔就是倭讷的私人藏书室，谭礼士在那里只看到了更多的书架和更多的书。

那位老人委顿地坐在书桌后的一张扶手椅上。书桌是沉重的桃花心木和柚木制成的，抽屉里肯定做了内衬，好保护里面存放的物品，谭礼士可以闻到香樟木或檀香木的味道。他在报纸上见过倭讷的照片，曾在天津出席了一次倭讷关于中国神话的讲座，还在北戴河的沙滩上碰见过倭讷，当时倭讷正坐在遮阳伞下读书。也许他也见过帕梅拉在沙滩上玩、骑毛驴或游泳，但当时并不认识她。

谭礼士尽管知道有许多人尊敬倭讷的学识和其在中国的资历，但对他本人就是喜欢不起来。谭礼士也明白这位老人是坚定的无神论者，让那些传教士和每周日必去教堂的虔诚信徒烦恼不已。当然，倭讷有他自己的怪癖：他生活在一个经常酗酒的圈子里，本人却是个禁酒主义者；另外，大家都知道他在所有曾任职的地方——无论多偏远——都不愿抱团，在北平和天津也是如此。"社交场上的宠儿往往学识堪忧！"倭讷曾经这样写道。①

所以，他并不是个善于交际的、合群的英国人。谭礼士却是，因为他的工作性质要求他必须成为这样的人。但对于没有此类特质的人，谭礼士不会马上下结论。他在天津打进的社交圈子比他伦敦的圈子更高等。一位苏格兰场的警探并不是大家理想中的蓓尔美尔街俱乐部成员；但在摆脱英国阶级惯例的约束且地位得到提升后，他发现自己加入了英国俱乐部，并常常出入天津的社交中心戈登堂②。他得去裁缝那里定做一件晚礼服。幸运的是，他可以借口工作繁忙逃离教堂和更烦人的委员会会议。倭讷保持了本色，而谭礼士要遵守那个圈子里每位成员都要遵循的信条。就算倭讷不愿泡在俱乐部里一杯杯地喝威士忌兑苏打水，翻来覆去地嚼舌根或评论两周之前的《泰晤士报》，也不能就此给他扣上杀人犯的帽子。

谭礼士首先向倭讷表示哀悼和慰问。他希望两人能

---

① Anthony Abbot, *These Are Strange Tales*, John C. Winston, Philadelphia, 1948.

② 戈登堂又称天津英租界工部局大楼，坐落于天津英租界维多利亚道。——译者注

够一起聊聊天，而非进行讯问。他现在是在中国领土上，如果没有韩世清在场，他就不能对任何人进行正式讯问、警告或控诉。但这位老人寡言少语，并且总督察觉得他有点看不起人。为什么谭礼士会来北平呢？倭讷想知道。难道说这案子不在中国警方和韩署长手上吗？

谭礼士解释了他插手的原因，并说他和韩世清一起工作。他并没有提到英国公使馆不信任中国人，没有说他们极度希望破案。他也没透露自己行动受到的限制，以及自己已经打破限制的事实。

倭讷看起来已经完全接受了帕梅拉的死。他惜字如金，几乎不去看谭礼士，而是扫视书架。倭讷在和别人讲话时很少直视对方，这是谭礼士之前不知道的。当倭讷偶尔与谭礼士目光相触时，总督察的心头不由自主地涌起一种直觉：有人正居高临下地逼视自己。他耸耸肩，把这种感觉赶走。倭讷把大好年华投入了外交事业，在那个圈子里，摆架子已成为一种职业病。

作为一位受过职业训练的律师，倭讷平心静气地陈述了自己在帕梅拉生前最后一天的行踪。他在下午最后一次看见女儿；她没有回家，他就出门去古雷维奇家找她，然后去了常任秘书多默思的办公室报告她的失踪。他曾派厨子去溜冰场，随后他在城市里游荡，到处找她。

韩世清已经把写着倭讷到达古雷维奇家的准确时间的纸条钉在了墙上，谭礼士知道这一点，而倭讷留便条给多默思的时间也被使馆区巡捕房记录在案。但仍然还有很长的一段时间没有得到合理解释，也就是倭讷声称自己寻找女儿的时间。这段时间足够倭讷找到帕梅拉发一顿脾气，然后杀了人再回家。

谭礼士请倭讷再次列出他当时行走的路线，并把它记了下来：

南至天坛及其附近的公园

横穿使馆区

至城市最北端和雍和宫

国子监

牛街清真寺

南堂

然后回家。帕梅拉次日早上还没回来，家里也没有收到她的只言片语。于是他再次出门寻找，这次的路线是：

> 至哈德门
>
> 沿着鞑靼城墙往回走
>
> 穿过德国公墓
>
> 然后到狐狸塔……找到帕梅拉[1]

说到这里，倭讷情绪崩溃了。

谭礼士坐回去。他提醒自己：韩世清曾说严平忠于职守，倭讷如果在两次搜寻间离开过，这位看门人不可能一无所觉。

现在，轮到倭讷询问细节了。他从审理中什么信息都没得到。谭礼士尽可能措辞温和地向他形容了帕梅拉的遭遇，但又不可能向这位老人隐瞒某些事实，如丢失的内脏器官和尸身上的伤口。倭讷再次垮掉了，现在他看起来完全是一位 72 岁高龄的老人了，甚至比这还要

---

[1] Anthony Abbot, *These Are Strange Tales*, John C. Winston, Philadelphia, 1948.

老。他的反应在谭礼士看来是真实的，他的悲伤掺不得假。

他什么时候能将她下葬呢？倭讷想知道这一点。

很快，等医生完成工作就行，不会拖太长时间了。谭礼士试图安抚老人。

然后，总督察提出要看一下帕梅拉的房间。倭讷叫那位女仆领他过去，自己仍坐在书桌后面。谭礼士被带到毗邻倭讷卧室的一间小卧室里。打开门后，女仆突然大哭起来，然后匆匆跑开了。

站在帕梅拉的房间里，谭礼士只能想起那张她几天前在照相馆拍摄的照片：迷人的裙子、狡黠的模样。他觉得她的卧室仿佛一间修女的小隔间——里面只有一张床、一只简朴的衣柜、一桌一椅，没有任何不必要的装饰。寒冷的房间四壁空空，似乎无人在此居住，半点也不像是一间闺房。

在衣柜里，他找到了那件她在照片里穿过的黑色晚礼服，还有几件日式丝绸和服，这种和服是大多数外国女子在沉闷潮湿的北平夏季的衣着。其他的衣物很简单——短裙、女衬衫、开衫。

倭讷此时也进了房间。他环顾四周，像是要体会那种空虚感。

"我们很快就要回英国了,"他对谭礼士说,"她的家具已经提前运回去了,还有一些书、个人物品和夏装。"①

谭礼士点了点头:如果她马上要回国,那这简朴的房间就有了合理解释。但为什么要回英国呢?他问。帕梅拉的这个学年肯定还没结束,考试也没进行。

"我还以为你早就知道了。"倭讷说。

谭礼士用探寻的目光看着他。

"她在天津的学校里很不开心,"老人解释道,"她不想回去了。之前在北平的学校里她也惹过麻烦,在天津本应好一些。现在,英国是唯一适合她的地方。也许和她的家人在一起,她会……定下心来。他们正盼着见她。"

抓住这个机会,谭礼士问起了那些追求者。那些男人总是在假期里把帕梅拉约出去。倭讷并不反感这个问题,他说出了大多数追求者的名字和家庭住址,他们大

---

① Anthony Abbot, *These Are Strange Tales*, John C. Winston, Philadelphia, 1948.

多是倭讷家的世交。谭礼士提到了那个中国学生，以及那次以其鼻子被打破而结束的事件。倭讷承认自己并不喜欢那个他短暂教过的男孩。此外，那个人在老家——东北的奉天——已经娶妻。倭讷承认自己当时可能反应过激了，并称帕梅拉和那个学生只是朋友关系。

随后他的情绪又崩溃了。谭礼士本来想打听下那个名叫约翰·奥布莱恩的中葡混血追求者，据说此人在天津迷上了帕梅拉，跟着她来到北平。但老人实在是悲痛欲绝。

谭礼士把博瑟姆和比涅茨基叫进屋子，让他们收集证物。这两个男人开始把帕梅拉为数不多的物品拿起来，放进他们的大衣口袋里，包括一把玉梳、一枚发夹和她的日记。倭讷实在无法再看下去，心烦意乱地离开了房间。

帕梅拉要离开学校返回英国，之前没人告诉谭礼士这点。他需要更多信息，但现在不是提问的好时机。似乎他听到越多关于帕梅拉的消息，对她的了解就越少。一位朴素的女学生居然在男孩们眼中如此有魅力，而一个令人烦恼的女儿看起来却在社交场上很吃香。现在帕梅拉身上的矛盾色彩比之前任何时候都强。在提出正确的问题之前，谭礼士需要把她了解得更清楚。

　　他让博瑟姆晚上出去打听北平的外侨对倭讷一家的评价，然后回到六国饭店。他给比尔·格林斯莱德打了电话，叫他去阿弗莱克领事的办公室，调查为什么帕梅拉之前要离开学校，以及天津文法学校里出了什么事。谭礼士想了解，为什么倭讷会以为自己之前就已经知道帕梅拉要回英国。

第九章 六国饭店的
鸡尾酒时间

谭礼士已经安排好天黑后与常任秘书多默思在六国饭店见面，以便在饭店营业高峰之前进行一次安静的谈话。尽管日本人正逐渐占据主动，六国饭店的酒吧仍然是外侨八卦和密谋的中心。新来者趾高气扬，横行霸道，很快这一切都将是他们的了。

在北平的其他地方，日军也高视阔步，视这座城市为禁脔。他们的装甲汽车已经开上街头，东京称这不过是军队定期换防，但没人相信。蒋介石将如何应对呢？南京国民政府一言不发。而且，难道只要将北平当作羔羊献祭给日本人，就能使东京对领土的野心得到满足吗？考虑到挑衅事件在上海也逐渐增多，这种想法似乎不太实际。

在热闹的顺利饭店的酒吧里多待一会儿，你就会听到更多的酒后真言："小日本"将会横扫中国，他们是唯一懂得纪律和效率的东方民族。1905 年，他们已经给了俄国人一记狠狠的耳光，遏制了沙皇的扩张。这么说可能很残忍，但使馆区的外侨认为，从长远来看，中国最好是让日本人管起来，而且日本人还会消灭那些共产党。或者倒不如说，从伦敦、巴黎及其贸易利益的角度看，日本人是最佳选择。

常任秘书多默思已把倭讷的官方履历交给了谭礼士，就是那种即使前方是刀山火海，英国公使馆也不会更易一字的履历。尽管内部有不和、积怨和隐秘的丑事，但帕梅拉之死使外交界团结起来一致对外，挡住外人窥探的眼睛。多默思警告谭礼士：公使馆帮不上忙；实际上他们只会帮倒忙。国格兹事体大，帝国一致对外。谭礼士明白这种心态，这就是威灵顿公爵（Duke of Wellington）说的"失去已得之乐实非吾等所求"。也就是说，我们要紧紧抓住手里的东西，不要以为一两个死去的女孩能改变现状。无论如何，声誉和脸面万不可失，甚至一位英国公民被肢解，然后被弃尸在离使馆区仅一英里远的地方，也动摇不了这一点。

确实，公使馆帮不上忙。谭礼士曾经向他们索要倭讷的信息，只得到了一页简历，上面仅有他的出生日期、在中国的简要职业生涯和退休日期等寥寥数行。这不过是乏味的名词解释，而且算不上详细。但至少谭礼士还能拿到些东西，公使馆就一直在敷衍韩世清，没人愿意费心给他回电话。

但看起来多默思似乎想私下爆些料。这位常任秘书可能是在北平认识倭讷时间最长的人。他是位北平通；但倭讷比他还早到北平十五年，现在仍是老中国通中最年长的一位。

谭礼士和多默思避开所有人的视线，找了张桌子坐下来，只有穿着拖鞋的白衣中国侍者静悄悄地上前，送上威士忌兑苏打水，换下每人身边架子上的黄铜大烟灰缸。地板上的痰盂是北平酒店里的标配，但外国人不会用它。棕榈叶间，女士和佳公子在啜饮六国饭店的招牌香槟鸡尾酒、杜松子利克酒或雪利酒。从吧台后面的鸡尾酒调酒师手中，冰块和金属轻轻碰撞的声音隐隐传来。一支弦乐四重奏乐团正在演奏轻柔细弱、隐约可辨的情调音乐，它们来自 1935 年最流行的专辑，最后终于传到了北平。这座城市尽管尝试过，但终归赶不上伦敦、巴黎和纽约的步伐。

谭礼士和多默思专心地喝着威士忌。多默思通常酒量不大，但今晚他大口痛饮。他在目睹了狐狸塔下的场面后惊呆了，至今仍未恢复；他再也无法把帕梅拉的尸体从记忆中抹去。谭礼士也有些不适，尽管他更习惯看到尸体，因此胃口也更不容易受影响。他把尸检报告展示给多默思看，常任秘书浏览完后一口饮尽威士忌，然后又叫了两大杯。

现在，谭礼士随口问多默思知不知道帕梅拉在天津文法学校过得不开心的原因。常任秘书也毫无头绪。说起来这更该属于谭礼士的职权范围。多默思如此回答道。如果有人应该知道这件事，那就是谭礼士。

这是今天第二次有人告诉谭礼士他应该知道某些事，然而实际上他一无所知。这使他有点不安。他读了帕梅拉的日记，但一无所获。日记里记录了夏季野餐的故事、午餐和舞会时的流言——在他眼中都是些少女的无聊琐事。这些记载看起来无忧无虑，与那种深刻的忏悔相去甚远。日记无法帮他锁定任何嫌犯。

他把话题转到坊间流传的关于倭讷的八卦上，在这方面多默思倒是有很多可讲。关于这位年迈学者的生平，那些非官方的说法一部分来源于事实，另一部分则经过演绎，充斥着暗讽和些许背后中伤的谣言，与公使馆提供的信息相去甚远——这也在意料之中。倭讷过去的故事通过打给莫理循大街警署的电话、留在警长桌上的便条，以及酒店和酒吧里的谈话重新浮出水面，再次流传开来。看起来北平有意将倭讷的事一吐为快。每个人都有关于他的故事要讲。

并非所有人都视他为上了年纪、人畜无害的前外交官、学者或悲痛的父亲。对某些人来说，他是个情绪起伏不定的孤僻古怪之人，几十年来一直是他们的八卦话题。诚然，他非常聪明，但英国政府驻华最高层的某些官员认为他极不可靠且不够称职。他们认为倭讷是个自负的人，头脑里充满了奇怪的激进思想；他们曾正式提出要他去职，但他反击回来，大量树敌。大家认为此人可能会犯下谋杀罪——也许之前已经犯过。

* * *

北平外侨的社交圈子里有句口头禅："在北平，我们并不关心过去。"在六国饭店的鸡尾酒会上、公使馆的招待会上、位于跑马场的赛马俱乐部围场里，或是在温度更宜人的西山度过漫长的周末时，他们反复对来访的客人这样说。然而实际上，过去就是一切。从根本上说，这座城市里的谣言就滋生于人们的过去：他们为什么在北平？他们从哪里来？他们在躲避什么？所有人的衣橱里都藏着一具骷髅①，而北平外侨圈子的主要社交活动就是把这些骷髅挖出来，使其大白于天下。

在倭讷作为驻中国的外交官的职业生涯中，他先是迅速攀升，接着便戏剧性地跌落。从很早起他就不得人心；这种无法撼动的偏见困扰着他，然而他也并未尝试改变。几个老中国通仍然能记起，他因为自己的相机和别人吵了一架，随后挥舞着马鞭闯进雍和宫的喇嘛队列中。时值 1888 年，他刚满 24 岁，在英国公使馆工作。当时有很多人知道这件事。

此事被倭讷当天的同伴记了下来。此人名叫亨利·诺曼（Henry Normann），是位惯于哗众取宠的写手，为《蓓尔美尔街报》工作。在诺曼笔下，倭讷似乎是个脾气暴烈的人，很爱和别人吵架；英国公众则反复阅读他们的轶事。

倭讷当时很暴力吗？也许吧。但即使在五十年后的1930 年代，雍和宫仍被认为对外国人很危险。僧侣们经常向参观者勒索钱财。

---

① 西方谚语，通常指每个人或每个家庭都有不可告人的秘密。——译者注

除了近半个世纪前的那次大发雷霆外，倭讷本身也无法与驻在地的外侨小圈子和谐共处，这在那些长舌者和老中国通眼里就是罪过。在澳门，他甚至曾被一位要人，也就是义和团运动期间的英国驻北平公使、易怒的窦纳乐（Claude MacDonald）爵士训斥，只因他"不合群"，而且在某种意义上公然对葡萄牙驻澳门首席大法官无礼，尽管个中细情人们不得而知。倭讷被迫道歉，然而据说当时他很没风度。他以"唐突"闻名，在海外的英国人圈子里，这种指责可以说是毁灭性的。

有人说：倭讷因在福州上游的罗星塔任职而精神严重错乱。事实上，在那里没有几位外侨，他可以说是形单影只。领事的办公室和宅邸不过是一艘狭窄的船屋，而最近的城镇（无论大小）在数英里之外。当地形势也不妙：中国商人觉得自己被不公正对待，怒气冲冲地联合起来抵制英国货物。此外，除了隐约可见的梅园监狱①和慈爱医院外，那里也没什么景色可看。

倭讷隐居的船屋不会比一条运河驳船大，他在里面

---

①　又称罗星塔监狱、马限山监狱，1854 年由英国殖民者建立，以关押海盗的名义扣押中国渔民和群众。——译者注

学习晦涩的中国方言，仔细阅读古时的文章，把时间都花在这些事上。与此同时，当地其他为数不多的几位外国人却出去打猎、跳舞、喝得烂醉。大家都知道此地令人崩溃。倭讷的前任就被孤独感压垮了，开始想象中国用人正在策划针对自己的残忍阴谋。人们只好送他回英国，他进了一家精神病院，那里的病房墙上安了软垫。传谣者说倭讷在罗星塔也失去了理智，和其他几位外侨打架。窦纳乐爵士再次插手收拾这个"烂摊子"。在外交部里，人们总说倭讷是个烦人精。

于是，他被指派到更荒凉寂寞的地方——海南岛上的琼州赎罪。只有一艘香港来的汽船会不定期地造访那里。接下来是北海——除了少量糖外，八角和鱼干也从这里由水路运往澳门。然后是和罗星塔一样偏僻的江门。这些地方都折磨过倭讷；然而倭讷离群索居，研究鲜为人知的方言、当地的民间迷信和习俗。

之后他到了九江，这次在他任上出了件举国皆知的丑闻。1909 年，一个中国人在九江外滩①被杀，而一位

①　1909 年，中国小贩余发程被英国巡捕打死，九江爆发抵制英货运动，持续数月之久。——译者注

名叫米尔斯（Mears）的英国人受到中国人指控。这位米尔斯当时恰好是通商口岸的英国巡捕房长官。倭讷作为领事兼法官召开了一次秘密听证会，只传讯了一位英国医生作为目击证人。随后他宣布米尔斯是无辜的。

中国人愤然反对。这就是所谓的英国司法吗？这更像是在掩盖真相。英国货物随后受到抵制。其他在九江的外国人大多是商人，他们需要与中国人保持良好关系，于是他们认为倭讷因过于傲慢而激怒了当地人。商界人士直言不讳地要求他去职。其实无论倭讷如何选择，他都输定了，因为如果他把米尔斯投进监狱，英国人的脸就丢尽了。

来自澳大利亚的乔治·莫理循，就是那被誉为"北平的莫理循"，并且其名字被用来命名莫理循大街的人，当时是伦敦《泰晤士报》派驻中国的首席记者。他也爱恶意传播流言。1910 年，他写信给他的编辑：

> 很不幸，我们驻九江的领事真是差劲。他是个古怪的人，名叫 E. T. C. 倭讷，和圈子里的大部分人关系欠佳。我上次去九江时，英国海关税务司的人真心实意地向我抱怨，说因为跟这个讨厌的领事

共事，很长一段时间以来他都收不到外快了。这大部分要归咎于倭讷，他真该从哪儿来回哪儿去。①

此事被层层上报，终达朱尔典（John Jordan）爵士之听。作为英王陛下驻中国特命全权公使，这位强硬骄傲的阿尔斯特②人不愿看见任何爱惹麻烦的领事待在自己眼皮底下。整个事件从九江传到伦敦的英国国会，成为国家之耻。明面上，为维护英国的尊严，倭讷逃过一劫；然而私下里，有人会对他是否称职提出质疑。

倭讷的最后一班岗是在福州。被提升职位的同时他也受到了警告：喏，现在这里交给你了，但听好，别再惹事了。这是对他的蔑视，也反映了典型的英国作风。

当时中国乱成一团。最后一个封建王朝——清朝已被弃如敝屣，中国迎来了总统共和制。积贫积弱的清政府过于腐败，无力对抗欧洲列强日益增长的领土和特惠贸易方面的贪婪要求。1911 年 10 月，忍无可忍的中国军队起义。直到孙逸仙医生结束在美国的流亡生涯回到

---

① Lo Hui-min, *The Correspondence of G. E. Morrison* (2 vols), Cambridge University Press, Cambridge, 1976.

② 阿尔斯特（Ulster）为爱尔兰北部地区旧称。——译者注

中国，混乱才告一段落。他团结了棘手的反对派，于1912 年 2 月宣告中华民国成立，自己成为首任总统。

紫禁城大门洞开，皇室被剥夺了地位，服侍他们的太监也被遣散。中国人剪掉了"猪尾巴"，长久以来它们象征着满人对汉人的统治。尽管时局震荡，但福州保持着相对平静的状态。由于茶叶贸易慢慢衰落，这里也成为一潭死水。虽然当时倭讷与格拉迪斯·尼娜新婚燕尔，他在这个港口城镇里仍然郁郁寡欢，并把这个岗位形容为"地上的炼狱"。他开始整理福州日见下滑的茶叶出口贸易统计数据，以及港口主要商品竹笋和光漆家具的贸易的细枝末节，把时间都花在上面。据说他跟一半的手下人关系不太好。他拒绝与人相处磨合，公然避开那里的海外英国人社交中心乐群楼。他不喝酒，同时也公开看不起喝酒的人。一根根稻草堆积起来，终究会压倒骆驼。

骆驼终于倒下，而且是以一种引人注目的方式。据说倭讷和乐群楼三十五位男性会员中的八位公开争吵过，同其他人的关系也是剑拔弩张。有个叫布莱克本（Blackburn）的讨人喜欢、获得颇高评价的家伙已有家室。1913 年，倭讷确信此人曾偷看格拉迪斯·尼娜在她领事馆的卧室里换衣服。倭讷指责此人是爱偷窥的好色之徒。

随后，他因琐事与一位英国海关官员大打出手。事态逐步升级。最后倭讷和格拉迪斯·尼娜在某天晚上一起在乐群楼里动了手。他们挥舞马鞭，掀翻桌子，搅散了牌局，把常客们吓得够呛。随后他们鞭打那个海关官员；后者则在酒吧间的地板上到处乱爬，试图躲开他们的袭击。

真是太过分了。夫妻俩斯文扫地，简直跟疯了一样。福州的英国人圈子高声向北平的朱尔典公使抱怨，这是倭讷第二次给他惹麻烦了。朱尔典认为倭讷状态太过不稳，因此必须走人。

在1884年入部的外交部学员中，倭讷是升得最高的。他不仅是最年轻的，还是最成功的，婚姻也再如意不过；但现在他也是跌落得最惨的那个。其实，驻中国的英国外交人员想要被解雇也不是件容易事，之前仅有一位官员被扫地出门，此人名叫希格斯（Higgs），于1913年被朱尔典驱逐，只因他娶了一位寡妇。朱尔典是虔诚的长老教会信徒，认为对外交人员来说这种做法很不妥。为避免事态激化，他给希格斯和其新婚妻子在驻西伯利亚的军事使团里找了份工作。丢人现眼的希格斯把自己裹得严严实实的，一路向北，朝俄罗斯帝国那片冰冻的荒地进发。在那里，他可以好好反思爱上寡妇的罪过了。

福州事件之后不久，倭讷被再次召回伦敦，并被指控患有精神病。他激烈抗辩；但朱尔典心坚似铁，决定在他任内不再让倭讷回来。天呐，倭讷是个坚定的无神论者！他还曾涉猎通神学，并参加过关于印度奥秘派的讲座。

政府宣布倭讷病了，于是他自行去找医生证明自己无恙。政府另寻借口；倭讷自认是被冤枉的那一方，大声抗议，但没人听他的。倭讷成了孤家寡人，政府又坚持己见。最后白厅强行结案，但倭讷得到了体面的退休金。

倭讷从所有事件中嗅到了阴谋的味道——当时硝烟弥漫在欧洲上空，有人想利用他的日耳曼血统下绊子。他自荐去前线任职，但英国陆军部以年纪过大为由拒绝了他。他认清了偏见；他接受了"局外人"的身份，摆出一贯的不计后果的好战态度。他生于富贵之家，求学于英国公立学校，服务于外交事业，但从某种程度上来说，尽管他聪慧、敬业、坚定，但从未被看作帝国子民，从未真正被统治集团接纳。他没有被邀请进入老男孩俱乐部①。他曾以为自己和他们是平等的，但现在他被请出去，门也被关上了。只有正式成员才能进入。

倭讷于一战爆发时退休，时年 49 岁。他得到的是一份足额而慷慨的退休金，以及不爱交际、情绪易变、固执和阴沉寡言的名声。他已经不可能再次为英国政府服务了。失意、愤怒、充满恨意的倭讷和格拉迪斯·尼娜预订了回北平的船票，决定开始新生活。

* * *

酒吧间里的闲言碎语，以及喝多了的外侨在私密俱乐部中的密谈——谭礼士深谙个中真意，对与倭讷有关的每个故事都半信半疑。如果有哪个地方酒喝得太多而圈子又太小，那么小家子气的嫉妒和敌意就会愈演愈烈。小地方——特别是像北平和天津的外侨圈子——就像金鱼缸，在里面，人们的一举一动都在众目睽睽之下，且显得特别易怒。而在二三十年前，像罗星塔、九

---

① 老男孩俱乐部（old boy's club）指英国就读于私立男校的上层白人男子之间形成的政商界关系网。——译者注

江和福州那样的地方更容易引发幽闭恐惧症，在那里任职使人更容易爆发，它们像是低温焖烧的煤矿坑道。被派驻那里的外国人无聊至极，除了落井下石外就无事可做了。

在这些地方，拒不融入当地外国人圈子的行为当然古怪，也确实少见，但绝不是犯罪。而鞭打僧侣或好色偷窥之徒也不能说明此人就有犯下怪异谋杀罪的倾向。但关于格拉迪斯·尼娜之死的传言可不像是小气的敌意和嫉妒的产物，不是耸耸肩膀就能无视的。从她去世那一刻起，流言就浮出水面；而现在，随着帕梅拉被谋杀，流言再次甚嚣尘上。

在北平，多年来人们一直在热烈讨论的不仅是格拉迪斯·尼娜的死，还有她和倭讷的生活。在众说纷纭中，只有一点获得了众口一词的评价：她是个美人，迷住了倭讷。势利眼的家伙在北平尤其多，他们倾向于认为这桩婚姻对他而言是高攀，对她来说则是下嫁。雷文肖家是英格兰最古老的家族之一。许多北平外侨认为格拉迪斯·尼娜看走了眼才会嫁给倭讷。

就像有两个帕梅拉——一个在天津过着貌似平凡的生活，另一个则在北平享受快节奏的人生——一样，似

乎也有两个格拉迪斯·尼娜·雷文肖：一个是充分享受
生活的魅力四射的女子；另一个则身体病弱，卧床不
起。那些在孩提时期就认识格拉迪斯·尼娜的人回想起
她一度生机勃勃的样子，以及突如其来的健康恶化。当
倭讷写到或谈起妻子时，总是要提及她长年的痛苦、虚
弱的体格和使她虚弱无力的疾病。如同两个帕梅拉，这
两位格拉迪斯·尼娜很难合二为一。

常任秘书多默思送了谭礼士一本倭讷于 1922 年出
版的书，书名为《秋叶》（*Autumn Leaves*）。这本奇怪
的"大杂烩"收录了关于社会达尔文主义者赫伯特·
斯宾塞的文章，神智学、招魂说方面的文章，讨论宇宙
本质的文章，以及描述中国某些部落里有意损伤身体的
象征性行为的文章。此书的卷首插图是格拉迪斯·尼
娜·查尔默斯·倭讷的满版肖像。这张照片的拍摄时间
较早，摄于他们婚礼当天。照片里，倭讷看上去比他的
新娘大了整整二十岁，他们正站在香港圣约翰座堂的台
阶上。她比他高；两人都没有微笑，看上去再听天由命
不过。也许这只是所处时代的问题——1911 年，英国
上层社会中盛行拘谨的礼节。香港直到 12 月都十分潮
湿的气候也是一个因素。没有来宾观礼，当然也有可能

摄影师没把他们拍下来。

倭讷被强制退休后，夫妇俩于 1915 年回到北平。起先一切似乎都很顺利。倭讷每天埋头工作，写他的书和论文，还在北平大学讲课。人们认为格拉迪斯·尼娜很快乐，她被公认为北平最棒的舞者之一。偶尔这位前领事及其夫人为了某些原因要在社交圈里露面，这时她就会展示给公众她依然活泼积极的一面。这对夫妻看起来已经把鞭打和偷窥狂的那段往事抛开了。

但随后，格拉迪斯·尼娜变了。人们说生命力似乎渐渐渗出了她的身体。一位很熟悉她的人回忆说她像"彩绘鸟笼里一只受惊的麻雀"。① 她苍白、倦怠，终日卧床不起。她去看北平最好的外国大夫；有一段时间一位名叫布歇尔（Bussière）的法国执业医生负责照顾她。此人曾是大总统袁世凯的私人医生，然而他最终也没能帮上大总统，这位所谓的中国"强人"最后仍病死于床榻。同样，他也没能帮上格拉迪斯·尼娜，她的身体状况继续恶化。

---

① Anthony Abbot, *These Are Strange Tales*, John C. Winston, Philadelphia, 1948.

没人知道她得的是什么病。格拉迪斯·尼娜有位妹夫，名叫约翰·麦克里（John McCreery），被誉为美国内科医生中的领头人物之一。他也为她看过病，但没有做出诊断。倭讷称妻子从孩提时代起就有心脏问题，但了解她的人都认为这是胡说八道。倭讷坚持这一说法，宣称她还有神经衰弱症。在 20 世纪初，这种病被认为属于精神病理学的范畴，患病者多为女性，会导致间歇性的疲劳和沮丧。

没人知道格拉迪斯·尼娜和倭讷选择收养孩子的确切原因。有传言说她已经病得无法怀孕，其他流言则说夫妻二人并未圆房。无论原因是何，如果格拉迪斯·尼娜曾经希望帕梅拉能成为一剂补药，为她的生活注入一股新能量，她就错了。其病情仍然每况愈下，她已经没有精力照看女儿了。于是帕梅拉被托付给保姆。那位据称很杰出的布歇尔医生开出的处方是把盐和黄金的溶液直接注射到她的血管里。针头很粗，血管很难找到，注射的伤口在她手臂上留下黄色的大片瘀血。但这种治疗方案似乎起了作用。

倭讷随后送她去了美国，在那里和她妹妹艾琳和妹夫麦克里医生待了几个月。他们住在康涅狄格州格林尼治市一处名为静水（Quiet Water）的庄园里，在那里格拉迪斯·尼娜看上去康复了。但回到北平后，她就染上了流感，然后得了脑膜炎。她虚弱的身体再也承受不住，香消玉殒，年仅35岁。

她住在英国的母亲不久后也去世了，有人说是因失去格拉迪斯·尼娜而伤心过度。在短短几个月中，幼小的帕梅拉先后失去了母亲和外祖母，但她还未曾真正了解这两人。

在倭讷服丧期间，整个北平的外国人圈子都在他背后窃窃私语。人们都说是他带来了悲剧和不幸。当他还是个孩子时，曾在一次暴风雨中差点溺亡于墨西哥韦拉克鲁斯（Vera Curz）的一个鲨鱼出没的海港。不久后在伦敦，他从一次火车相撞事件中幸存，随后他又成了英吉利海峡的一次雾中撞船事件的幸存者。在尼泊尔拜访时，他曾从一扇天窗掉到一栋办公楼的屋顶上，但过后便奇迹般地站起来走开了。1898年，他从汉口的一场吞噬了整座城市的大火中逃生，当时方圆一英里内的房屋被烧毁，千余人丧生。

据说他吉人天相，但身边人反而死去。1890年代，一位中国人在激烈冲突中丧生，一群暴民为此实行报复，他被困在天津英租界里。十位法国修女被屠杀，另外还有五六位欧洲人被杀死。在1911年的混乱中清政府倒台了，当时倭讷逃过了大开杀戒的起义者，但他身边的其他人都被砍头开膛。在九江的一次反英运动中，一个中国人把汽油倒在英国领事馆的房顶上，试图把它烧毁，而当时倭讷正在领事馆里，于是他在近距离平射射程内将纵火者射杀了。他单人匹马地游览蒙古时曾碰上土匪，却能平安归来，向人们讲述他寻找成吉思汗墓的故事。他曾试图走完长城全程，途中遇到了数量更多的强盗。他曾在台湾岛腹地的丛林中病倒，在孤立无援的境况下却能设法到达有人烟的地方。

倭讷似乎总是引来死亡和毁灭，却又总是能脱身。当被问到这个问题时，他总是引用《鲁拜集》①来取笑对方："一入重帏客渺然，无情天地自绵绵。"②

格拉迪斯·尼娜之死似乎是这一系列人生悲剧中的

---

① 《鲁拜集》（*The Rubaiyat of Omar Khayyam*）是波斯诗人欧玛尔·海亚姆（Omar Khayyam）的四行诗集。其中的诗类似于中国绝句，内容多感叹人生无常，应及时行乐。本处诗句引自黄克孙的译本。——译者注

② Anthony Abbot, *These Are Strange Tales*, John C. Winston, Philadelphia, 1948.

新的一幕。她死后，倭讷仍然坚称她从孩提时代起就体弱多病。但这只不过助长了流言。她的朋友们仍然对此激烈反对，但倭讷在余生中一直坚持这个说法，把格拉迪斯·尼娜的死称为"上帝莫名其妙的行为"和"受神庇佑的解脱"，并称失去了她，自己已是"形单影只"。①

但真相是：格拉迪斯·尼娜死于过量服用佛罗拿②，她的尸检报告证实了这一点。英国公使馆勤勉的档案员如是记录在案。

* * *

1922 年，过量服用佛罗拿致死的案子给人们敲响了警钟。它是巴比妥类药物③，自 1903 年投放市场以来就是上流社会的药物选择。医生会开出佛罗拿的处方，治疗从牙疼到失眠等一切病症；但读过报纸的人都知道，它也能结束生命，且过程不怎么痛苦。

佛罗拿致死已有不少先例。1912 年，剧作家尤

---

① E. T. C. Werner, *Autumn Leaves*, Kelly & Walsh, Shanghai, 1928.
② 一种安眠药。——译者注
③ 巴比妥类药物是一类镇静剂，作用于中枢神经系统，可用作抗焦虑药、安眠药、抗痉挛药，长期服用会上瘾。——译者注

金·奥尼尔因婚姻破裂，试图在纽约神父吉米（Jimmy the Priest's）的沙龙楼上，在一个破烂的房间里，用廉价威士忌和佛罗拿自杀。一年后，沮丧的弗吉尼亚·伍尔夫也尝试用这种药自尽，她是从一处养老院得到它的，在那里它的用途本是帮助睡眠。1917年，广受欢迎的小说家艾维·康普顿－伯内特（Ivy Compton-Burnett）夫人的姐妹斯蒂芬妮和凯瑟琳于圣诞节当天把自己反锁卧室，双双服用佛罗拿自杀。它是新世纪的名人药。

然而，虽然佛罗拿很受欢迎，但从过量服用到离世要花超过二十四小时。康普顿－伯内特姐妹自杀成功是因为她们把自己锁了起来；人们找到了弗吉尼亚·伍尔夫和尤金·奥尼尔，于是他们活了下来。倭讷曾宣称在妻子最后的日子里自己一直不离左右。难道他在二十四小时这么长一段时间里一直没有发现她过量服药吗？

人们心存疑惑，自行推论。每一个利用佛罗拿自杀的尝试背后，都有另一个关于谋杀的故事如影随形。总督察谭礼士还在苏格兰场时，就知道一些利用佛罗拿杀人的耸人听闻的案件。

格拉迪斯·尼娜被埋葬在北平的英国公墓里。倭讷站在坟墓边，看起来似乎是位悲伤的丈夫。她将被埋葬在"她曾那么喜爱的绿树鲜花下"①。在 1922 年 2 月里的寒冷的一天，那个名叫帕梅拉的孩子站在父亲身旁，显然还不太明白眼前的事。倭讷背诵了格拉迪斯·尼娜最喜爱的诗人马里恩·库托·史密斯（Marion Couthoy Smith）的一首诗——《致母亲》（*To the Mothers*），这位诗人在一战期间很受欢迎。

> 人子之母啊，醒醒吧！
>
> 这个孩子的灵魂已不再属于你啦。
>
> 如果上帝把他捧在掌心，准备放上十字架，
>
> 就放手吧，不要再紧抓住他，
>
> 失落的痛苦只能自己吞下。

现在，又一场悲剧降临了。倭讷准备把帕梅拉埋葬在同一处公墓的同一个墓穴里。谭礼士知道不可能对格拉迪斯·尼娜之死再进行调查了，但这个故事使他停下来思考。

谭礼士不禁想到帕梅拉的悲惨人生——先是被遗

---

① E. T. C. Werner, *Autumn Leaves*, Kelly & Walsh, Shanghai, 1928.

弃，被收养后不久又失去了养母，很快外祖母也去世了。外祖父查尔斯·威瑟斯·雷文肖在她被杀害的两年前逝于苏塞克斯的家族庄园，终其一生都未见过他的养外孙女和女儿远在天边的坟墓。

在谭礼士从天津带来的帕梅拉照片中，有一张来自天津文法学校校刊《文法家》（*The Grammarian*）。刊物上有一个有趣的版块，刊登了学生们投来的儿时照片，其中就有帕梅拉。照片题目是"P. W."，大约摄于格拉迪斯·尼娜去世的那段时间。帕梅拉站在倭讷位于三条胡同的旧日住处外面，看起来很开心。官方记录显示，就是在那栋房子里，她的养母曾决定服用过量药物以结束生命，或某种类似的事件发生了。这是单纯的自杀还是有人协助的自杀呢？1920 年代，安乐死还尚未广为人知，但无论私下里怎么想，人们在公开场合很少会对协助者表露同情。法庭认为他们是凶手；当然，教会肯定也不会宽恕他们。

总督察确实曾注意到格拉迪斯·尼娜留给帕梅拉的20000 银圆。倭讷是监护人，如果帕梅拉去世，这笔钱就会归还给她父亲。这笔钱数目可观，足够一个人在北平生活很久。谭礼士在苏格兰场接受的训练以传奇人物巴兹尔·汤姆森（Basil Thomson）爵士的理论为基础。这位犯罪学家多年来一直是苏格兰场刑事侦缉科的负责人，他的话对手下人来说就是金科玉律："永远不要停止寻找动机，因为没有哪个凶手会无故犯罪，除非是个疯子。总会有个隐藏的动机……"①

帕梅拉的父亲就有动机，但她尸身上的疯狂戳刺、切割和丢失的内脏肯定是疯子的杰作。倭讷是疯子吗？谭礼士认为他很古怪，甚至不止于古怪——他拒人于千里之外；但这并不会让他变成杀手。

还有很多事情需要思考。夜晚来临时谭礼士与多默思分手告别，把六国饭店留给北平那些更年轻的外侨。这些人似乎没那么多烦心事，第二天也没有那么多工作等着他们。

音乐节奏开始加快，鸡尾酒会悄然过渡为派对。晚餐后人们会蜂拥而至，或去使馆区里的其他饭店和酒吧，在处于战争边缘的城市里享受生活，头上却悬着一把宝剑。他们靠信托基金为生，活得像个国王且乐不思

---

① Bloomfield, Jeffrey, "The Rise and Fall of Basil Thomson, 1861 – 1939", *Journal of the Police History Society*, Volume 12, 1997, pp. 11 – 19.

蜀，因为在本国他们过不起这样的生活。这里的德国人
无须为希特勒和纳粹担忧；美国人则有美元作为后盾，
富比克洛伊索斯①。所有人都为能避开大萧条而高兴。
在这个远东国家的角落里，仍有为一小撮人准备的乐
园，它的存在还将持续一段时间。

---

① 克洛伊索斯（Croesus）是小亚细亚国家吕底亚的国王，以巨富
著称。——译者注

第十章 进入"恶土"

面对媒体，韩署长还是一直重复着他标志性的"无可奉告"，但记者们还在套话。他们从上次的审理中没得到任何有用的信息，而韩世清也被迫承认警方没能掌握任何线索。他设法避免让谭礼士、博瑟姆和比涅茨基的名字见报，同时回避诸如谁在协助调查等问题。媒体说他"吞吞吐吐"[1]，并暗讽北平警方办案不力。

韩世清呼吁知情人士站出来，并称使馆区巡捕房悬赏征集有助于捕获杀害帕梅拉·倭讷的凶手（们）的消息或相关证据。他们把英文版的启事交给媒体刊登，悬赏金高达 1000 银圆，即 330 美元。对于北平大多数中国人来说，这算得上一笔财富了。一个普通家庭每年只需不到 100 美元便可维持生计。

但倭讷抨击这种悬赏模式。他争辩说：宣传单也该

---

① *The Times*（London），13 January 1937.

用中文印刷，且赏金应可以通过银行转账的方式支付，同时还要承诺保护领取人并隐去其姓名。这样一来，当地的中国人就不会怀疑这是陷阱，因为中国公众对当局一般不太信任。菲茨莫里斯领事一口回绝了他的要求，坚称：任何人——无论中外——必须亲自认领赏金。

韩世清手下的警官们找到了北平大多数据称认识帕梅拉的人，但所有人都有无懈可击的不在场证明。他们要么有酒店预订单和火车票证明当时自己不在北平，要么和父母同事一起待在家里。博瑟姆督察奉谭礼士之命（同时也取得了韩世清的同意）讯问了每个人并录了口供。韩世清随后派自己的手下查实他们的陈述。所有人都过了关。所有人都被帕梅拉的死吓坏了。

于是，帕梅拉的形象越发清晰。男人们说她快乐有趣，是个喜欢出去吃午饭、泡咖啡馆和溜冰的女孩，也是一个喜欢跳舞和欢笑的女孩。她自由地约会，很多约会对象不敢相信她还在上学。帕梅拉没有提到学校，他们认为她是个成年女性，而不是女学生。

警官们把倭讷提供的男友名单上的人一个个划掉，最后只留下两人。他们没有找到那个千方百计邀请帕梅拉，结果除了被她父亲打破鼻子外一无所获的中国学生。

倭讷曾告诉警方：这个学生来自奉天，名叫韩守清（音译），他曾在北平南郊的高等师范学校读书。

警察去了学校，但韩守清已经退学了，校方认为他已经回到奉天老家的父亲身边。此路不通。警方也找过约翰·奥布莱恩，那个在天津被帕梅拉迷得神魂颠倒的年轻人，有人说他现在在北平。但他们又一次碰壁。又是条死胡同。

周二早上，媒体透露天津英租界巡捕房的总督察谭礼士已插手韩署长的谋杀案调查。外国侨民都很开心。一位英国警官——一位"苏格兰场的干将"而不是别人——插手此案，面对这类报告，上海的《字林西报》积极回应称"乐观主义占了上风"。①

记者们团团围住莫理循大街警署，但只能等在警署入口处的台阶上。这群外国记者引来了好奇的当地人，很快这一带变得人头攒动。在太平年代，莫理循大街上总是熙熙攘攘。这条宽阔的大路就在使馆区北面，道路两边种着刺槐，是中外居民杂居的为数不多的几条街道之一。时髦的欧洲人和富有的中国女子在

---

① *North-China Daily News*, 13 January 1937.

百货商店和古董店里采购，在俄式西饼店里买甜面包或奶油蛋糕，或是去干洗店和药店。家境一般的中国人沿街道徐步缓行，照顾附近东安市场里小吃摊和小贩的生意，或是前往隆福寺。隆福寺有数以百计的摊子，销售瓷器、玉器、漆器和丝绸，以及玩具、食品和小猫小狗。

小汽车、无轨电车与人力车、行人和自行车在莫理循大街上赛跑。穿着旧式蓝长衫的男人戴着已磨损的软毡帽，围站在一起或蹲在角落里吸烟，同时投入地讨论着。穿白长裙的保姆带着她们照管的外国婴儿漫步，呼吸新鲜空气。这条大街是东西方世界的交会处。救世军①总部也设在这里。其成员穿着制服，敲着鼓，吹着长号在街道上游行，伴着《基督精兵向前进》（Onward Christian Soldiers）的乐曲从街道一端走到另一端。他们的滑稽动作让中国人摸不着头脑，被逗得笑起来。总的来说，这些顽固的家伙拒绝皈依任何宗教。

最后，韩世清出现了。他站在警署台阶顶上，披挂

---

① 救世军（Salvation Army）于 1865 年成立，是信仰基督教的国际宗教慈善公益组织，以街头布道、慈善活动、社会服务著称。——译者注

着全套警察行头，戴着帽子，手枪插在枪套里。谭礼士略微退后一点站着，穿着便衣。现在已经不需要隐藏了。按照礼仪要求，韩世清要对媒体发表演讲，因为这是他负责的案子，此处是他的警署。但他仍然没有透露细节，没有暗示杀人动机，也没有揭露嫌犯姓名以飨记者；他只想对受害人悲伤的父亲说一句话。

"我会尽全力使谋杀帕梅拉的凶手伏法。"他对聚集起来的人群说。[①]

这就是各家报纸得到的全部信息了。若非必要，韩署长从不向媒体透露消息。他并不好大喜功，也不是那种希望在报纸上看到自己名字的人。此外，他也不想把自己高高架起来，因为捧得越高，摔得越狠。谭礼士与他意见一致，认为言多必失。

然而，距帕梅拉的尸体在狐狸塔下被发现已近一周。记者们开始要求血债血偿。他们大声喊出问题，同时闪光灯不断爆开。韩世清只是微笑，向他们摊开双手，手心向外，示意已没什么可说，以此表达谦卑的歉意。随后警探们回身，消失在警署里。

---

① *North-China Daily News*, 11 January 1937.

奔忙一天，却一无所获。当天晚上，谭礼士在六国饭店吃着热乎乎的炖肉。倭讷在案发当夜的所有行动都已核实。他的用人、古雷维奇一家、使馆区巡捕房的接待警员，以及他穿越城市所到之处的形形色色的看门人，都做证称自己见过他。总之，谭礼士并不认为倭讷是凶手。这样的指控太恶毒、太疯狂了。他打心底里认为那位老人不是杀人犯。

谭礼士正在用餐时，餐厅经理过来告诉他：博瑟姆督察打电话来找他。谭礼士走进经理办公室，拿起那只沉重的人造树胶听筒。

博瑟姆十分激动。"他们抓到一个外国人，衣服上都是血，"他告诉谭礼士，"他住处的血更多。我们已经查封了房间。他现在在莫理循大街。他拒不招供。"

"他叫什么？"

"他什么也不说，但韩说自己认识这个人，并叫他平福尔德（Pinfold）。"

"我马上到。"谭礼士觉得胃里空空如也。他们找到了血迹。①

---

① *The China Press*, 14 January 1937.

中国警察排查"恶土"里每间公寓和宿舍的辛勤工作终见成效——他们找到了一名嫌犯。此人是在一间昏暗肮脏的下等旅馆房间里被发现的，房里满是老鼠、蟑螂和斑疹伤寒病菌。这里的房间可供时租、日租或周租，只要预付现金就没人会问这问那。这里住着穷苦的白人和想隐姓埋名的中国人。对于一个外国人来说，这里的价格已经低到无可再低了。这个男人住的小房间里没有厕所，只有一扇糊了纸的窗户。从窗口望出去，可以看到满地垃圾的后院。

韩世清已经起获了房间里的物品：一双染着血迹的鞋、一把鞘上带血的匕首和一条上面有更多血迹的撕破的手帕。房东太太是位白俄。她进屋查看房客是否还在（从而确保他不会逃租）时，注意到那把匕首并报了警。韩世清把这些东西和那人的衣物拿走，放在牛皮纸袋里，送到北平协和医学院。那里的专家们被请来，又将在漫漫长夜里工作。这是血迹无疑，但是谁的血呢？

该房间的住客平福尔德被带到莫理循大街警署，一位年轻的中国巡警把韩署长拉到一边。他认出了这个外国人。案发后，这位巡警奉命在狐狸塔下的罪案现场当值数天，保护现场，以备警探们再去调查。这个老外就混在经过那里的好奇当地人中间。巡警之所以记得他，是因为当时曾在现场附近徘徊的外国人为数不多。平福尔德当时似乎很不安，盯着尸体曾经躺卧的那一块地方看，同时脚还在地面上蹭来蹭去。而且按北平白人男性的平均标准看，此人特别潦倒。

平福尔德在莫理循大街警署的审讯室接受讯问。房间里有坚硬的砖地和一张大理石面的桌子，桌下放着一只满是污迹的白搪瓷痰盂。韩世清和谭礼士坐在桌子一边，平福尔德坐在另一边。两位警官和嫌犯身下都是硬靠背的扶手椅，坐起来相当不舒服。博瑟姆督察站在门边。

一只孤零零的电灯泡从天花板垂下来，屁股上拖着电线。屋里一直很冷，好让嫌犯保持清醒。窗户离地面很高，没人能看到外面，只能听到警士们换岗时的喊叫声和戏谑的交谈声从院子里传来。光秃秃的墙面被粉刷成白色，只在韩世清的头顶上方挂着一幅巨大的孙逸仙医生的肖像。

这是韩世清的地盘、韩世清的嫌犯、韩世清的审讯。严格来说，谭礼士本不该插手，他的职权只限于使馆区内，但韩世清尊他为首。没有律师，没有宣读权利的环节，没有录音设备，审讯前也没有宣誓。

谭礼士暗地里瞥了那人一眼，发现他看起来泰然自若，似乎习惯了这种环境。在苏格兰场长达十五年的工作经验用来判断某人是否进过局子是绰绰有余的。很明显，此人已不是"初进宫"了。

进审讯室之前，韩世清向谭礼士介绍了那处公寓、那间环堵萧然的斗室和房东太太的怀疑等的来龙去脉。他认为此人名叫平福尔德，但之前没和他讲过话。他觉得这是个加拿大人，也许是英国人，不然就是美国人。

韩世清是怎么认识他的呢？谭礼士问。随后他了解到此人在北平已经住了很久，于 1920 年代来到这里，当时比现在看上去要强壮得多，还有份工作。在那个混乱的年代里，许多军阀都曾进驻北平，他当过其中一位的保镖。当时军阀们豢养私人武装，效忠的对象时有改变，统治的领域也一再易手。最后，日本人到来，解决了东北地区最后几股顽固势力。

平福尔德为之服务的那位军阀住在一处大院子里，它位于一片后来成为"缓冲区"的开阔地边缘，之后这地方就变成了"恶土"。这位军阀的地产几乎延伸到鞑靼城墙，在韩世清的管辖区之内，韩世清过去为他操了不少心。许多北方军阀喜欢雇用外国保镖，因为他们同任何一方势力都没有瓜葛，而且只要能拿到钱，对雇主就总是忠心耿耿。此外，他们通常有行伍经验，有这样的扈从对军阀来说也是有面子的事。这些雇佣兵大多是白俄和前沙皇骑兵军官。他们无处可去，除了打仗别无所长。但还有其他少数游手好闲的外国侨民混迹其中，平福尔德就是其中一员。韩世清曾多次见他在鞑靼城墙上守卫那位军阀的府邸。

后来那位军阀走了。韩世清不记得原因了。他是被暗杀了吗？还是遭遇了政变？或是他不愿再做变节者，领着军队和忠诚的部下投奔了蒋介石和国民党？也许他只是退休了，现在和姨太太们安全地住在上海，还带着鸦片枪和一笔巨款——只有少数军阀才能设法做到这一点。韩世清相信：从那时候起，平福尔德就开始在"恶土"上闲荡。但他不清楚此人究竟在做些什么。那些外侨弃儿们在"恶土"中又能做什么呢？为廉价酒吧或妓院看场子？经营赌场或卡巴莱歌舞厅？拉皮条？走私军火？向水兵们或其他外国人卖毒品？这些都是落魄潦倒之人的标准活计。

韩世清已经要求加拿大、美国和英国公使馆提供所

有关于平福尔德的细节，但他对此不抱希望。平福尔德
这样的人不会在书面记录上留下踪迹，也不会主动去
登记。

在平福尔德的住处也没有找到任何可供确认其身份
的东西——没有护照，没有银行存折，也没有文件。警
官们把房间翻了个底朝天，但此人除了身上那套稍嫌过
时的脏污西服外，几乎身无长物。他们只找到了几件旧
衬衫、几件内衣、一件厚重的冬季外套和一只破旧的手
提箱，箱子里面空空如也。他唯一一双鞋上溅了血，已
经被韩世清没收了。他现在穿着双比脚小了几号的中式
草鞋。

除了衣物外，他仅有的财物是一块廉价的破腕表和
少量的中国银圆，但他没有钱包。房间里只有一床一
椅、一柜一桌、一个便壶和一只有烧焦痕迹的铸铜烟灰
缸——这些都属于那位白俄房东。没有所爱之人的照
片，没有家书，没有小装饰品或纪念品——平常人生活
中的常见物品一样也没有。

那位房东太太确认那把匕首属于他本人，她之前在
平福尔德的房间里见过它。韩世清让他把口袋里的东
西掏出来，然后发现了几枚中国硬币（数额略多于下

周要付的房租）、一包廉价香烟和一盒从欧林比亚的卡巴莱歌舞厅拿走的火柴。欧林比亚是"恶土"里一家新开的俱乐部，老板是一位华人，韩世清随后会去查一下那里。平福尔德手里还有一套钥匙，和公寓房间的门锁不配套。他拒绝透露这些钥匙属于哪里。

谭礼士想知道他是否还有个人物品存放在"恶土"外的朋友处，等境况好转再去取。那些落魄者或暂住某地的人有时会这样做。

现在，他看上去很平静，还接过了香烟，一直抽到只剩下烟蒂。谭礼士猜他大约 40 岁，和自己同龄。他能看出此人曾经很强壮，可能在军队服役过一段时间。可他现在瘦成了皮包骨，而且营养不良。他松弛的皮肤干枯暗淡，还带着痘痕。他身体状况不佳，有时气喘吁吁，像个哮喘患者。他也许吸毒，或者不过是健康欠佳。他的头发很短，但打理得很糟糕，也许他自己理发以节省费用。那头油腻的头发确实该洗了。他的牙齿状况堪忧——它们被烟草熏得发黄，而且已经腐烂。他的指甲被啃得见了肉，指关节处有老茧。

不管怎么说，这都是个穷困潦倒的倒霉蛋。他吐在痰盂里的褐色痰液说明此人身体状况不佳。

到目前为止，这个男人甚至拒绝说出自己的名字。当韩世清叫出平福尔德这个名字时，他甚至不愿点头认下。谭礼士做了自我介绍，然后又尝试了一次，问那人姓甚名谁，来自何方，年纪住址为何，但每次都没有得到回应。

"你能告诉我们 1 月 7 日当晚你在哪里吗？"谭礼士又问了一个问题，但仍没有得到答复。于是他接着问："俄历圣诞节呢？1 月 9 日那天你去狐狸塔做了什么？"①

那人一言不发。他没问为什么自己会被带到莫理循大街警署的审讯室里，也没问他们要干什么。他没问为什么他的鞋子、刀和手帕被没收了，或自己是否受到了正式指控和逮捕。他没有提起帕梅拉的名字，尽管有人在罪案现场见过他，尽管关于她的新闻登上了报纸头版。他拒绝解释鞋上的血迹和房里那把带血的匕首。他没有要求见领事官员、律师或联系任何人。他坦然自若，并没有口出怨言，只是一言不发。僵局。

---

① *The China Press*, 14 January 1937.

最后，韩署长把他投入警署的一间冰冷牢房，让他和毒贩、瘾君子和小毛贼们共度那个夜晚，看这样能否撬开他的嘴巴。

* * *

中国沿海城市的报纸报道了这次逮捕，并确认被捕的是欧洲人，而非中国人，但没有透露其姓名。记者们宣称是督察博瑟姆逮捕了此人，但他拒绝和媒体交谈。路透社提到了染血的鞋子、手帕、匕首和刀鞘。很明显，他们得到了内部消息。

医学院的法医还没有反馈任何信息；谭礼士、韩世清和博瑟姆重新回到了那间墙面被粉刷成白色的审讯室里，各就其位；孙逸仙依然向下凝视。在牢房里度过一夜之后，平福尔德看上去老了一些。他的下巴长满灰色的胡茬，眼下出现了深色的眼袋。他可能很疲倦，但仍然不吭声。可能仅仅一晚还不足以使他改变主意。尽管如此，他们还是从头提问，耐心地逐一重复头一天提出的问题。

一无所获。那人几乎当和他同处一室的警探是空气。于是谭礼士另辟蹊径，把那天的报纸给平福尔德看。头版是帕梅拉的照片，上方的大标题是"英国女孩被分尸，证据指向穷凶极恶的室内犯罪"。①

　　谭礼士觉得对方的目光好像闪烁了一下。这个人又扫了一眼，随后垂下头。总督察开始列举细节，包括狐狸塔、尸体上的切口、肢解行为、消失的内脏、性骚扰，却仍然一无所获。他们停下来去吃午饭，把他一个人晾在那里，让他独自紧张焦躁。

　　那天下午，他们确认了他的身份。加拿大方面说他们认为此人确实名叫平福尔德，是他们的侨民，他们也对此人很感兴趣。小道消息称他是加拿大军队的逃兵，领事馆正在联系渥太华的加拿大皇家骑警保安队，以期得到更多细节。有传言说平福尔德从加拿大的营房里逃出来，投奔美国，并在那里（也许是芝加哥）留下了犯罪记录。随后他横穿整个国家到达旧金山，登上一艘船经马尼拉来到中国。在加拿大方面为他保存的档案里有一张便条，说他经常去天桥观看公开行刑。很少有外国人会这样做，因为他们大多觉得那场面太残忍了。

　　加拿大公使馆与美国人联系，看能不能在美国或美国管理下的马尼拉有所发现（马尼拉有自己的罪恶的

----

① *The China Press*，11 January 1937.

白人地下王国，经营着赌博、卖淫、毒品买卖等生意），但这需要时间。

加拿大人丢过来的信息中，有一件事引起了警探们的注意。有人经常看见平福尔德在船板胡同里转悠，尤其经常去那条街上一间白俄开的廉价酒吧。那地方的门牌号是27号，但没有正式名字，由一对姓奥帕里纳（Oparina）的夫妇经营；隔壁的28号则是一家妓院。

船板胡同是"恶土"的主干道，东连使馆区，西达盔甲厂胡同，正好位于人们最后一次看见帕梅拉的地方和她自称要去的目的地（即她的家）之间。大家都说为了避开"恶土"，她总是会走顺城街。这条小路有几段经过鞑靼城墙墙根，有时则从墙上通过。路面上不能走机动车，只有行人、自行车和人力车可以通行无阻。她的父亲也曾坚称帕梅拉对"恶土"里弯来绕去的胡同不太熟，而且她害怕在里面迷路。但没有目击证人主动站出来确认她在遇害当晚的行进路线。警方只好假设她当时习惯性地取道顺城街。

然而，如果她终究还是没有习惯性地走老路呢？如果为了抄近路回家，她沿着船板胡同横穿了"恶土"呢？船板胡同的狂热人群当时正忙于庆祝俄历圣诞节。

她如果沿着船板胡同走，肯定会经过 27 号的奥帕里纳酒吧。

他们需要重新仔细考虑这种可能性：假设平福尔德当时在船板胡同，而帕梅拉正好经过，这两人的路线是否会交会？他们是否会狭路相逢，导致案件发生，从而在平福尔德的鞋子、手帕和刀上留下血迹？如果谭礼士能找到动机，他所谓的"案子"就构件齐全了。

* * *

周四晚上，莫理循大街警署的巡警突袭了船板胡同 27 号。韩署长率二十位巡警负责执行这次行动。谭礼士则回到六国饭店，置身事外。一间位于"恶土"的酒吧显得过于公开了。若他在那里现身，消息肯定会传回北平公使馆和他在天津的上司的耳里。他随后就会因在使馆区外进行调查而遭到申斥，甚至还可能被召回。

但没人提到博瑟姆督察的职权范围，所以谭礼士让他跟着去，尽可能观察一切。如果事后有任何谴责，作为直属上司的谭礼士会站出来接招。

船板胡同西侧是酒吧和妓院，东侧则是便宜的中国餐馆和营业到很晚的咖啡厅。你能买到串在木制烤肉叉

上的大块羊肉（也就是所谓的串儿），还有煎饼（一种
轧制的薄烤饼，做法是在面糊上打个鸡蛋再卷起来）。
北平的街头美食廉价管饱，在中外夜猫子间很受欢迎。

小饭馆满足了站街女郎的需要。在短暂的休息时间
里，她们可以在这里和鸡头碰面，或是在妓院外与恩客
相会，私下进行不入账的交易。"恶土"里没有街灯，
但在几处人流量较大的地方，如白宫舞厅外，会有高悬
的明亮电灯泡；胡同两侧的酒吧和餐馆外有喜气洋洋的
红灯笼，用来招揽顾客。人力车夫在寒风里走来走去，
寻找客人。

虽然严格来说，这里是北平的华人区，但外国侨民
人数居多，他们中混居着犯罪分子、毒贩、酒鬼和皮条
客；还有几群好奇的、口袋里有几个钱的外侨纡尊降贵
来体验这里的夜生活。这片区域是白俄和朝鲜妓院的天
下，只有寥寥几家中国窑子。中国人的活动主要在别处
进行——多在使馆区的西侧。

大多数妓院修了院墙。它们被匆忙建成，虽然灰
泥抹得乱七八糟，但墙外的人无从窥视墙内。其入口
大门处由白俄大汉和外表凶狠的中国人把守，后者通
常来自山东，那里的男人的块头和凶恶程度据说在全

中国首屈一指。这两伙人眼里都揉不下沙子。廉价酒吧的大门向所有想碰运气的人敞开。在这里，韶华已逝的白俄女人们用双氧水把头发漂成金色，挑起她们精心描画的眉毛，挑逗那些昏头昏脑、脚下虚浮、囊中羞涩的家伙。

船板胡同 27 号并没有与众不同之处。这所大屋子里有张齐胸高的吧台，还有木椅和东倒西歪的桌子。屋里烟雾缭绕；酒水度数很高，但品质并非顶级，而是廉价的克里米亚葡萄酒和格鲁吉亚白兰地。这间酒吧由奥帕里纳夫妇照管，只收现金，不开单据，且坚持概不赊欠免开尊口的原则。旁边几间稍小些的房间可以用来玩纸牌，里面更是烟雾弥漫，酒水也消耗得更快。有些已经走上穷途末路的妓女在周围晃荡，寻找客人，但不能进屋拉客。警察到来时，隔壁的妓院已关门熄灯，然而妓女们还有许多其他地方可以做生意。

奥帕里纳酒吧里也有卖淫活动以及鸦片和海洛因交易，很可能还有其他见不得人的生意，包括幸存下来的军阀和更可怕的黑社会之间的军火生意。这已经不是什么秘密了。但经常光顾者都是白人，因此此处并非宋将军的政务委员会开展扫毒行动的目标，之前警方从未搜查过这里。

尽管如此，27号门口的山东打手们很识相，没去挡韩世清的路；这里是他的辖区，也是所有罪恶的核心和灵魂。韩世清采取了经典的清场方式：留声机关掉，灯打开，所有人都坐在座位上。几位个头更大的巡警守在门边，任何人都不得离开。这里没有后门，只有一堵高墙，墙头嵌着碎玻璃，隔开了下流的"恶土"和高雅的使馆区。

巡警们核对酒吧里每个人的身份，讯问他们，把帕梅拉的照片给他们看。来此寻欢作乐的重要人士很快就被放走了，一群下值的醉醺醺的意大利海军陆战队士兵被送回他们的公使馆；老酒鬼们和奥帕里纳夫妇则被留了下来。

没人见过帕梅拉，但许多常客认识平福尔德。大家似乎都不觉得为此人保密是一种光荣。奥帕里纳夫妇承认他是老主顾。其他人说他是个拉皮条的，把妓女介绍给来船板胡同的下值士兵。但没人记得在1月7日星期四俄历圣诞节那天他是否在酒吧里。那天晚上人特别多，长夜漫漫，大家都喝得醉醺醺的。

至于帕梅拉，"恶土"里从来不缺金发女人，无论是天生的金发还是双氧水漂出来的，但她们中没英国人，所处的社会阶层也没那么高。"恶土"是白俄的地盘，并不适合一本正经的英国女孩独自探险。

巡警们抓住几个妓女，拦下一辆马车，把她们带去莫理循大街警署审问。博瑟姆想搜查隔壁的妓院，但奥帕里纳夫妇告诉他那里已经关门了，老板们走了。

离开船板胡同 27 号后，韩世清和博瑟姆穿过"恶土"，直奔欧林比亚卡巴莱歌舞厅，从平福尔德口袋里找到的那盒火柴就是从那儿拿的。韩世清知道那个地方，也认识那里的中国老板：他是北平人，去过巴黎，发了大财。此人在使馆区边缘和整片"恶土"中经营了多家小旅馆，但现在大部分时间待在法国，照管他的企业股份。他不在时，这家卡巴莱歌舞厅由一位美国人经营。

这又是一座匆匆建起来的新建筑，极具"恶土"特色。但少许油漆、几块桌布、昏暗的灯光和永远弥漫的香烟烟雾掩盖了其偷工减料的本质。它的屋子相当小，是那种典型的歌舞厅。屋里有十一二张桌子、隐蔽的入口，有侍者提供服务，还有一个小小的舞台。台上一支双人俄罗斯乐队和一位歌手正在演出，音调相当低。六位雇来的俄罗斯舞女在活跃气氛，她们讲法语，好显得自己是上等人，还自称前俄国贵族。然而她们的法语很糟糕，自封的头衔也十分牵强。

即使在"恶土"，欧林比亚也只能算是一处业余的娱乐场所。它一直营业到午夜或更晚，也无甚出彩之处。妓女们在这里放松，讨好鸡头或中意的恩客。如果男人羞于被看到与某些女人为伍，就带她们来这里；女人们则在这儿和与自己有缘无分的男人见面。他们与舞台保持距离，在后面的桌旁抱成一团。桌上的台灯射出宝石红的光，掩盖了他们的真实面目和偷情行为。

俄罗斯看门人把韩世清和博瑟姆请进酒吧，安排他们坐下，自己去找经理。经理名叫乔·科瑙夫（Joe Knauf），是个45岁左右的家伙，长得矮壮结实。韩世清点头致意，并把博瑟姆介绍给他。这位美国人叫了威士忌请两位警探喝，他们接受了——这个晚上真是够累。他们碰了杯，一饮而尽。没等警官们开口，又一轮酒水被端了上来。

科瑙夫已经知道27号遭到搜查——在"恶土"的秘密情报网中，消息的传播迅如闪电。在他看来，那个酒吧格调不高，奥帕里纳夫人又是个他信不过的白俄婊子；其隔壁28号的窑子还曾是个传播瘟疫的垃圾场。

他也认识平福尔德，后者来过欧林比亚几次，而且科瑙夫也在"恶土"的其他地方见过他。他们两人有好几次曾一起去西山打猎。据科瑙夫说，有那么一拨人不时去打猎，好离开城市稍事休息。然而，现在这也不太容易了，因为"小日本"们正到处窥探。

科瑙夫是个看起来很可靠的硬汉。他面带友好的微笑，故作亲密地拍着警官们的后背，显得十分温和敦厚。然而，谈到俄历圣诞节时，他就记不起来是否看到过平福尔德了。他讲的经过与之前警察们得到的消息相同：那是个疯狂的夜晚，大家都喝多了。那些俄罗斯人可真会狂欢庆祝，当然，这对营业额有百利而无一弊。每个人都可能走进店里，从吧台拿走一盒火柴，反正科瑙夫是不会知道的。他耸了耸肩。然后他问这跟帕梅拉·倭讷有关系吗？韩世清做出肯定的答复后，这个美国人说那案子真可怕，而且根据媒体报道，她曾是个漂亮的女孩。他也在天津的报纸上读过此事，当时他去那边待了几天以处理生意上的事。

再没什么能打听出来的了。科瑙夫又为警探们叫了一轮酒水，并邀请他们留下来看演出。几位客人起身，伴着白俄爵士乐四重奏跳舞、拥吻。而韩世清和博瑟姆则一直喝酒。

第十一章 人鼠之间

1月15日星期五，距帕梅拉之死已过去一周。四十八小时法则早已失效，二十天之限隐隐在前方招手。一名嫌犯已被拘留，但未经法医取证，同时还没有目击证人。倭讷一直急切地要求警方归还女儿的尸体，英国公使馆也如此要求。现在，尸体已发还，葬礼将于第二天举行。

从船板胡同27号带出来的妓女、鸡头和醉鬼们在莫理循大街警署的牢房里坐了一晚冷板凳，并于次日早晨接受了讯问。然后，他们被释放了。警署把所有人的住址都登记下来，尽管在中午之前这些信息无疑会失去价值。

前一晚的行动使博瑟姆头很痛。他向谭礼士提交了一份关于突击搜检的言之无物的报告。博瑟姆告诉总督察：许多人认识平福尔德，但只限于见过面；没人见过帕梅拉。看起来和上周一样，在前一天晚上他们也一无所获。

　　然后，谭礼士接到了常任秘书多默思的电话，从其口中获悉使馆区巡捕房之前曾数次以街头滞留、涉嫌销赃、靠不法收入生活等罪名拘留平福尔德。这些指控最后都站不住脚，但多默思对英国公使馆到目前为止还没联系谭礼士表示惊讶，因为他恰巧知道平福尔德被列入了公使馆的可疑人员名单。

　　多默思还提供了其他引人深思的细节。他建议谭礼士向英国公使馆打听西山上的一处天体营①，特别是其中的一个美国人，名叫文特沃斯·普伦蒂斯（Wentworth Prentice），以及一位爱尔兰人乔治·戈尔曼（George Gorman）。这两人、平福尔德以及其他一同打猎的人都被认为是天体营的成员。有个小团体在狩猎完毕后会消失在北平周边的山中，就像鸭子一头扎进稻田里。他们都是这个团体的成员。

　　起先，谭礼士认为多默思是在开玩笑。北平的一处天体营？但它确实存在，而且很明显搞了好几个夏天的活动。

---

　　① 天体运动是20世纪二三十年代中国人对从西方传进的裸体运动的称呼。天体营则指在划定的区域中活动的组织，里面的所有人均裸体游戏、运动、休憩等。——译者注

那位名叫普伦蒂斯的美国人是天体营的发起人。他是位牙医，在使馆区外执业，看起来是位很可敬的专业人士，却和某些可疑人士进行了可疑活动。他们租下西山上的一处寺庙，躲开北平的烟尘和潮热，许多外国人在夏天的周末这么做。但这处寺庙与众不同，它并未被用作野餐或休憩之地，而是成为一处天体营。当地的中国警察可能被买通了，对它不闻不问。总之，这不过是疯狂的外国人在发疯。谁知道他们做了什么呢？

多默思告诉谭礼士：传说普伦蒂斯在其位于使馆区的公寓里组织裸体舞会，花钱请妓女来给一群男人跳裸体舞。显然英国公使馆也知道这些事。这有点放荡不羁，有点稀奇古怪，但又不犯法，是不是？

爱尔兰人乔治·戈尔曼持英国护照旅行，在来到北平之前曾在其他许多中国城市间辗转。在那些地方，他假装伦敦《每日电讯报》（*Daily Telegraph*）驻当地记者，但其实不过偶尔给这家报纸投稿。他也给日本出版物投稿，有时还为《北平时事日报》（*Peking Chronicle*）写文章。大多数人把他当作日军的吹鼓手，许多人还记得在 1931 年日本人占领东北时，戈尔曼曾直接为"日本鬼子"效力。如果外国媒体做出对东京政府不利的报道，他就会与其辩论，故布疑阵，混淆是非。

听到这一切，谭礼士不禁起疑：当平福尔德的名字被公之于众时，公使馆为何没有提起这些呢？他对多默思说了自己的想法。对方猜测：既然那个天体营有好几十个成员，其中肯定包括北平的其他某些外国可敬人士，没准有一到三位地位崇高的英国人，不愿警方询问他们夏天周末的活动，也不愿被问起付钱看裸体舞的事。如果你表面上看是衣冠楚楚的医生、银行经理或海关官员，总不好让大家都知道在星期六你赤身裸体地在西山上跑。

文特沃斯·普伦蒂斯医生代表了北平两个不同的外国侨民世界的交会点。在他西山上的天体营里，以及在裸体舞会上，城里的那些可敬人物与心怀鬼胎之人走到了一起。

* * *

谭礼士把平福尔德从牢里提出来带回审讯室，韩世清也过来了。谭礼士用打听到的消息当面质问平福尔德。是时候迎难而上了。现在需要单刀直入，激出对方的回答。

"我们来谈谈西山天体营吧，"谭礼士说。[①] 平福尔德脸白了，但现在他知道警方已主动调查过自己的背景。最后，他开了口。

他承认在过去两个夏天，自己去过普伦蒂斯在山上租下的一间古庙。这位管理天体营的牙医不想招惹任何偷窥狂或窥淫狂，所以雇用了平福尔德作为安保人员。当地警察也没操太多心，因为只有外国人才会去那里。只要给他们的上司包个小红包，他们就不会找任何麻烦。一群人在周末出来，赤身裸体地闲坐、野餐、打网球、游泳——对西山上的外国人来说，这些都是司空见惯的活动，只不过大家没穿衣服。晚上，他们举办聚会。一切都人畜无害，平福尔德的工作也很轻松。这处寺庙非常偏僻，不能从远处俯瞰。

还有谁参与其中呢？谭礼士想知道。除普伦蒂斯外，还有个名叫戈尔曼的爱尔兰人，但平福尔德不认识其他任何成员。其中一些人是使馆区的大人物，其他人则在外侨社会等级的金字塔中处于稍低的位置，还有些

---

① Anthony Abbot, *These Are Strange Tales*, John C. Winston, Philadelphia, 1948.

"来历可疑"① 的女人。

他是怎样得到西山上的这份工作的？谭礼士问。平福尔德说自己和普伦蒂斯、欧林比亚卡巴莱歌舞厅的经理乔·科瑙夫以及他们的几个朋友一起打过几次猎。那位牙医问他想不想在周末弄点外快。平福尔德坦然接受裸体主义。在赚钞票的同时还能看到裸女，不是很好吗？他和科瑙夫在那里负责安保，后者是前美军陆战队士兵，通过自荐得到了这份工作；但科瑙夫并非每个周末都出现。

至于那些裸体舞会，平福尔德坚称那不是什么大事。他会在船板胡同里找想捞点外快的女孩，也许是欧林比亚或白宫舞厅的舞女。不过是一群经过精挑细选的朋友聚在普伦蒂斯位于使馆大街的公寓里想来点"绅士的娱乐"罢了，仅此而已。而且这类活动还能使一两个俄罗斯姑娘挣点糊口钱。有哪里犯法了吗？

他鞋子和刀上的血又怎么解释呢？是狩猎时弄的吗？他的衣物呢？其他衣物在哪儿？谭礼士问。面对这些问题，平福尔德再一次守口如瓶。

---

① *North-China Daily News*，14 January 1937.

狐狸塔俯瞰着北平东城，与位于盔甲厂胡同的帕梅拉家间只隔着一条窄沟

北平人在古老的城墙边遛鸟

三岁时的快乐女童帕梅拉在北平

三十五岁（摄于 1900 年）和六十岁（摄于 1924 年）的 E.T.C. 倭讷

1900年义和团运动后使馆区重建，欧洲列强的操练场很快被建筑物覆盖，成为"恶土"

作为使馆区主干道的使馆大街

北平的主要火车站正阳门东站：火车到达北平时，乘客们对会对这座昔日的皇城产生敬畏之情

六国饭店

英国公使馆大院内 / Surrey History Centre 提供

法国公使馆大门，溜冰场就在它的附近

北平协和医学院（上）

鞑靼城的重要门户哈德门
（左）

鞑靼城中的路
边摊

鞑靼城距离使
馆区仅一射之
地，两个世界
却有天壤之别

前门大街，北
平公安总局就
在这里

格拉迪斯·尼娜·雷文肖

1911 年，格拉迪斯·尼娜和倭讷在香港圣约翰座堂举行婚礼，这是婚礼结束后他们在教堂台阶上的合影

总督察谭礼与妻儿在天津的家中（摄于 1935 年） / Diana Dennis 提供

总督察谭礼士（右）陪同英国驻华公使检阅
天津英租界工部局巡捕房 / Diana Dennis 提供

1936 年的帕梅拉：
穿着天津文法学校校服的照片（左）/ Desmond Power 提供

引发热议的相馆全身照（右）

和篮网球校队成员的合影（帕梅拉在左起第二）/ Desmond Power 提供

天津文法学校，据说是"苏伊士运河以东最好的学校" / Desmond Power 提供

天津文法学校的校舍，帕梅拉曾住在这里

米沙·霍杰尔斯基（后排右起第一）和天津
文法学校游泳队的其他队员 / John Woodall
Archives, SOAS 提供

天津文法学校校长悉尼·耶
茨 / John Woodall Archives,
SOAS 提供

海伦·福斯特·斯诺和埃德加·斯诺 / Corbis Images 提供

日军在北平城中（摄于 1937 年 9 月） / Corbis Images 提供

女儿去世时的倭讷

文特沃斯·普伦蒂斯 / Greg Leck
提供

使馆大街 3 号的公寓今天看起来几乎
和过去一样 / Jo Lusby 提供

今天的盔甲厂胡同 1 号的大门：
倭讷一家曾经居住的这处老四合
院早已被隔成多户了 / Jo Lusby
提供

今天的船板胡同 / Jo Lusby 提供

今天的狐狸塔 / Jo Lusby 提供

谭礼士暂停审讯去吃午饭，他感觉已经有些收获了。他现在手里有了些名字——普伦蒂斯、戈尔曼、科瑙夫，还有了关于天体营、裸体舞会和周末小把戏的细节。也许最后会证明没什么要紧事，然而这一切明显很奇怪。平福尔德不明白这些事哪里触犯了法律，也许他是对的。还有，这一切跟帕梅拉有什么关系呢？谭礼士自己也很想知道答案。线索在相交、相连。他需要探查得更深，把不同的点串起来，为这些男人以及他们之间的关系画一张图。

他回到六国饭店，想吃顿西餐，换件衬衫。他到酒店时，前台递给他一张便条，请他给他在天津的秘书尽快回电话。谭礼士打过去，对方告诉他他将被召回天津。召回他的不是别人，正是阿弗莱克领事。

* * *

1934 年，谭礼士从伦敦来到天津。从那时起，玛丽·麦金泰（Mary McIntyre）就做了他的秘书。现在，她告诉他，阿弗莱克，也就是天津英租界的头头，正在大发雷霆。他让谭礼士马上回到天津。他要在明天一大早开会，要求总督察谭礼士出席。谭礼士必须赶下一班火车回来。其他细节暂付阙如。

谭礼士踏上"国际专列"离开北平。火车冒着蒸汽，穿过天津城外单调的高粱地，到达天津东站。车站里聚集着互相争抢客人的搬运工、人力车夫和出租车。谭礼士的司机正等着他，随后直接把他送回他在英租界香港道的家里。他在已入睡的儿子的头上吻了一下，吃掉匆忙备好的冷食作为晚饭，然后向自己的办公室和一堆文书进发。

在办公室里，他的副手们把在他离开天津期间发生的大事一一向他汇报。在过去的一周中，几桩案件被提交法庭。在都柏林道①和博罗斯道②间有片狭长的地带，上面挤满了廉价酒吧和妓院。休假中的士兵有过几次挥拳斗殴，余波尚未平息。还有一些文书需要他签字。随后就是帕梅拉·倭讷之案的调查情况。

从表面上看，几乎没什么有用信息。比尔·格林斯莱德亲自调查了她的男友米沙·霍杰尔斯基，并把他从嫌犯名单上去掉了。格林斯莱德也去了天津文法学校。现在学校还在放假，学生下周一才会返校开始新学期。

---

① 今天津市和平区郑州道。——译者注
② 今天津市和平区烟台道。——译者注

但格林斯莱德对那里的教师最感兴趣，因为他们在提到帕梅拉时显得很紧张。这是可以理解的：他们应该十分难受，同时不确定自己提出的指控是否会影响现状。然而他们战战兢兢，请格林斯莱德直接去询问校长悉尼·耶茨（Sydney Yeates）。

耶茨当时不在学校，于是格林斯莱德前往他家拜访他，它位于马场道上的校舍里，帕梅拉曾作为寄宿生住在那里。但用人们告诉他耶茨也不在家里。格林斯莱德怀疑他们在为主人打掩护。警察的直觉告诉他：这个人在家，只是不想和警察谈话。

然后，阿弗莱克领事和几位天津文法学校董事会成员（多为地方显要）联系格林斯莱德，直截了当地请他停止质问老师和学生，同时与马场道保持距离。他们也告诉他：总督察谭礼士马上就会回来。格林斯莱德觉得很奇怪，谭礼士对此也一时摸不着头脑。

* * *

谭礼士奉命出席的会议于次日早上八点在维多利亚道戈登堂他的办公室里召开。戈登堂是大英帝国之权威在天津的绝对象征。它由之前英军从古老城墙上拆除下来的深灰色石块建造而成，名字取自查尔斯·戈登

（Charles Gordon）。1860 年，他从天津出发，与额尔金勋爵①进军北京。他们的军队最终烧毁了皇家园林圆明园，洗劫了北京。

随后，戈登率领一支由志愿者和雇佣兵拼凑起来的号称"常胜军"的队伍，击败太平军于上海城下。清朝统治者保住了政权，感恩戴德地把种种奖赏加在他的头上。他在中国和英国老家声名远扬，妇孺皆知，报纸称他是"中国的戈登"。他继续南征北战，直至在苏丹死于马赫迪②的剑下，最终成为大英帝国的不朽英雄。"喀土穆③的戈登"（Gordon of Khartoum）这一名号甚至比"中国的戈登"还要响亮。

戈登堂是天津英租界行政和权力机关的重要据点，工部局、法院和作为谭礼士大本营的英租界巡捕房总部都设在这里。这栋建筑集哥特式城堡和中古堡垒的风格于一身，每扇门上方都有教堂风格的拱顶，巨大的正门则被重重加固以防遭到进攻。这道门从未被打开，大家

---

① 额尔金勋爵（Lord Elgin），英国殖民主义者，曾任英国驻加拿大总督，也是英法联军火烧圆明园的罪魁之一。——译者注
② 马赫迪（Mahd）是 19 世纪末苏丹反英民族大起义（即马赫迪起义）的领导者。——译者注
③ 苏丹首府。——译者注

须由侧门进入。如果天津的形势对英国不利，戈登堂就会成为英国人的最后防线，陷入重围的英国人将在此做最后一搏。一排老旧的加农炮在楼前一字排开，它们是英国人占领天津后法国人赠送的礼物。

戈登堂在海河外滩上英国控制的区域里占据了显要位置，离英国俱乐部和利顺德饭店很近，坐落在位置优越的维多利亚公园①正对面。这个公园与任何一个英国城镇里的市政公园都相差无几。在海河的对岸，老俄国租界与戈登堂遥遥相望。

那天早上在谭礼士的办公室出席会议的人，除了阿弗莱克领事和比尔·格林斯莱德外，还有天津文法学校管理委员会的主席 E. C. 彼得斯（E. C. Peters）、天津英租界工部局局长亚瑟·蒂珀（Arthur Tippe）和工部局的法律顾问 P. H. B. 肯特（P. H. B. Kent）。这些人堪称天津最有权势的外国人，天津英租界里的事务都由他们拍板决定。

玛丽·麦金泰为大家倒上茶，并把一个文件夹交给阿弗莱克领事。她退出房间把门关好。直到她敲击打字

---

① 即今天的天津解放北园。——译者注

机的声音从门的另一边传来,大家才开始说话。谭礼士首先发言,想要向与会人员通报调查工作在北平终于有进展了。但阿弗莱克突然打断了他。这位领事被激怒时,讲话就会带上利物浦口音。他在中国晋升得很慢,最近才在相对高龄的 56 岁被擢升为领事。

总督察谭礼士和比尔·格林斯莱德互相交换眼色,后者耸耸肩,表示他也不知道这是怎么回事。看起来这房间里只有他们两人对这次会议的主题一无所知。

阿弗莱克开门见山。尽管职位很高,但他说话直接,是一位无神论者,而且也从不讳言这一点。他的婚姻则颇有争议——他在天津和一位丧夫的英国会计师结了婚,外交部里那些更传统的虔诚人士因此不太喜欢他。1913 年,朱尔典公使就曾把一位与寡妇成婚的男子降职放逐;虽说现在时代不同,但在白厅这种成见一时难改。阿弗莱克告诉与会者:今早的会议要讨论天津文法学校校长悉尼·耶茨的事,而且讨论内容要对外保密,所有与会者都要明白这一点。天津文法学校的声誉正处于险境,天津英租界的名望亦然,大不列颠在中国的脸面也概莫能外。

领事从玛丽·麦金泰刚才递给他的那只马尼拉纸文

件夹中抽出几张大裁纸发给大家。谭礼士注意到文件夹上没有用任何常见的橡胶印鉴来标明其内容。它们是悉尼·耶茨的一份正式警方登记表，上面详细罗列了他的私人信息——职业、住址、出生日期和地点（1893 年，牛津）。此外，它还涵盖了他家人的详细信息。配偶：路易丝·艾薇（Louise Ivy），1895 年生于牛津海丁顿（Headington），娘家姓巴恩斯（Barnes）。子女：芭芭拉（Barbara），1924 年生于牛津。

悉尼·耶茨是天津英国人圈子里雷打不动的老成员。他曾求学于牛津的彭布罗克学院（Pembroke College），后在英格兰任教，随后又去了非洲，不久后任尼日利亚学校巡视员。之后不久，他在仰光担任教职，然后于 1923 年来到中国，在天津文法学校任副校长。1927 年，他被晋升为校长。

谭礼士对耶茨了解不多。学校曾举办家长与学生之间的板球赛，总督察因为偶尔会去凑人头，在旁观席上见过他；有时还在戈登堂的工部局会议上，或是类似圣安德鲁节、圣乔治节、帝国日、国王诞辰等场合见过他。谭礼士觉得这个男人看起来就是个校长的样子——头发溜光水滑，下巴上有个凹陷，双目深陷（使他看起来更严肃了），上唇很薄（学生们说当他生气时它会颤抖）。他时年43岁，但看起来比真实年纪要老，厚厚的黑框眼镜使他看上去又老了几岁。他个子很高，看起来很强壮——在外，他的强壮体魄和他的严厉性格一样出名。

被认为不太和善倒还好；另外，谭礼士还曾听到关于悉尼·耶茨的传言，说他惩戒学生过度。有的家长私下嘟哝，个别则公开抱怨。这位校长喜欢用他从仰光带来的藤杖在学生背上施行体罚，让他们带着青紫的痕迹回家。创口如果不处理，随后就会起泡化脓。据说在仰光时，他曾被勒令离开学校，因为他那根藤杖打人太狠了。

天津文法学校在悉尼·耶茨的领导下变成了一所严格的学校。如果某个学生每周留堂超过两次，就要自动去接受校长的藤杖处罚。但这种严格是某些家长起初送孩子去那里的原因之一，而且耶茨也并非大英帝国唯一用棍棒维护纪律的校长。

学生们对耶茨褒贬不一。许多人喜欢他、尊敬他，认为他"衣冠楚楚"①；其他人则认为他很懒（实际上

---

① Jacob Avshalomov and Aaron Avshalomov, *Avshalomov's Winding Way: Composers Out of China – A Chronicle*, Xlibris Corporation, 2001.

他并不经常亲自上课），或是抱怨说他一喝醉就打他们，不讲理，喜欢羞辱他们，然后让他们出洋相。谭礼士曾看见耶茨在奢华的英国俱乐部饮酒，但喝得不比其他人多。在谭礼士看来，耶茨有点高傲，总想找机会提醒别人自己毕业于牛津的教育背景，或是穿着长袍戴上学位帽在公开场合亮相。

现在，阿弗莱克直接问谭礼士是否能确认在北平被谋杀的女孩就是帕梅拉·倭讷，谭礼士给出了肯定的答复。他继续告诉领事：不，他们还没有就此案指控任何人，但调查工作正在进行。为什么他被叫回来回答这些问题呢？

学校管理委员会主席彼得斯随后接过话头。他说：就在去年，在上个学期，已经有人提出指控了。想查个水落石出是不可能的，但他们仍然忧心忡忡。学校内部进行了一次调查（当然是很谨慎的调查），随后做出了结论。然而，从最近发生的一系列事件中可以看出，媒体已经介入，而且有些细节一旦被公之于众，就可能对学校的利益造成损害。可以确定的是，这些细节和北平那桩不幸的、令人悲伤的案件毫无关系。

谭礼士茫然而不知所措。他觉得自己被暗地里架空了。什么指控？调查什么？

彼得斯把目光投向阿弗莱克，阿弗莱克则转头去看工部局法律顾问肯特，肯特向他点了下头。于是领事先生以他特有的直率方式把所有事情一一道来。

在上个学期，帕梅拉·倭讷的父亲找上了学校董事会，称他女儿在校舍寄宿时，受到了不必要的关心，来自校长悉尼·耶茨的不必要的关心。她为此苦恼、心烦。倭讷威胁说，如果学校不采取措施的话，自己就要揭露耶茨。他利用自己的影响力把阿弗莱克也卷了进来，于是校方进行了一次调查。调查显示：耶茨（也许喝醉了）曾以不符合双方身份（校长和学生）的方式接近帕梅拉。鉴于她是寄宿生，他的举止在旁人看来就更不得体了。

之前也曾有其他人提出指控，但通常会被驳回。然而，倭讷比大多数人都固执。耶茨有保留地承认自己的行为并不恰当，同时他提出自己将在夏天也就是学年结束的时候辞职，以避免其职业生涯会被此可耻事件终结。倭讷则把帕梅拉从学校里接出来，打算送她去英国完成学业。为了维护她的名誉，他同意耶茨在漫长的暑假开始后再以身体不佳为由辞职。谁都不愿看到公开的丑闻，无论是耶茨的、学校的还是帕梅拉的。

谭礼士震惊了。他也是一位家长、一个父亲，他听到这则新闻时做出了完全基于家长立场的反应。他被校长对待学生的方式吓坏了。他想要说话，但阿弗莱克再次打断了他。

领事宣布：由于帕梅拉不幸去世，耶茨别无选择，只有离开。这位校长案发时在天津，因此他毫无疑问是清白的。如果需要的话，格林斯莱德可以私下进行讯问，以证实耶茨确实不在场——当时他和妻女一同在家。目前最重要的是将此事保密，一定不能有相关新闻出现在任何报纸上。

阿弗莱克继续说下去：决定已做出，耶茨下周一开学时不会回校，而是会和其家人一起尽快返回英格兰。彼得斯会安排所有事宜，他会向师生们解释，说校长因为健康问题退休了。副校长约翰·伍德尔（John Woodall）会被提拔为校长。伍德尔会被告知真相；但除了他、倭讷和当下在场的人，不会再有别人知道真相了。阿弗莱克会确保所有当地媒体受到如下警告：不要理睬任何流言蜚语。而天津文法学校的声誉……

当与会者都保证决不泄露相关信息后，阿弗莱克宣布散会。谭礼士被告知他可以回到北平继续调查。他们起身准备离开，没有一个人——即使是直率的阿弗莱克——敢于直视谭礼士的眼睛。没有一个词语可以形容眼下的场面：就在天津大英帝国租界巡捕房负责人的办公室里，大家共谋要隐瞒实情。

谭礼士气得七窍生烟。为了保住大英帝国的脸面，他处处受限，在别人眼里十足无能。他曾问倭讷：为什么帕梅拉要离开天津返回英国？现在他明白倭讷当时的回答是什么意思了。**我还以为你早就知道了。**

本来他就应该知道。无知不仅显得他无能，还导致他在调查的关键时刻从北平被召回。

在接下来的一周中，悉尼·耶茨和他的妻女离开天津，登上能订到的最早一班轮船离开了这座城市，再也没有回来。

* * *

私下调查、秘密会议、有人被撵出城市——所有这些事在谭礼士看来都非常荒唐。尽管封口令在他的办公室里被下达，流言和八卦仍然不可避免地愈演愈烈。有人说在天津文法学校里，年纪较大的学生之间普遍有过性行为，而看起来学校里确实发生了一些事，而帕梅拉是一位当事人。耶茨被称为酒鬼、恶霸，据说他和帕梅拉有暧昧关系，还曾对她有所强迫。

造谣者更进一步，称尸检时帕梅拉被发现已经怀孕，孩子的父亲就是耶茨，在她被谋杀的那夜，有人在北平见过他。实际上，他时常悄悄离开天津，去"恶土"寻欢作乐。帕梅拉在照相馆拍的那张全身照被登在天津的报纸上，人们争相传阅报纸并做出评论。大多数人同情她，认为她是一桩可怕罪案的无辜受害者，而这种犯罪可能发生在他们中的任何一人身上。其他人则不这么想，他们读过那些说帕梅拉"并非天性娴静"①，而且在来天津上学前就在其他学校惹下麻烦的相关报道。他们发现她的实际年纪比看上去大，而且在北平正和数名男孩交往。他们认为她很可能过着放荡的生活，欺骗了天津那个受人欢迎的男孩米沙·霍杰尔斯基。

这两派想法各有一个帕梅拉作为立论根据：帕梅拉是个好女孩、女学生、朴素的姑娘；帕梅拉是个女人，过于无拘无束且不受控制。在天津英租界的许多

---

① *The China Weekly Review*, 20 March 1937.

舒适的起居室里，在戈登堂中英国俱乐部的柔软真皮扶手椅里，两个截然不同的帕梅拉是人们津津乐道的话题。

耶茨和他的妻女一起消失后，谣言甚嚣尘上。他的女儿芭芭拉是天津文法学校的一位获奖学生。人们不知他们为何没给任何人留下只言片语就如此突然地离开了。约翰·伍德尔骤然被晋升为代理校长，然后马上就要搬进马场道的校舍。这一切都发生得如此突然。尽管报纸统一口径，做出了关于耶茨重病的官方报道，但所有事都如此仓促，显得很不得体，很多人因此起了疑心。人们议论纷纷，各种推测变本加厉。有些人认为耶茨在帕梅拉一案中有罪，有人却因面子问题把整件事糊弄过去了。

3月末，天津文法学校举行了一年一度的演讲日和授奖礼，这在校历上是大事，《京津泰晤士报》对此做了报道：

天津文法学校管理委员会主席 E. C. 彼得斯先生提议大家为新近离开的耶茨先生欢呼三次……大家叫嚷着，一致拥护他的号召。这证明学生们对前校长仍然怀着高度的敬意。[1]

也许情况就是这样，也许不是。媒体报道没有越界。帕梅拉在这次活动中是缺失的，但报纸并未提及此事，也没有提及她的案子。庆典中没有对她致以哀悼，也没有留下片刻默哀的时间。

演讲日后不久，校报《文法家》出版了新的一期，上有新任校长约翰·伍德尔写的一篇文章，题为《耶茨先生赞》。在这篇文章里，他也遵循了官方的定调；但在对已离开的前同事的溢美之词中，他说了一段话，之后，在天津的会客厅和俱乐部聚会室里，它被一再提及。

1927 年，他（耶茨）被擢升为校长。可以毫不夸张地说，在这十年间，他所处的职位堪称苏伊士运河以东的教育界中干起来最艰难、最费力的职位之一。在这片天地中，事实会被轻而易举地歪曲成丑闻；家长、董事会的理事、工作人员和学生发

---

[1]　*Peking and Tientsin Times*, 23 March 1937.

生冲突也是家常便饭，但他们之间的分歧似乎被特意强调了。①

事实会被轻而易举地歪曲成丑闻。约翰·伍德尔对与他前任有关的流言了然于心，而天津文法学校仍然守住了秘密。只有流言永不消失。

与此同时，谭礼士已经误入歧途，在案件侦破的关键阶段离开北平，两天后才返回。

---

① *Peking and Tientsin Times*, 23 March 1937.

第十二章 长眠于北平地下

总督察谭礼士乘火车返回天津时，帕梅拉的遗体在北平下葬。大约五十人聚集在英国公墓里那处打开的墓穴旁。掘墓人花了好大力气才铲开冻土。时近傍晚，太阳有气无力地西坠，加重了 1 月里的持续严寒，送葬者觉得自己的肺里结了冰。铅灰色的云布满天空，下午五点以前太阳就会落下，天很快就会变黑，随后便进入了夜晚。

> 人为妇人所生，
> 命若蜉蝣，苦难连连。
> 他降临世间，
> 又飘零若落英；
> 他消逝如幻影，
> 不再停留。①

---

① 引自英国国教礼拜用书《公祷书》。——译者注

英国教士格里菲斯（Reverend Griffiths）正在坟墓边主持葬礼。倭讷虽然并没有认真听，但在整个过程中还是垂着头。好几十年前，他就从理智上抵触有组织的宗教信仰活动，但这套礼节程式还是根深蒂固。格里菲斯还在那儿，因此表面上的敬意总要维持一下。虽然帕梅拉曾跟着方济各会的修女们读书，且学校集会上都要念主祷文，但她也不是虔诚的信徒。

> 主啊，您最了解我们心中的隐秘；
>
> 慈悲如您，请倾听我们的祈祷；
>
> 请宽恕我们……

倭讷如果抬头向西看，就能隐约望见狐狸塔，它在不到四分之一英里外。1922 年，他曾站在此处看着他的爱人格拉迪斯·尼娜的棺木逐渐降下，被安放进帕梅拉旁边的墓穴。他的女儿当时还不到 5 岁，金发剪成西瓜头，嘴里还少了几颗乳牙。她当时穿着新的黑外套和黑色羊毛袜。母亲被埋葬时，帕梅拉对她几乎没有印象。现在，母女俩团聚了。

无所不能的主发大慈悲，使我们亲爱的姐妹的
灵魂归于主，我们把她的身体埋葬于地里，使土仍
归土，灰仍归灰，尘仍归尘……①

公墓里的送葬者中，有埃塞尔·古雷维奇和她的母
亲，有莉莲·马里诺夫斯基和几位帕梅拉在北平读书时
交的朋友。盔甲厂胡同的用人们聚在一边，帕梅拉的保
姆在他们中啜泣。常任秘书多默思代表使馆区巡捕房出
席，但似乎没有人从天津赶来。

英国公使馆也派出了几位代表，但没有高层官员，
仅够例行公事，向别人表明官方已经履行了基本职责。
博瑟姆和比涅斯基也没有来，他们在继续调查和讯问工
作。韩署长到场了，但他避开了围在墓穴旁边的人。除
上述人员外，到场者大多是倭讷的朋友和同事，他们是
过来帮忙的。

公使馆的高层官员没有在葬礼上现身，原因不明：
是倭讷很久之前被终结的外交事业的后遗症吗？还是因
为困扰全城的流言？倭讷肯定已经听到那些小道消息了。

——————

　① 引自《公祷书》。——译者注

是那个老人干的。

他妻子的惨剧重现了。

死神在他周围徘徊。

她是个奇怪的女孩。

他们抓住的人是谁？

帕梅拉总是放荡不羁。

中国人说她是狐狸精。[①]

北平的公墓——无论是中国人的还是外国人的——都位于城墙外面。它们是遵照皇帝还高踞龙椅的那个时代的官方命令和规则建起来的，免得人们在北平中心埋葬死者。迷信的北平人会避开墓地，狐狸精则在此出没。在义和团运动进行得如火如荼的时候，城里的外国侨民躲在英国公使馆里瑟瑟发抖，觉得自己定会惨遭蹂躏或屠杀。有的坟墓自从1861年英国公墓建成后就已修好，但拳民们挖开坟墓，于众目睽睽之下抛尸撒骨，这种渎神的做法使被围困者更加害怕。

[①] Anthony Abbot, *These Are Strange Tales*, John C. Winston, Philadelphia, 1948.

愿上帝与你和你的灵魂同在。

格里菲思教士结束了仪式，送葬者们迟疑地走开了，他们停留的时间刚好符合礼节要求，没有多出一秒。他们回到正在等候的汽车里，回城继续过他们的日子。

倭讷是最后一个离开的。他向自己妻女的坟墓望了最后一眼。坟前立着墓碑，碑文一目了然：

格拉迪斯·尼娜（·雷文肖）·倭讷，1886—1922

帕梅拉·格拉迪斯·查尔默斯·倭讷，1917—1937

他转身走了。工人们开始用铁锹铲起北平那坚硬的冻土，填平墓穴。

第十三章　有影响力的
可敬人士

　　北平协和医学院的病理实验室最后提交了一份报告，但没有做出任何结论。平福尔德的鞋子、手帕和刀鞘上的血迹最有可能来自某只动物，与帕梅拉的血不匹配。匕首本身是干净的，而且平福尔德的房间里也没找到更多关于血迹的线索。他们已经尝试了所有可能的办法，但科学不是万能的。

　　平福尔德最后又供出一个地址，其个人物品里的那把钥匙可以打开那里的锁。那是另一间公寓，严格来说位于使馆区的范围之内，这样一来他就可以受到使馆区保护。另外，这还意味着如果谁想要搜查那间公寓，就必须取得使馆区当局的许可。这一程序拖缓了警方的进度。最后博瑟姆和比涅斯基终于进了那间公寓，但只在房间里找到少量衣物。

　　韩世清要求英国公使馆批准他正式逮捕平福尔

德。在中国和外国列强之间，司法权和各种协定互相重合、混乱不堪，导致韩署长在逮捕一位外侨前需要得到授权。由于平福尔德涉嫌参与谋杀一名英籍人士，正确的程序是先取得英国公使馆的许可，即使大家都认为他是加拿大人。然而，菲茨莫里斯领事驳回了这一请求，理由是他认为定罪证据不足。韩世清希望能逮捕平福尔德，以便在控制他的同时收集证据。但菲茨莫里斯固执己见，执意要照章办事。于是平福尔德被释放了。

1月16日星期六凌晨，平福尔德可以随时离开莫理循大街警署了。没人看见他离开。时间太早了，媒体还没到场。但他还是从后门走出去，以防有人带着照相机等在前门。他的鞋子、手帕和刀都已被归还；他没入了莫理循大街早晨繁忙的人流中。媒体一直都没能设法拍到哪怕一张他的照片。

韩世清签发了一份新闻通稿，称由于证据不足，嫌犯已被释放，并且没有发表进一步的意见。

这是半真半假的具有欺骗性的报道。谭礼士知道己方还没能把平福尔德和其秘密来个大起底，但它们一定和案件有关。当韩世清下令传讯文特沃斯·普伦蒂斯时，谭礼士松了一口气。

* * *

消息泄露是难免的。可能是医学院的人，可能是参与讯问的某个警察，还可能是看过尸检报告细节的某位英国官员。星期天，报纸知道了帕梅拉的心脏和其他器官被取走一事。

北平的外侨圈子当时还未从关于谋杀案的事实报道和道听途说而来的生动细节中回过神来，那颗被偷走的心脏掀起了规模更大的又一轮恐慌。一位少女的心脏被挖走了，这似乎预示着某种东西即将到来，而这种东西的逼近是所有人一直能感觉到的。考虑到一个无辜女孩被人以如此暴力的手段——她的内脏被掏空，身体被切割，最后被丢给黄狗——杀害之事竟然都能发生，很明显，在这个世界，大家都处于危险中。怎么会这样呢？

迷信者接受了当地人关于狐狸精的解释，声称它们的大肆活动预示着天道失常、天下大乱。其他耸人听闻的传言则说野蛮的中国人正要挖出外国人的心脏制成非法药物，或可能将它用于某种晦涩古老的宗教仪式。使馆区里有些居民无疑在深更半夜读了太多傅满洲①的小说，或是把小报上那些说拳民要回来的毫无事实根据的报道当了真。帕梅拉遭到的不幸使所有人不寒而栗。

韩署长把手下人都轰到莫理循大街警署的院子里列队站好，让他们在那里受冻，大声训斥他们，直到声音嘶哑。但他知道，如果是自己手下的哪个警察泄露了消息，此人肯定不会站出来承认。

倭讷于周日下午在英国公使馆外召集了一次新闻发布会。这把菲茨莫里斯烦得够呛，但他只能在公使馆里眼睁睁地看着。新闻界的绅士和为数不多的几位女士顺从地聚拢，准备好笔记本，一位悲伤坚忍的父亲形象已经在其笔下呼之欲出。韩世清也听说了这次发布会，于是启用了他的线人之一——一位在英文报社工作的中国记者。韩世清要求他记下倭讷说了什么，一个字都不能漏。

倭讷深谙如何演讲。他在记者们面前站得笔直，面色沉郁；而记者们都在搓手，以促进血液循环。闪光灯

---

① 傅满洲是英国《傅满洲》系列小说中的虚构人物，有华人的外表，号称世上最邪恶的角色。——译者注

不时爆开，嘶嘶作响。倭讷穿着式样已过时几十年的深色正装，搭配它的是崭新的白衬衫和黑领带。他目光慑人，从头到脚都显示出他过去是名外交官，是公共场合中的发言人。除此之外，他还是个悲伤的父亲，一个蒙受冤屈的人。

他告诉记者：据他目前所知，警方工作没有取得任何进展。嫌犯们接受讯问，但又都被释放了。为什么呢？为什么警方如此无能？他暗示英国公使馆拒绝授权警方去正式逮捕一名嫌犯；并且他——倭讷本人——被排除在调查工作之外，甚至还受到了怀疑。帕梅拉现在已下葬，但她尸检报告的全文仍然保密，并且还没有重启审理以接收医学证据。

倭讷告诉媒体：他听到了大家私下的传言；他知道大家正在背后对自己指指点点。他也知道与他可怜的妻子之死有关的指控再次不胫而走，非常伤人。他还知道记者们正在窥探他的过去。他被激怒了，他很生气，他非常愤慨。

现在，他说，关于帕梅拉失踪的内脏和她被切割的尸体等毫无益处的传言正在广泛流传。他停下来深吸一口气。他说自己不相信那个凶犯是中国人。他曾听到大家关于三合会、萨满、偷内脏制药、宗教仪式祭品等的猜测，但它们都是胡说八道。认为是狐狸精杀死了帕梅拉的想法更是卑鄙到极点。倭讷的著作《中国神话辞典》（*Dictionary of Chinese Mythology*）曾受到高度推崇，另一部著作《中国神话传说》 （*Myths and Legends of China*）也频繁再版。这位作者直言不讳："在这个国家，挖走人类心脏一事显然不能在社会学、神话传说、艺术、科学或哲学领域找到解释。"[1]

倭讷现在告诉大家：所有的传言不过是要分散人们的注意力。那个凶手就在北平的外国侨民中，而且有人知道他是谁；他们知道他做了什么，却在包庇他。至于动机，倭讷现在还没法揣测。他告诉正聚集起来的人群：他相信警方已经很接近真相了，而外国侨民里有人了解很多内情，却只吐露只言片语。

随后，倭讷进一步刺激了公众的情绪：既然使馆区巡捕房的悬赏没起作用，他就自费提高赏金数额。现在这笔悬赏金已经达到了 5000 美国金元，金元这种货币

---

[1]　Anthony Abbot, *These Are Strange Tales*, John C. Winston, Philadelphia, 1948.

通常并不流通于市，而是被压在箱底保值。这实际上已经是倭讷的毕生积蓄了，北平百分之九十九的人至少得辛苦劳作三代才能赚来如此巨款。记者们记下这个消息，如获至宝。

* * *

总督察谭礼士于周日晚上回到北平，周一早上他做的第一件事就是应召去英国公使馆。对方没有用命令的口吻，而是礼貌地请求："……鉴于目前情况和公众已经获知的信息，我们……"[①] 他决定看看对方到底要说什么——不管怎样，对这次召唤他期待已久。

自从英王特命全权公使许阁森（Hughe Knatchbull-Hugessen）阁下随蒋介石政府迁往南京后，北平的英国公使馆现在严格来说已是领事馆，而非使馆。北平在外交层面上也已沦为一潭死水。然而谭礼士了解那些搞外交的人，他心里清楚，虽然这里的工作人员地位已被削弱，但仍然自大、自以为是、以自我为中心。最重要的是，他们抱成一团，一致对外。

经过公使馆入口处（倭讷前一天就是在这里向记

[①]　Document F3453/1510/10（Far Eastern），the National Archives，Kew.

者们演讲的）的守卫和石狮子后，谭礼士就被迎进一间小图书室，里面的座椅很深。这里有点像伦敦的某个绅士俱乐部，但壁炉里火苗微弱，他几乎感觉不到热量。书架沿墙摆放，避开了壁炉。墙上过去挂了一幅爱德华八世的肖像画，现在那块墙纸已经微微褪色。新的国王乔治六世在他的兄长退位后于 12 月即位。看起来他的画像还未被运抵北平。

两位官员受命来迎接谭礼士。他们热情洋溢地感谢他的到来，但他能感觉出这些外交人员表面感激之下的那种遮掩不住的纡尊降贵的态度。菲茨莫里斯领事随后进来，身边一群顾问前呼后拥。他直截了当地下达命令：鉴于倭讷已经饱受痛苦，谭礼士要停止与这位老人的一切接触。公使馆也已如此要求韩世清的上司前门北平公安局总局的负责人陈继淹局长，对方回应说将通力协作。

谭礼士被告知：对船板胡同的搜检是个错误。他的手下之一当时在场，这明确地违反了总督察曾收到的指令。谭礼士已经越权了，他被命令不得再犯。

"记住，"菲茨莫里斯说，"你在这里没有逮捕权，和韩共同采取任何行动之前，要先联系常任秘书多默思。"①

　　谭礼士被告知：英国公使馆关于此案自有看法，并且总督察忽略了最显而易见的嫌犯——中国人。这座城市快被流民挤爆了——两手空空、前路渺茫的乡下人总是被洪水、干旱、歉收和贫困的痼疾折磨，更别提四处劫掠的日本人了。谭礼士需要认识到：北平现在是个火药桶，不仅在政治层面如此，在性的问题上也一样。百分之六十四的城市人口为男性，其中大多数是年轻人，很多人从乡间逃难而来。他们可能有性压抑，无力娶妻，也无钱狎妓。他们没受过教育，难以驾驭，性情粗野，自控能力堪忧。在这种氛围下，疯狂的性侵案件暴增是迟早的事。谭礼士应该敦促韩世清把目光转向这些人，而非一条路走到黑，不撞南墙不回头。

　　说教结束。总督察被仓促遣走了……

＊　＊　＊

　　谭礼士并没把英国公使馆的建议放在心上。从韩世清那里了解到案件的最新进展后，他反而去找文特沃斯·普伦蒂斯。他并没费太大力气，这位牙医就在

---

　　① Document F3453/1510/10 (Far Eastern), the National Archives, Kew.

使馆大街 31 号的公寓里。那儿离"恶土"的边界
很近。

　　谭礼士和常任秘书多默思从多默思的办公室步行到
普伦蒂斯的公寓间，两地相距不远。公寓间位于一栋现
代化的高档大楼中，紧挨着德国人的旧营房。这处公寓
很受美国人欢迎，它们配置了现代化的生活设施，好收
取高额月租。从阳台上望出去，可以看到德华银行和占
地面积颇大的法国公使馆。公寓楼旁边就是法国总会的
溜冰场。

　　牙医的公寓间时髦干净，并且窗户大开，这很是令
人吃惊。他向谭礼士解释说：房东刚把房间重新油漆了
一下，这在北平的隆冬里是相当愚蠢的行为。但中国房
东嘛，你懂的……普伦蒂斯看起来很放松，并且同意接
受两位先生的讯问。既然使馆区巡捕房比较小，他们就
去了莫理循大街警署，多默思已经同韩世清打过招
呼了。

　　谭礼士可以看出普伦蒂斯是位成功人士。好吧，大
家都知道牙医业是座金矿。他的头发整洁平滑，后面剪
得很短。此人的牙齿很好，谭礼士想知道牙医的牙齿是
由谁来维护的。普伦蒂斯穿的西装比他的狩猎伙伴平福

尔德的好得多，而且说实在的，甚至也比谭礼士的更好。普伦蒂斯衣着讲究：一块手帕放在胸前的衣袋里，鞋子擦得光洁如镜，领带系得堪称完美。

在提供情报方面的帮助一事上，美国公使馆比英国公使馆强很多。文特沃斯·鲍尔温·普伦蒂斯于 1894 年 6 月 6 日生于美国康涅狄格州的诺威奇（Norwich），其父名叫迈伦·鲍尔温·普伦蒂斯（Myron Baldwin Prentice），是一位杂货店主。在一战期间，普伦蒂斯曾就学于哈佛牙科学校（Harvard Dental School）。毕业并结婚后，他移居北平，于 1918 年开始在使馆区执业。他在这座城市里住了近二十年，可能是最著名的外国牙医。普伦蒂斯专为精英人士的牙齿提供服务。

这一切堪称成功人士的标杆，但仍有一个不和谐的音符。普伦蒂斯的妻子多丽丝·埃德娜（Doris Edna）带着他们的三个孩子多丽丝、文特沃斯和康斯坦丝于 1932 年回到美国，定居在洛杉矶。从那时起，他们就再没回过北平。美国公使馆没有正式的离婚记录，但看起来普伦蒂斯已与家人分居好几年了。

还有一件事。美国人曾关心普伦蒂斯的幼女康斯坦丝是否安好。1931 年，公使馆为她建了一份档案，但

里面只有一行字："普伦蒂斯，女，未婚。1931 年 11
月 28 日。393.1115/14。在华美国人福利及安全事
宜。"① 档案里没有细节；公使馆也没有更具体的信息
可以提供。谭礼士不知道多丽丝是自愿离开北平还是被
普伦蒂斯送走的。或者说难道为保护孩子，让他们远离
某种东西或某个人，她逃走了？

虽然并不反对去莫理循大街，但到达警署后普伦蒂
斯守口如瓶。不，他说，他不是帕梅拉的牙医。他为北
平最优秀、最有影响力的那些人服务。但在帕梅拉被杀
害前，他从未听说过她。

"我这辈子从没见过那姑娘。"他坦诚地告诉
警方。

当被问及 1 月 7 日晚上的去向时，他说自己下班后
去莫理循大街上的一家电影院看了场电影。不，他没保
留票根；是的，他是独自去的。他称那是再自然不过的
事了。当他妻子还在北平时，他们经常去那里；但现在
没办法，他只能自己去了。他想念他的家人。

----

① 　US State Department Document 393.1115/14, National Archives and
　　Records Administration, Washington DC.

谭礼士步步紧逼。"你不是她的牙医吗?"他一口咬定。

"我不是。我这辈子从没见过那姑娘。"①

谭礼士结束了讯问。随后他去找证据,想确认帕梅拉曾是普伦蒂斯的病人。最简单的方法莫过于去问倭讷,但谭礼士被严格限制与那个老人接触。他查了牙医的行医记录,但名单上没有叫帕梅拉或是倭讷的人,不过他发现了埃塞尔·古雷维奇的名字。谭礼士绕路又去了古雷维奇家。埃塞尔不知道她的牙医是否也给帕梅拉看牙,她甚至不知道帕梅拉是否在北平找过牙医。

谭礼士回头去看尸检报告中的说明:

> ……牙齿——健康,现存 26 枚,在她的年纪这个数字通常应在 28 到 32 之间。2 枚白齿缺失,在早些时候曾以专业手法被拔除。2 枚门牙上有新近形成的缺口,可以假设是在挣扎中造成的……②

---

① Document F3453/1510/10 (Far Eastern), the National Archives, Kew.
② *North-China Daily News*, 3 February 1937.

北平协和医学院的胡正祥医生确认帕梅拉的臼齿于生前被拔除：牙龈已经愈合，说明不是最近发生的事。从她的牙齿状况看不出她是否在近期接受过牙科治疗。

谭礼士和韩世清把普伦蒂斯请回莫里循大街进行第二次讯问。牙医一口咬定："我不是她的牙医。我从没见过这姑娘。为什么你们找我问她的事呢？"

随后谭礼士问起他和平福尔德的交往，并解释说后者也接受了讯问。普伦蒂斯承认自己曾偶尔和平福尔德一起打猎，当然还有乔·科瑙夫等其他几个人，他们大多是美国人。这有什么不妥吗？自己毕竟在交际场里很出名，是几家高级俱乐部的会员，毕业于哈佛牙科学校，在北平的外国侨民圈子中是个老人了。他再次指出：他为城里几位最著名的人士看牙。谭礼士觉得他话中隐含威胁——"我可是能和有影响力的大人物拉上关系的"。

那天体营又是怎么一回事呢？谭礼士继续追问。还有那些裸体舞会呢？

但普伦蒂斯眼都不眨地把事情推得一干二净。那个天体营很体面高尚，裸体主义运动在欧美由来已久。总

督察不该是这样的卫道士，北平某些最可靠、最值得信
赖的市民都是天体营的成员。如果有什么不合适的事情
发生过的话，中国警方现在早就该反对了。可他们这群
外国人已经活动了好几个夏天，不是吗？至于裸体舞
会，那都是些爱嚼舌根的人在搬弄是非，纯属谣传。普
伦蒂斯公寓里的聚会的内容，不过是些志同道合者私下
里一起欣赏文娱表演。

* * *

普伦蒂斯接受讯问的消息被泄露出去。西山天体营
的消息充斥了各大报纸的版面，但使馆大街的裸体舞会
仍不为人知，也许媒体也羞于报道跟窥阴狂有关的新
闻。北平的许多外国人再次震惊了。在他们的印象里，
普伦蒂斯是社会上一位受人尊敬的人物。

消息泄露后的次日，《北平时事日报》就帕梅拉之
死发表了长篇社论。尽管这家报纸处于日本人的控制之
下，但大多数北平的外侨还是读了它。文章的作者是乔
治·戈尔曼，普伦蒂斯天体营的成员之一。戈尔曼攻击
警方和总督察讯问普伦蒂斯一事，称据他所知，事实
是：在讯问里提到的那个晚上，普伦蒂斯在电影院里，
因此他是无辜的，是位品性高洁的人。中英警方都没有

头绪，都在徒劳地挣扎，他们本应从中国人中寻找凶手，却把无辜的外国侨民拉下了水。①

谭礼士觉得戈尔曼抨击调查方向的言论有些过分。他认为此人值得自己亲自见见，值得与其讨论一下报纸上的批评意见，于是他上门拜访了戈尔曼。这位爱尔兰人与妻子和两个正处于青春期的孩子住在使馆区里一处不大的住宅里。谭礼士觉得在西绅总会酒吧的常客中，像戈尔曼一样甘于住在这种狭小空间里的倒是很少见。

戈尔曼没在家，但他的妻子告诉谭礼士他们十分悲伤。帕梅拉在被害前一天的那个傍晚在他们家，喝了茶后就和这家人一起去溜冰了。帕梅拉把她的自行车留在戈尔曼家，溜冰后又过来取走了。是戈尔曼一家介绍她去自家附近的法国总会溜冰场的。当戈尔曼夫人从报纸上读到第二天帕梅拉离开溜冰场后就被杀害的消息时，她惊呆了。

谭礼士离开了戈尔曼家。除了帕梅拉在1月6日晚上的活动细节外，他一无所获。他想进一步讯问普伦蒂斯，以便查出更多关于山上狩猎活动的信息，还想搜查

① *Peking Chronicle*, 13 January 1937.

他的公寓，因为谭礼士注意到公寓里有打猎装备。牙医家人的突然离去在谭礼士看来也颇为可疑，尽管没有任何证据证明它不合法。韩世清也同意谭礼士的观点：那个天体营很奇怪，但它没有违反法律，也没有任何人投诉它。至于裸体舞会，即使它确实在使馆区内举办过，也并不属于韩世清的管辖范围。

谭礼士请求菲茨莫里斯领事允许他逮捕普伦蒂斯做进一步讯问，但领事又一次以证据不足为由拒绝了他。去打猎的人有很多，而且谭礼士拿不出普伦蒂斯之前认识帕梅拉或是曾经给她看牙的证明。裸体主义和裸体舞会确实很荒唐，但在领事看来，它们还无法把牙医和死者联系在一起。他不想在此案上开使馆区居民被逮捕并带到中国警署之先河。

谭礼士必须承认菲茨莫里斯是对的——自己确实没有证据，只是在凭警察的直觉办事。普伦蒂斯的态度里有某些很难说清的东西，也许是他的微笑，也许是他仿佛在嘲弄谭礼士的眼神。这种不对劲的东西并非实体，更贴切地说，它不过是某种态度，某种嚣张的气焰。这还远远不够。

谭礼士又一次回到了起点。

第十四章 激进派的时尚

调查工作止步不前。韩署长的二十天之限也已到期，总督察谭礼士则处在崩溃的边缘。北平漫长艰苦的冬天和酷寒让他们吃了不少苦头。谭礼士筋疲力尽却无法入睡，从 1 月 8 日开始，他就再没睡过一个安稳觉。他已经抽了太多烟，喝了太多威士忌兑苏打水，还得了烦人的咳嗽，迟迟不好。由于经常走街串巷，他的四肢冻僵了，总是暖和不过来。六国饭店的医生为他开了难喝的绿色药水，但他服用后病情并没有起色。作为一位警探，他难免怀疑自己错失了案件中某些明摆着的东西。

韩署长现在说他认为这个案子会成为永远无法解决的悬案。日军越来越近，凶手却越来越远。北平人日益关注自己的小命，暗杀已经成了家常便饭，游击战正在城市里的大街小巷进行。现在，日军已经在离紫禁城和使馆区仅有九英里远的马可·波罗桥掘壕固守，等待进军的命令。在南京，蒋介石仍对北平的命运不发一言——这可不是吉利的兆头。

比涅茨基警长已经被召回天津，那里的形势也逐渐紧张。有人也想让谭礼士回来，但他要求再待几天，请求让这案子有始有终。在那些无眠的夜晚和疲倦的白天，帕梅拉——不管是作为女学生还是迷人的女郎——始终萦绕在他眼前。他自己都快要相信狐狸精的说法了，想象着它们在鞑靼城墙的墙顶翩翩起舞，在狐狸塔的檐下徘徊，深夜里在没有尽头的胡同中游荡。它们寻找受害者，或是把人头骨顶在脑袋上保持平衡，同时大声嘲笑他。它们缥缈无形，无法触及，就像他正在追寻的凶手那样，消失在北平的黑暗中，甚至连可以帮助追踪的影子都没留下。在他看不到的地方，它们渐渐消逝在鞑靼城的黑夜里，就像那个已经隐于城市的凶手一样。

他把这幻觉归因于绿色药水。

在公开场合，谭礼士力求破除狐狸精和器官贩子之类的传言。他嘲笑类似的言论，攻击中国报纸——它们把此案与薄伽丘充满色情和猥亵描写的《十日谈》中的食心者故事做比较。当时这本书的译本在中国流传很广。而媒体被匿名的消息提供者引导，对书中的偷心天使念念不忘。

关于这点，常任秘书多默思倒是给了谭礼士一条密报。有人曾听到喝醉了的督察博瑟姆在顺利饭店后面的酒吧里对着一群崇拜他的听众夸夸其谈，很享受成为他人关注中心的感觉。多默思的线人也报告称这位大嘴巴的督察在"恶土"上花了太多时间却不干正事。谭礼士把他遣回天津，堵上了这个漏洞。

总督察也驳斥了关于患精神病的虐待狂的说法，并宣称所有关于倭讷的流言都是"一派胡言"。但他对于悉尼·耶茨和他在天津文法学校的行为保持沉默。

与此同时，他也没有证据能把平福尔德和帕梅拉，或是普伦蒂斯和帕梅拉，又或者是帕梅拉和"恶土"联系起来。他知道平福尔德、普伦蒂斯和乔·科瑙夫之间的关系：他们一起打过猎，都参与过西山天体营的活动，也都出席过普伦蒂斯的舞会。他们都和"恶土"，和北平外侨圈子的罪恶一面有千丝万缕的联系，但和帕梅拉毫无关联。

甚至告密者们现在也逐渐减少，或是转移了关注点。也没有新的自称凶手的怪人出来自首，现在他们在电话中说的都是自己曾见到日本人的奸细往井里投毒，或是看到裕仁天皇和蒋介石在西山一起散步。

也许到结束的时间了，该回家了。帕梅拉之死现在已超出了他的能力范围。剩下的工作只是把程序走完。

* * *

针对帕梅拉之死的审理直到 1 月 29 日才继续进行。在那个星期五的上午 11 点，菲茨莫里斯领事再次在英国公使馆主持会议，公使馆再次成为正式裁判法庭。这次审理将听取证人和警方的证词，接收相关证据以及完整的尸检报告。

北平通宵落雪，整座城市都仿佛盖上了白色的毛毯，然而这白毛毯很快又化作了灰黑的泥泞。开庭的房间似乎比上次的更冷。上一次的情形令人觉得似乎很快就能逮捕某人；当时，大众还未得知更令人毛骨悚然的杀戮细节。

为重新召集庭审，公众旁听席特地增加了座位，但仍不能容纳所有人。长椅上挤满了证人——古雷维奇一家、莉莲·马里诺夫斯基、倭讷家里的用人，以及与帕梅拉生前最后几天有关的其他人员，比如说那位上了年纪的养鸟爱好者张宝琛、19 号警亭的许滕臣巡警和高警士。使馆区巡捕房的常任秘书多默思和皮尔森警官也在那里，当然更少不了韩署长和总督察谭礼士。

　　倭讷笔直地坐着，独自一人，不与任何人交谈，好似一尊雕像。菲茨莫里斯领事把他排除在调查工作之外，谭礼士也忽视了他的存在，他心里正因此窝着火。

　　在人们当时的记忆中，对帕梅拉·倭讷谋杀案的审理是北平持续时间最长的庭审。第二次开庭持续了三天。第一位证人张宝琛站起来，重述他发现帕梅拉尸体的经过，公使馆的一位口译为他翻译，在他陈述时，雪一直在下。随后中国警察高道宏和许滕臣发言，读出他们笔记本上的内容。

　　韩世清讲述了他是如何在狐狸塔处理现场的，略去了最可怕的细节，试图一劳永逸地消除关于黄狗的谣言。多默思和皮尔森对他关于犯罪现场的叙述没有异议。

　　随后，韩世清按照自己得到的信息，还原了帕梅拉生前的最后一天。盔甲厂胡同的看门人和厨子重复了他们的证词。帕梅拉的保姆在做证时痛哭失声。法庭宣布当天休庭。

　　第二天是星期六。庭审以埃塞尔·古雷维奇艰难的叙述开场。她的父母确认帕梅拉在那个周四来过他们家。莉莲·马里诺夫斯基在做证时则刻意与帕梅拉保持距离，称她俩不过是泛泛之交。六国饭店的门房曹西门（音译）重述了帕梅拉那天下午神秘现身酒店的过程。

由于那天是周末，菲茨莫里斯在午饭时分宣布休庭，并称周一早上他将听取最后一批证人——北平协和医学院的医生们——的证词，该流程禁止旁听。记者们提出反对，但菲茨莫里斯置若罔闻。

星期一，大雪仍在北平肆虐，街道表面都结了冰。使馆区的守卫守在法庭门口。胡医生第一个提供证言，从头到尾地介绍了尸检结果并指出了死因——颅骨骨折后脑部出血。他详细描述了死者明显进行过的挣扎、死后的肢解行为、像是外科手术造成的切割伤、折断的肋骨、失踪的内脏、脱落的胃。在描述帕梅拉身上发生的事时，他试图保持专业严谨的态度，但不时停顿，被自己描述的可怕景象震惊了。

胡医生向法庭陈述：帕梅拉头上受到的致命一击使她在几分钟内死亡，而对她尸体的破坏应该发生在她死后五至六小时内。如果这一切发生在室外且没有照明，那么凶手一定目的明确、技术娴熟，可能是屠夫或猎人。胡医生认为凶手（们）曾打算把整个尸体肢解，但中途放弃了。

北平协和医学院妇产科教授詹姆斯·麦克斯韦在胡医生之后发言。麦克斯韦证实：帕梅拉之死与其说"是一个普通的性虐狂犯下的罪行"，不如说"展示了一个疯子的犯罪特征"。麦克斯韦也认为帕梅拉"曾经受到性侵"，隐讳地指出她生殖器官受到的损伤。不过他加了一句："无法确认是在生前还是死后。"①

随后药理学家哈利·凡·戴克陈述证词，认为此案不涉及毒药；而帕梅拉也没有被氯仿麻醉。她生前最后一餐是中餐。

最后，韩世清再次做证，告诉菲茨莫里斯：警方没有查到任何嫌犯，也没有逮捕任何人。谭礼士证实了韩署长的陈述后就迅速坐下。他没有提到菲茨莫里斯曾亲口拒绝韩署长逮捕平福尔德或普伦蒂斯的请求，也没有提到警方曾接到要求把倭讷列为不受欢迎者的正式通知。他也没有提到他自己，也就是谭礼士，马上就要被迫返回天津，继续处理常规警务工作。

倭讷本人则从头到尾保持沉默。他没有被要求再次

---

① *North-China Herald*，10 February 1937.

做证。在他看来，菲茨莫里斯已将那次在公使馆门前台阶上临时召开的记者招待会看作对其的蔑视。事实确实如此，倭讷正有此意。在这三天的大部分时间里，这位老人坐在那儿，双手抱头。

听取了所有现有的证言后，菲茨莫里斯宣布帕梅拉死于非法谋杀。他的决定意味着案子仍没有定论，尚待解决，接下来调查和进一步的讯问将继续进行，结果仍是悬而未决。

* * *

第二天，有关帕梅拉之死的所有可怕细节，菲茨莫里斯曾希望通过秘密审理压下来的所有细节，都被公之于众。媒体设法拿到了北平协和医学院尸检团队的证词。

北平居民读到了关于帕梅拉尸体损毁程度以及性侵犯的消息，又一次被吓呆了。但人们投注在此案上的兴趣开始减退。头版现在被其他可怕的新闻占据，有关帕梅拉的报道已被移至内页，排在欧洲传来的坏消息之后。这些坏消息包括：法德关系降至谷底；墨索里尼在罗马欢迎戈林的到来；德国军队已在西属摩洛哥登陆。

与此同时，中国的整体局势也迅速恶化。宋将军的政务委员会做出的决定激怒了日本人，而日本在农村地区煽动暴乱的阴谋已被揭露。举目皆是奸细，人们现在担心邻居就是间谍。人与人之间的信任开始分崩离析：任何人都可能为钱通敌，与东京勾结。

一位驻上海的西方资深记者把这个时代形容为就像"住在火山边上"。[①] 据推测，本应与共产党人结成统一战线的蒋介石镇压了江西爆发的一次红色起义。而在北平这边，日本人的坦克已开上街头。

坦克轰隆隆地驶过商业区，沿着莫理循大街前行，经过警署。日军的零式战斗机像蚊子一样飞过天空，发出嗡嗡的响声，嘲弄着下方的民众。日本公使馆则拼命否认这是军事演习，而是称此为亲善游行。城市里的居民们可不作此想，他们并没有感到太多亲善的态度。

日军正在北平以北加强防卫。更多的士兵和机械装置就在北平外沿仅数英里外集结，数量多到已不能简单将之判断为换防行动。日本人在北平市场继续大量低价抛售走私鸦片。北平警方则突袭鸦片窟，扫荡鸦片贩

---

① John B. Powell, *My Twenty-Five Years in China*, Macmillan, New York, 1945.

子，但每当他们抓住一个，就会又蹦出三个。日元是鸦
片贩子的经济后盾。

六国饭店的鸡尾酒会、北京饭店的茶舞、西绅总会
的午餐和顺利饭店的啤酒聚会都渐渐消失，人们正趁时
局尚未烂透时悄悄离开这座城市。北平外侨的人数开始
迅速减少，涓滴细流逐渐变成一场洪水。

尽管如此，总督察谭礼士还是决定留下来。他同天
津英租界工部局的上司们激烈争论，对方同意再给他一
些时间，但不允许他无限期地留在北平。春节时他必须
回去做好本职工作。

* * *

这一切对一个女人来说过于沉重了，近一个月来，
她的思维一直处于混乱状态。在那次审理休庭两天后，
她终于去了莫理循大街警署。当时还处在震惊之中的她
求见负责帕梅拉·倭讷一案调查工作的警官。韩世清领
她去见谭礼士，因为她是位外侨，是又一位慌里慌张的
白人女士。

但这可不是一位动辄大惊小怪的白人女士。海伦·
福斯特·斯诺以尼姆·威尔士（Nym Wales）为笔名，
朋友们（她有许多朋友）也会叫她的教名佩格（Peg）。

海伦是位生气勃勃、苗条迷人的女士，许多人倾倒在了其魅力下。她很受欢迎，是真正的美人。如果人能再活一世的话，她可能会成为一个模特。实际上，她确实偶尔靠为驼铃商店（The Camel Bell）做模特挣钱。这家专卖店位于北京饭店的大堂，店里的毛皮、丝绸和旗袍大受富有游客们欢迎。海伦不像她坦率的丈夫那样极端。埃德加·斯诺有时会伤人感情，但想要不喜欢海伦可不容易。

当韩署长在莫理循大街警署的会客室里见到她时，他觉得帕梅拉长大后就该是这副模样。谭礼士也同意。尽管海伦比帕梅拉大十几岁，但她们确实很像。

无论是韩世清还是谭礼士都没有跟斯诺夫妇谈过谋杀案。对于韩世清来说，这对夫妇会招惹麻烦，且在这桩案子里，他们无论怎么看都清白得很。既然他们住在使馆区外，严格来讲他们也不在谭礼士的管辖范围内。

但现在谭礼士在当晚安排了对海伦的拜访，去听听她想说些什么。为什么不呢？她的地址是盔甲厂胡同13号，同倭讷家只隔了两个院子，且两地位于街道同侧。她把地址写下来给谭礼士，说："他们追杀的是我，不是帕梅拉。这是一种警告。"①

海伦和她的丈夫自 1935 年起就住在北平，之前还在上海待了几年。埃德加常常在北平取笑、侮辱当地的美国人圈子，从而成了不受欢迎的人，大家都巴望他们离开。和倭讷家一样，他们安身的四合院也属于传统风格；但和倭讷家不同的是，他们有许多现代化的便利设施。此外，这里更大，占地约一英亩，前院的厢房旁有一间温室。这里还有一处马厩、一个网球场、一座四角以玻璃罩住的亭子（可以在里面开花园聚会）。花园棚屋被改为埃德加的写作室。炎热的夏季里，一株高大的银杏树会在院子中投下浓荫。

海伦·福斯特·斯诺把她的家称为"我们在狐狸塔附近的鬼屋"。谭礼士于约定时间到达时已是薄暮时分。使馆区外，北平建筑物的砖墙都是灰色的，而且路上没有街灯。倭讷家完全被黑暗吞没，帕梅拉的父亲无疑还沉浸在悲伤和哀痛中。盔甲厂胡同很安静，汽车很难开进来；人力车倒是可以畅行无阻，但车夫们害怕狐

---

① 便条内容及之后谭礼士与海伦的会面细节，参见 Helen Foster Snow，*My China Years*，William Morrow & Co.，New York，1984。

狸精作祟，在夜里不愿到这边来。

　　人们很容易就能发现，在这条街上，斯诺家最令人过目难忘。然而这里似乎戒备森严：墙头嵌着碎玻璃防范入侵者，大门外站着四个看起来很凶的中国年轻人。他们可能来自山东，数百年来那个省份的男人都是中国军队的骨干力量。一个火盆照亮了大门和那四个守卫。他们身佩大刀，刀鞘系在身侧，站得笔直，双臂抱在胸前，面色坚定。

　　海伦·福斯特·斯诺出现了。她穿着黑天鹅绒的裤子和一件黑色的宽松高翻领毛衣，把头发梳到了后面，素面无妆。她在院子里发抖，看起来既脆弱又紧张，薄唇勉强抿出笑容，同时示意那些男人谭礼士是她期待的客人。他们放松下来，让他进来。

　　"艾德雇了他们，好让我觉得安全些，"她告诉谭礼士，"他觉得我这么担心真是太傻了，但他们让我安心。"

　　四合院的内部装潢恰好符合谭礼士对这两位颇为年轻的、爱冒险的美国人的想象。美元使他们能在中国过上富足的生活。其他旅居中国者有的所有物件他们都有：精雕细琢的桃花心木烟灰缸、宁波漆器、清式红木家具。屋里的丝绸沙发垫和丝绸窗帘比中国人家里的还多，中国风的小摆设比比皆是：扳指、指甲套、佛像雕刻、架在底座上的华丽鸦片枪、镀金圣像式的落地灯。还有一架架图书、一堆堆杂志、一台巨大的无线电话机、一台留声机和一些唱片。

此处温馨舒适且富有现代气息，看起来主人已在此住了很长时间。但对谭礼士这个英国人来说，它太美国化了。倭讷那近于苦行者风格的住宅也在同一条胡同里，但两者间的对比鲜明到了极致。倭讷家里只有一部电话可以表明当时是1937年。

谭礼士点燃一支香烟。海伦递给他一只烟灰缸，上面有大来轮船公司的标识，它无疑是从她乘坐过的某艘轮船的舱室中顺手牵羊而来的，这在当时是很时髦的行为。在舒适的斯诺家，谭礼士觉得自己被筋疲力尽之感吞没了。他的每根骨头都在渴求休息和温暖，六国饭店里凹凸不平的床垫（这是之前睡在上面的上千位客人的共同杰作）使他背疼，而床本身也容纳不下他瘦长的身躯。房间里的蒸汽采暖使他喉咙发干。他已经吸了太多香烟，每根都一直吸到只剩烟蒂，因此讲起话来他声音都嘶哑了。现在他感冒了，情况变得更加糟糕。此外，他还关节酸痛。

海伦后来回忆说，那天晚上谭礼士面色青白，身体颤抖，并且正如她注意到的，"那并不全是因为感冒"。她给他倒了杯白兰地驱寒。他喝下去，觉得暂时好些了。埃德加·斯诺不在家。谭礼士和海伦在就座后聊了起来。为什么她说帕梅拉之死是一个警告呢？他问她。

说来话长。海伦和埃德加·斯诺对中国两大对立的势力都颇有兴趣。他们曾待在偏远的共产党的隐秘窑洞里，并且创办了一份激进的期刊《民主》（*Democracy*）；但同时，他们也是北京饭店的常客。他们在那里模仿凡尔赛宫镜厅而建的舞场中跳贴面舞。他们在盔甲厂胡同的四合院里开办沙龙和花园聚会，同中外革命分子和知识分子打成一片。

在那个月，埃德加正埋头工作，要完成《西行漫记》的最后一稿。这本书记录了他和中国红军在 1936年夏秋之际一起度过的岁月，里面有对神秘的共产党领导人毛泽东的采访。大家都悄声传说这将是本爆炸性的著作。确实，《西行漫记》想必会使埃德加·斯诺成为畅销书作者。它谴责了蒋介石和腐败的国民党，他们与埃德加笔下共产党员的光辉前景和纯粹革命形成了鲜明对比。埃德加与曾在前一年 12 月扣押蒋介石的少帅一样，支持建立一致对抗日本和欧亚法西斯主义的统一战线。

他也希望蒋介石能停止对"赤色分子"的政治迫害，因为即使在统一战线形成后，迫害也没有停止。国民党政府的政策倒退到了 1927 年，当时上海进行了对共产党员和其他左翼人士的屠杀。蒋介石还把棘手的工会领袖和共产党情报员砍了头，至少有三千人陈尸街头。上海公租界、法租界和华人区一度血雨腥风，而外国列强则安坐不动，袖手旁观。埃德加·斯诺报道了这一切，感到恶心。

北平的老中国通们徒有其名，没能认真看待毛泽东领导的共产党。他们曾眼见着共产党人在上海抛头颅、洒热血，随后被迫从江西的临时苏维埃根据地择路出发，经长途跋涉到达陕西，而蒋介石的军队全程衔尾紧追。共产党人行军三百七十天，跨越了八千英里的漫漫长路，与虚弱、饥饿、寒冷、疾病、逃亡主义和死亡做斗争。八万多人中，最后只有约七千人到达了陕西延安的窑洞。蒋介石的手已经伸不到那里，于是他们隐匿起来，策划东山再起。埃德加曾去延安与他们见面并进行访谈，之后发回盛赞他们的报道。外国势力现在坚决表示对他的不信任，蒋介石和国民党则对他恨之入骨。

力行社为蒋介石汇总了一份他不喜欢的人的清单。这个团体通常被称为蓝衣社，是公开的法西斯秘密警察和准军事部队，旨在除掉国民党的敌人。每一位中国共产党都在名单上，当然还有所有支持他们的中外人士。海伦相信埃德加也在其中，因为他手稿的细节被泄露出去了；她自己肯定也在名单上。

在蓝衣社内部，还有一个更秘密、更致命的团体，被简称为军统局。它由一位名叫戴笠的神秘人物领导，有人甚至称他为"中国的希姆莱"。他手中的军统局照搬盖世太保的模式，而他本人也是中国最可怕的人，是委员长的"耳目和匕首"，还是谍报大将。众所周知，他鄙视外国人，尤其是英国人，因为他认为英国情报部门在中国手伸得太长了。戴少将专门为国民党清除各种问题人物。他派出暗杀者，从肉体上消灭敌人。据说跟戴笠对着干的人简直就是嫌命长。那个冬天，关于北平暗杀和政治杀戮的谣言接连不断，每个人窃窃私语时都会提到戴笠的名字。

海伦告诉谭礼士：在她看来，戴笠和蓝衣社已经失控了。他们胡作非为，到处进行仇杀清算。在北平，他们无处不在，有时秘密活动，有时则公然行事。年轻的、野心勃勃的蓝衣社暴徒深夜会在狐狸塔附近的鞑靼城墙上会面，与盔甲厂胡同的距离简直是呼吸可闻。她知道自己的裁缝自称是其中一员。他们崇拜戴笠，认为他无所不能；他们练习太极拳和剑术；他们纪念、推崇1900年的拳民；他们信奉术法，认为人体器官可以炼药；他们把人心挖走，至少嘴上是这么说的。

海伦说，蓝衣社想要埃德加的命，他们想让《西行漫记》胎死腹中。既然他们正在满城暗杀蒋介石和戴笠的敌人，多杀个把外国人又有什么关系呢？海伦相信1月7日晚上，她自己才是杀手的真正目标。蓝衣社当时是想杀掉她来警告她丈夫，但误杀了帕梅拉。

谭礼士不得不承认这个说法讲得通。实际上，这是到目前为止唯一讲得通的推论，因为它提供了动机。他似乎愿意考虑一下这种可能性。

海伦·斯诺吓坏了。她曾希望这位苏格兰场警探会让她别继续发傻，会要求她控制情绪，把这些愚蠢的念头赶出脑袋。她丈夫根本不把她的想法当回事。他觉得自己是"天之骄子"，认为"外国人在中国仍然是神圣不可侵犯的"。即使这曾是真的，帕梅拉·倭讷的惨剧也表明形势已经变了。外国人一样会被谋杀，其心脏一样会被掏出来。已经没有什么是"神圣不可侵犯的"了。

1月7日晚上，埃德加和海伦去参加一次聚会，与在燕京大学做经济学教授的美国同胞哈里·普赖斯（Harry Price）和他的妻子贝蒂在一起。两对夫妻经常互相走动，一起在北戴河海滩消夏，讨论日益恶化的世界形势以及马克思主义这一伟大意识形态所蕴含的希望。在那个周四的晚上，斯诺夫妇于十点前后乘出租车回盔甲厂胡同。听到谋杀案的新闻时海伦意识到，在谋杀发生的那段时间，他们离案发地点不太远。

当然，海伦听过所有关于此案的流言，也就是那些关于倭讷、平福尔德和普伦蒂斯的传说。她知道西山天体营的事，也曾听到用人们讲的与狐狸精有关的闲话。但为什么要杀掉一个从学校回家度假的小姑娘呢？她想知道这点。一定有别的原因。当想到这可能是一次误杀时，她觉得全身发冷。

斯诺家并不难找，尤其考虑到他们社交活动频繁，而戴笠又神通广大。任何人都可以不费吹灰之力地发现，海伦经常走路或骑自行车沿鞑靼城墙回盔甲厂胡同。像帕梅拉一样，她也经常从使馆区走这条路线回家。夜里街边没有路灯照明，但走这条路就可以绕开构成"恶土"的混乱拥挤的胡同。

海伦·福斯特·斯诺衣着时髦——高跟鞋、长裙、裘皮披肩。激进的政治态度和时髦的定制衣衫是她的风格。海伦指出，如果把那张照片里迷人的帕梅拉放在自己身边，如果是在黑暗里匆匆一瞥，她们确实很容易被搞混，且尤其容易被一个不明身份的暴徒弄混。这两位女士身高相近，外貌颇为相似——都有一头金发且身材苗条。海伦的头发紧贴头皮，有时把头发拢到一边，有时则向两边分开，就像帕梅拉一样。她们几乎算是隔壁的邻居，都爱骑自行车在这一带活动。在黑夜的掩盖下，人们很容易忽略她们之间的十岁年龄差。

谭礼士不知道该对海伦说些什么。他坐在她家的壁炉边，看向窗外的盔甲厂胡同，倾听着风从狐狸塔那边呼啸而来，带来黄狗的哀叫。他很惊奇：埃德加居然自己外出，把妻子留下，让其独自面对这种情况。谭礼士总是觉得夜幕下的盔甲厂胡同令人毛骨悚然，但似乎这正是埃德加和海伦喜欢它的原因。他们知道狐狸塔中的狐狸精可能在这一带出没，但她大笑起来，因为她正和十五个用人"单独"在家，而其中四人还是佩刀的强壮男子。

"难道你没意识到，"谭礼士问她，"凶手应该会藏起来，而且很可能就藏在附近吗？"

总督察已经"行到水穷处"了。他发现自己已经不是自己，不是那个超然的警察了。他在此案中掺入了太多个人色彩。海伦·斯诺的白兰地尝起来很糟，或者有可能他的味觉已经被病毒破坏了。他需要休息，他需要回到天津的家里。他觉得恶心、无能为力。

"四方都没有灯光，"他对海伦说，"黑暗中，任何事都可能发生。"他恳求她收拾行装搬出去，离开盔甲厂胡同。这里已被诅咒了。谭礼士感到自己要被恐惧压垮了。他得控制住情绪。他才是那个应该离开北平的人。

随后他念头一转，想到尽管戴笠和蓝衣社性情残忍，但他们的暗杀常常迅捷果断——直接开枪崩头，然后转向下一个敌人或叛徒。戴笠喜欢"肃清"这个说法。他杀人的方式并不符合帕梅拉的遭遇。然而无论如何，谭礼士都是个现实主义者，他无法确认戴笠与此案

的关系，也无法认定戴笠是无辜的。永远不会有人敢于
就此案接洽戴笠，即使是韩世清或韩世清在前门的上司
也不可能。

　　无论海伦·斯诺关于杀错人的说法听起来多么有理
有据，关于它永远也得不出结论。有些问题永不会有人
敢问。在中国，某些人势焰熏天，可以"奉旨杀人"，
而戴笠就是这样的人。他是所有死胡同尽头的那堵撞不
得的"南墙"。

第十五章　五行属火

牛年于 2 月 11 日星期三的午夜到来，当时韩世清和谭礼士在莫理循大街，整个警署空如鬼域。尽管两人都等着那一刻，但全城鞭炮齐鸣时，他们还是惊得跳了起来。

春节假期前几天，北平全城就已停工歇业，但节前大家都忙来忙去。莫理循大街警署外的主干道上人来车往，比平时更繁忙喧闹。中国富人把买来的年货堆在自己的车里，车上还有雇来的司机。固执的外侨则迎着寒风，扶着头上的帽子，前往北京饭店吃午餐。

对北平的商业来说，新旧农历年之交是清账时间。商人和银行开始结算当年的业务，手指在算盘上飞舞。听差们被打发出去，在城里四处收债。之前的欠条现在要兑现，中国人建立在信任与脸面基础上的独特信用系统开始发挥作用。若无特别安排，新的账目在新的一年开始后才会开放。人们急匆匆地利用北平市场最后的交易日（周六）采购小麦、豆饼、面粉、棉花、股票和股份，但金市是不会歇业的。

城市里的穷人和新进城的乡下人走在莫理循大街上，盯着时髦的店铺和闪亮的黑色汽车看。人力车夫们生意火爆，只要有人手里拿着包裹，他们就围着他打转。银行的听差们在人力车、噼啪冒着电火花的无轨电车和排着队的小汽车间跳上跳下，飞奔往来。到处都有店主带着大袋现金出现，身边还跟着保镖护送他们去银行。

这几天，北平的银行和账房都延长了开业时间，来结账的人在门口排起了长队。尽管中国现在也有纸币，它由上海的国家银行背书，但紧张过度的北平不信任它。在这座城市里现金为王不假，但银圆能够通神。

在新年到来之际，韩世清手下穿黑制服的巡警们倾巢出动，在街面上巡逻，舞动警棍，吹着警哨，在庙会和美食街上的人群间维持秩序，或是监视杂耍和戏曲的公开即兴表演——要知道，拥挤的人群可是扒手和其他罪犯的绝佳掩护。便衣们也在值勤，他们混迹于人群中，观察是否出现了麻烦的苗头。

在主要的十字路口，巡逻警力加倍，以防止发生延

误或愤怒导致的人群踩踏事故。韩世清预计流窜的匪徒
会进一步扰乱街面秩序和通向城外的铁路运输线。多默
思、皮尔森和他们的巡捕小队也加强了对使馆区出入口
的防卫。北平警察的自行车小队监视着寺庙和公园，多
达上千人的保安大队（由戴着袖章的志愿者组成）在
节假日里被召集起来帮助正式巡警巡视主要商区。庆祝
的人群轻易就可能陷入恐慌或暴怒，而今年这种情绪更
加高涨。谁也不知道还有没有机会庆祝下一个新年。务
实的北平人选择及时行乐。

逐渐远去的鼠年象征着机遇和美好前景，但未来眼
看将会是一片凄凉。即将到来的牛年象征着似乎将无穷
无尽的问题。以前的牛年好像都涉及惩戒和巨大的牺
牲。牛属火：牛和火结合在一起，成为一只好斗的
野兽。

韩世清和谭礼士坐在莫理循大街警署里，他们脑中
想的可不是牛、老鼠和火，而是狐狸和鲜血。帕梅拉的
血在哪里呢？这个问题他们可能永远也无法回答。那些
照片他们已经看了一千次，但没看出什么名堂。帕梅拉
本人生于羊年，羊是最女性化的属相。人们通常认为羊
年出生的人多愁善感、消极忧郁；他们追求无可救药的

浪漫，易被操纵，需要别人的关心照顾。羊有点以自我为中心，但生性善良。帕梅拉·倭讷则更像一只屠刀下待宰的羔羊。

烟花爆开，照亮了城市上方的天空，也照亮了狐狸塔上的夜色。鞭炮声声，响彻盔甲厂胡同。有人在鞑靼城墙上放烟火，火花如火箭般直冲云霄。人群拥进苏州胡同，那里的蜜饯小贩正声嘶力竭地叫卖。使馆区也因各种聚会活跃起来，六国饭店、顺利饭店和北京饭店的酒吧里都挤满了人，这可能是最后一次狂欢了。香槟、威士忌和杜松子酒像河水一样流淌，人们的闲聊和八卦一直没有停止：据说达拉谟轻步兵团①已经到达上海增援防务，越来越多的美国海军陆战队士兵也正在赶来。北平的冀察政务委员会现在已经对局势无能为力，大家觉得宋将军随时可能逃离这座城市。

"恶土"也是如此。它的酒吧迎来了一年中或者至少是俄历圣诞节后的最美妙的夜晚。高加索、欧林比亚卡巴莱歌舞厅、白宫舞厅和所有其他廉价酒吧与下等卡

---

① 英国的达拉谟轻步兵团（Durham Light Infantry）成立于 1880 年代，由民兵和志愿者组成，多次到世界各地维和。——译者注

巴莱歌舞厅里挤满了人。尽管取缔毒品和处决毒贩的行动仍在进行，那些由朝鲜人经营、日本人供货的鸦片窟还是人满为患。船板胡同和后沟胡同的交界处被蜂拥而至的鸡头、海洛因贩子和卖色情卡片的小贩挤得水泄不通。

在船板胡同27号，奥帕里纳夫妇正从吧台里兴奋地分发酒水给那些短暂停留的过客，那些无家可归和无国可依之人。他们豪饮美国白兰地和廉价的乌克兰葡萄酒，试着忘掉自己身在何方，忘掉前情往事。隔壁28号的妓院再次打开了大门，女孩们比以往任何时候都忙。在整片"恶土"上，被酒壮起来的胆气、去国离乡的绝望和思乡之情化作金钱，填充了各家酒吧的保险箱。"恶土"如陀螺般疯狂打转，眼看着就要失去控制。它一直是礼崩乐坏、藏污纳垢之地，但现在它拜倒在酒神巴克斯脚下。时不我待，这是灯光熄灭前寻欢作乐的最后机会。

盔甲厂胡同只有在这一晚才会到处是人，即使是狐狸精也要回避响亮的噼啪声。孩子们在胡同里跑来跑去；用于迎接善神、驱赶邪魔的爆竹从墙上弹回来，像步枪子弹一样到处跳跃乱飞。但有一处宅院仍然被黑暗笼罩着。

　　走过盔甲厂胡同，在使馆区外，在鞑靼城墙的外侧，英国公墓安静得像它怀抱里的坟墓一样。其中一个墓穴中埋葬了两具尸体：某人的爱妻和爱女。她们都已离世，一起躺在新近翻动过的泥土之下六英尺深的地方。一位老人正站在那儿垂眸凝视，静静回忆。

　　现在让我们回到莫理循大街警署，两位警探坐在那里迎接牛年或者说火年的到来。在外面拥挤的人群中，还有手上沾血的一个或几个男人，还有尚未伏法的凶手。似乎全北平的账目都已清算完毕，只除了一条。

　　几天后，谭礼士永久性地回到天津。他和到达时一样乘火车，从正阳门东站离开了北平。火车驶出车站时，他看向左边，只见狐狸塔隐隐矗立在鞑靼城上方。他把狐狸精、死者、失去亲人的苦主和凶手都抛在了身后。总督察谭礼士此后再没回过北平。

　　与此同时，韩署长被指派接手其他案件，履行其他职责。在这座动荡不安的城市中，生活的马车颤颤巍巍地继续前行。

* * *

　　最后一次审理是在 6 月底。倭讷又一次坐在英国公使馆里，而菲茨莫里斯领事又一次以死因裁判官的身份

主持庭审。毫无疑问，比起 1 月里的前两次审理，出席
的记者大大减少。这不仅因为帕梅拉一案已经不是头版
新闻，还因为已经没有新消息值得报道，事实上，在近
几个月，它已经从各家报纸上消失了。

在这段时间，日本人对北平日益严密的包围占据了
头条。或者把目光放开，投向更广阔的世界，大家就会
读到如下新闻：退位的温莎公爵和到过上海的摩登女郎
前辛普森夫人在 6 月里结了婚，他们的婚礼是 1930 年
代的传奇。女飞行员阿梅莉亚·埃尔哈特（Amelia
Earhart）独自完成了环球飞行，她扣人心弦的故事也占
据了头条新闻。二十万人走过了旧金山新落成的金门大
桥。作为纳粹骄傲的希特勒的兴登堡飞艇在几秒钟内就
烧毁并坠落了。然而，大萧条和日本人成了这一切事件
的无情底色。

只有几位特约通讯员来到法庭，希望写下几行字好
对得起他们的工资支票。那天是 6 月 26 日星期六，正
值春夏之交，雨季开始了。与近几年相比，这一年的雨
水最多，雨帘从公使馆的窗上垂下，取代了雪花。一旦
雨停，炎热的夏天就会来临，天气将会潮湿得令人难以
忍受。

北平的外侨人数仍在持续减少。在盔甲厂胡同，天井里樱桃树的春日落英曾在树下铺开绚丽的地毯，使空气中芬芳弥漫；但现在已过花季。倭讷的许多邻居也已经离开。埃德加·斯诺和海伦·斯诺已回到共产党控制下的窑洞之城延安。然而，倭讷固执地留了下来，但大多数时候待在家里，人们难得看见他。

关于帕梅拉一案的第三次也是最后一次庭审相当简短。韩署长没有任何新信息可汇报，同时也在忙着其他案子，于是他派了个副手出庭。没有新的证人可传唤，也没有新的证物可以提交。因此，菲茨莫里斯迅速宣布了他的决定。

"现有证据无法确认凶手身份，"他宣布，"裁决是，谋杀案凶手不明。"①

倭讷要求菲茨莫里斯继续调查工作，但领事的回复非常简单粗暴。对此案的调查将不再进行。

尼古拉斯·菲茨莫里斯于次周离开了中国，回英国去休漫长的传统夏日假期。倭讷则独自留在盔甲厂胡同。

---

① *North-China Herald*, 30 June 1937.

第十六章　冰凉的旭日

然后，一切都结束了。北平于 7 月 29 日落入日军之手，天津的华人区也于次日沦陷。在整个 7 月，暑热逼人，北平越来越不安。它开始焦躁。寒冬一般冰冷的恐惧让位给无孔不入的、湿答答的恐慌。白昼越来越长，而留给这座城市的时间越来越短。

6 月，中国东部暴发鼠疫。这是个坏兆头，而且就发生在北平眼皮底下。听到门突然发出巨响、人力车爆胎或是出租汽车回火时，人们都会下意识地闪避。莫理循大街上，无轨电车的轮子突然发出的尖锐响声会使人吓得发抖，而之前几乎没人会留意这种声音。从前北平日常生活中突发的刺耳声现在会敲响人们潜意识中的警钟。那是他们吗？他们终于来了吗？有时紧张的等待似乎比无从躲避的袭击更糟糕；有时那件事又似乎永远不会发生。

7 月初，日军在马可·波罗桥的挑衅升级为交火和小规模战斗，最后演变成公开对抗。北平终于陷落，这座城市被宣布为"中华民国临时政府"——一个通敌卖国者的傀儡机构——的所在地。如果不是因为它是如此残忍而野蛮，天下人定然都会耻笑它。

等待已经到了尽头，这座古老的城市被占领了。灯光熄灭，北平陷入黑暗。购买食物的队伍排成长龙，通货膨胀率节节攀升，逮捕和失踪变本加厉。日复一日，日军拥入城市，走在前门大街上——坦克当先，步兵押后，他们四人一组大步行进。他们接管酒店，以及被北平的知识分子和外侨抛弃的大宅和四合院，它们的主人多数已闻风而逃。在城外，日本实行"三光"政策——杀光、烧光、抢光。随后它升级成"焦土"政策，在北平周边一百英里内实施。日本人是胜利者，而胜利者总要享用战利品。

野蛮暴虐随着太阳旗一起气势汹汹地席卷中国。北平和天津不过是开始。8月，日本人意图鲸吞上海，上海彻底陷入战火，而租界则成为与世隔绝的安全岛。中国人分布稠密的闸北区被烧为赤地，而上海公租界和法租界里的欧洲人还在外滩和平饭店举办宴会，或是在美国总会里品尝威士忌兑苏打水，又或是在法商球场总会中啜饮开胃酒。在消遣之余，他们站在阳台上，互相传递双筒望远镜，远观战火席卷城市北部。

上海南站被摧毁了。火车上的市民在虹口寻找避难所时遭到机关枪扫射。日军沿长江蜂拥而上，难民如潮水般涌入上海公租界。

12月，轮到南京了。日军突袭南京，蒋介石被迫内撤汉口。日方纵兵施暴长达六周，其规模为现代之仅见，这就是震惊世界的南京大屠杀。在此过程中，约三十万中国平民被失控的日本军队强暴、虐待、肢解或杀害。1937年末，大家都已看清了局势：中国若要避免亡国灭种，就必然要与日本一战。

* * *

在如此前所未有的恐慌中，大家都没注意到帕梅拉·倭讷的一周年忌辰已经来到；北平媒体也没有报道。谁还能记着她呢？当时城里严格实行军事管制，除前门外，其他城门都紧闭着。每条主干道的角落里都堆着沙袋，日本人用机关枪来看守中国人。除最基本的商业贸易外，其他商品交易都处于停滞状态。曾经拥挤在玉器街、灯笼街、银街和绣花街上的人群现在都不见了。商店打烊，古玩市场关闭，食物定量配给。

北平的富人早已打包走人。跑马场的周末度假别墅——之前外国人曾在这里用蒙古矮种马比赛——现在空无一人。八宝山的高尔夫球场也是如此。居民们不再去隐于西山的寺庙度周末，因为按官方命令，这些地方是军事禁区。

这座城市重新陷入冰窟。1938 年的春节是 1 月 31 日，算是比较早的。但鞭炮被禁止燃放，因为其声音听起来太像枪声。牛年带着大量的牺牲品离开了，取代它的是无畏坚决的虎。1938 年，中国人迫切需要老虎的属性。

北平留下来的外国人有奇异的空虚感。外交官的妻子和家人已经同曾经守卫美国公使馆的海军陆战队士兵一起被送回祖国。欧美政府官员警告住在使馆区外的外侨说他们的安全将不再有保障，并敦促其搬到使馆区里居住。在剩下的为数不多的外侨中，有人还支付得起通货膨胀后的房费，于是他们搬进了使馆区的酒店。客人的数量已经超出了这些酒店的接待能力，但它们仍然设法继续供暖，提供食物和热水。

没那么有钱的外侨住在本国公使馆地界上匆忙搭建起来的帆布帐篷里。帐篷里夏天像蒸笼，冬天则滴水成冰。有些人不理官员发布的命令，继续稳坐在位于北平华人区的家中，希望能挺过这场风暴。有些人则别无选择，比如说白俄和犹太难民。他们没有身份证明文件，也没有公使馆，而且大多数没有钱。

然而，即使许多人离开了北平，北平人口整体上也在膨胀。东京的"三光"政策迫使更多农民逃进北平避难。进入城市的人数超过了离开的人，而且在新来者中，许多人饿得奄奄一息，绝望到了不顾一切的地步，于是罪案数量飙升。

中国人中的传谣者现在有了新话题。据说帝王的宫殿现在正在翻新，准备迎接末代皇帝溥仪回归。共产党的间谍正在策划炸掉紫禁城。仍在汉口的蒋介石要在两条道路间做出抉择：要么迁都长江上游的重镇重庆，并在那里死战到底；要么在春天结束之前向东京政府求和，承认自己的彻底失败。

* * *

倭讷全神贯注于女儿的谋杀案，无论是北平沦陷，还是中国大地上的连天战火，抑或是他自己岌岌可危的身体状况，都不能使他分神半点。当菲茨莫里斯领事于1937 年 6 月把那柄代表了官方意见的小木槌砰的一声敲下，宣布调查工作结束时，倭讷的精神就被击垮了。他的心脏逐渐衰弱，医生命令他好好休息。外交官、警方和媒体都放弃了此案，这使他更加心灰意懒了。

在人们的记忆中，1937年的夏天最为潮湿。为了逃避那可怕的黏腻潮气（中国人叫它"伏天"），倭讷撤到了北戴河海滩上自己的度假别墅中。在那里，他呼吸海边空气，试着恢复元气并接受那个悲剧。他也带去了所有能搜集到的此案的材料，包括报纸文章、审讯记录、尸检报告，还有同情者写来的大量书信。他仔细阅读它们，全神贯注的程度一如之前认真研究中国古本。

在整个秋天甚至是初冬，他多次向驻中国（北平和上海）的英国公使馆和领事馆呼吁，要求继续调查女儿的案子。"但有我一口气在，就要让这件事全始全终。"他如此写道。[①]

他也写信给媒体，包括《字林西报》《京津泰晤士报》《华北之星》等。他自行出版了一本小册子，呼吁重启对帕梅拉一案的调查；卷首是一封致凶手的公开信，信中他要求凶手自首。他向天津的总督察谭礼士呼

---

① The National Archives, op. cit.

吁，向前门警察局的中国警方呼吁。作为一个父亲，他痛诉心声：

> ……我看到我的孩子那张无辜的小脸被割坏了一半，流着血。在那个可怕的清晨，她残缺的身体躺在地上。我的目光死死地钉在她身上，那种震惊永远啃噬着我的心。每一天，每一分钟，那景象都重击着我的脑子。[1]

所有的信要么被置之不理，要么被直接拒绝。1938年1月，他接受了事实：自己的呼吁不过是对牛弹琴。他不再写信，而是挽起袖管打算自己动手解决这个问题。

他精力倍增，投身于余生的唯一追求——通过私人调查找到杀害女儿的凶手。他决心让正义在她身上实现，固执地拒绝放弃此案。多年来，有许多人发现倭讷是个奇怪的人，用他自己的话说他总是"落落寡合"。但正是因为有钢铁般的决心、坚定的意志和充足的智

---

[1]　*The Times*（London），16 February 1954.

谋，有这些有时会激怒别人的性格特征，他才能逐渐靠近帕梅拉凶杀案的真相。

他自己着手挖掘覆盖在此案上的层层泥土，准备认识这个城市的地下王国，直至那肮脏腐烂的最底层。北平的富有白人可能已经大大减少了，但无国籍的白俄无处可去，犯罪分子也不想离开。最后一类人相信自己在日本人的统治下也一样能活下来，甚至还能过上好日子。倭讷现在要对付的就是这些人。他买通线人，包括夜总会和廉价酒吧的常客，因为他们了解这个地下王国里的阴谋，认识普伦蒂斯和平福尔德，也知道他们口中的"性崇拜"为何物。在"恶土"妓院里工作的俄罗斯女人经常与这帮人打交道。

他也雇人帮自己寻找真相，包括前中国警探。他们都是好人，但日本人认为他们在政治上靠不住，于是把他们赶出了北平的警察队伍。他们为他追踪散落在中国北方各地的证人。倭讷让自己的情报员在全城散发传单（这次是用中文写的），为寻找目击证人发出悬赏。他利用了北平经济崩溃的机会。失业率急剧上升，食品价格翻了两番，当铺数量也不断增长。人们越来越渴望金钱。

　　他银行户头上的钱逐渐减少，但也撬开了人们的嘴巴。他们也许也是出于内疚，出于知道内情而又不能宣之于口的心理负担，而不只是看在冷冰冰的现金的份上。倭讷在这项工作上花了五年时间，他所揭露的远比北平许多"安乐椅侦探"① 所能想象的更糟糕、更邪恶。

　　与此同时，他发现自己必须回到起点，尽管这可能使人痛彻心扉。他在半真半假的消息和纯粹的谎言中筛选，以搞清楚他自以为非常了解的女儿到底是怎样的人。

---

① 安乐椅侦探（armchair detective）是侦探小说里的一种侦探类型。他们无须奔波，只需坐在家中的安乐椅上，通过线索便可推理出真凶，柯南·道尔笔下福尔摩斯的哥哥麦克罗夫特就是一个典型例子。

第十七章　通向鬼域

作为前领事裁判、中殿律师学院出身的出庭律师，E. T. C. 倭讷知道侦破案件的关键是犯罪地点，也就是谭礼士和韩世清未能找到的凶手实施杀戮的空间。倭讷相信警探们的假设是对的：找到血迹，就找到了凶手。

当倭讷开始调查工作时，韩署长奉前门北平警察局之令，已拒绝就此案发表看法。莫理循大街警署的专案室早已取消，而罪案现场的照片也从墙上被取下存档。谭礼士总督察当时已回到天津。他也受到正式警告，不得与倭讷有任何进一步的联系。在戈登堂的阿弗莱克领事看来，这些污糟事总算都过去了。

至于倭讷的老对头菲茨莫里斯领事，他自从结束审理回英国过暑假后，就再也没回过北平，而是于 56 岁时退了休。传说伦敦对此人不太信任，让他靠边站了。新的领事艾伦·阿彻（Allan Archer）于 1937 年 9 月走马上任。

虽然在同胞那里碰了壁，一堵由官员组成的沉默而使人迷惑的墙壁，倭讷却在范围更广的外交圈子里交了几个朋友。他们来自驻北平的美、日公使馆，以及驻上海的法国领事馆。他在前北平巡警里也找到了盟友，这些人参与过案件调查工作，如今在日本占领军面前成了不受欢迎的人。许多人设法帮他，有些是公开的帮助，有些是私下的。还有人匿名给他提供消息。

其他人给他提出建议。他们让他再去跟古雷维奇家的女孩，也就是帕梅拉被谋杀当晚的溜冰伙伴谈谈。他们让他去找孙德兴，也就是谋杀案后曾被迅速逮捕的那个人力车夫。这两个人知道的都不少，讲出来的却不多。最重要的是，他们让他关注文特沃斯·普伦蒂斯及其同伴。牙医是这群人中的核心人物，是犯罪机器中间的那颗关键齿轮。他在山里组织的天体营于1937年夏被日本人关闭，但之前它曾由来自"恶土"的暴徒看守。他在自家公寓里举办的聚会据说也非常淫秽。

倭讷的线人告诉他：谋杀案发生后不久，牙医就派自己信得过的朋友兼同伴乔·科瑙夫去天津，以确保如果自己被逮捕，会有一位可靠的律师为自己说话。同时，曾有人无意中听到"恶土"的那位底层人士平福尔德问同伴，警察是否"已经抓到了那个美国人"。这位牙医一定有秘密，害怕因此被逮捕。而且，正如倭讷已经知道的，此人向警方说过的话是彻头彻尾的谎言。

如果总督察谭礼士没有被禁止与倭讷交谈，他也会识破谎言。倭讷有证据，书面形式的证据：一张他收到的专业票据，写于 1936 年 12 月 1 日。①

在此确认我的结算单：帕梅拉整个治疗过程所需的费用将在伍拾美元（＄50）之内。当然，仅限于校正左上犬齿，且不排除其他牙齿日后接受治疗的可能性。

您忠实的，

W. B. 普伦蒂斯

普伦蒂斯曾给帕梅拉看牙。在这张票据提到的治疗中，他只是简单地把她的左上犬齿校正了些许，尸检医生未必会认为这是最近进行的。事实上，他们确实完全没注意到。但更重要的是，普伦蒂斯曾一再向警方否认

---

① Document F3453/1510/10, op. cit.

自己见过帕梅拉。为什么呢？

倭讷去找埃塞尔·古雷维奇，他知道她也是普伦蒂斯的病人之一。她仍然和家人一起住在使馆大街。他们没有国籍，没有护照，只有沙皇时期的无效证件。他们无处可去。

埃塞尔吓得要命。自从帕梅拉去世后，这一年来她的压力可不轻，而且和倭讷的谈话使她极其紧张。他追问女孩们去溜冰的那几个夜晚的事，最后埃塞尔透露：在案件发生的头天晚上（1月7日星期三），她曾看见帕梅拉和某个男人说话。但她不知道他的名字，即使知道也不会说出来。埃塞尔和她的朋友莉莲·马里诺夫斯基没有把这件事告诉警察。她们怕惹上麻烦。埃塞尔告诉倭讷，她们不想沾上谋杀案。

倭讷认为那个男人可能是普伦蒂斯，而且很明显，埃塞尔怕他。他不禁注意到，那个牙医的公寓几乎正对着溜冰场，距"恶土"只有一射之地。

然而，埃塞尔虽然没有把普伦蒂斯的名字透露给倭讷，但确实给了他另一个名字。当她在星期三晚上遇到帕梅拉时，帕梅拉正和戈尔曼一家在一起。帕梅拉认识那家十几岁大的孩子们。她曾去他们家喝茶，随后和那家人一起去溜冰。

乔治·戈尔曼是个亲日的雇佣文人，现在正使尽浑身解数去逢迎占领军，为他们编辑日本人控制的《北平时事日报》，每天喋喋不休地给读者灌输日本人的政治宣传。戈尔曼一直是一杆受雇于人的枪。他曾攻击警方把调查指向普伦蒂斯及其团伙，也曾指控谭礼士和韩世清把北平外侨团体里的可敬成员，即普伦蒂斯和乔·科瑙夫视作目标。乔治·戈尔曼曾为牙医在帕梅拉遇害那晚的不在场证明背书，称普伦蒂斯当时在电影院里。

倭讷当时还不知道他的女儿在生前最后一周和戈尔曼一家溜过冰。乔治·戈尔曼和普伦蒂斯是密友。戈尔曼也曾是天体营的一员，据说还和平福尔德、乔·科瑙夫一起参加过普伦蒂斯的"裸体舞会"。倭讷的思绪从未在此人身上停留，直到他看到了乔治于案件调查期间在报纸上发表的文章。最近，他又于无意中听到了这个名字。

案件调查停止后，倭讷一再向警方要求归还帕梅拉的衣物和个人物品，以及博瑟姆督察和警长比涅茨基从她房间里拿走的东西。最后，一位巡警把它们卷在牛皮纸里送回来了，外面还系着油腻的绳子。她的衣物上仍然是一片血污，尽管血已经变成了深棕色，好似干了的肉汁。一个包裹里有帕梅拉的丝绸衬衫、撕坏了的格子呢短裙、羊毛开衫、鞋子、海军蓝的外套和腰带。另一个包裹里有她的铂金手表、从卧室里拿走的小银奁、一把玉梳、一枚发夹和她的日记。倭讷打开日记读了起来。

他找到了，那是在 1936 年（她去世前一年）初夏的一篇日记里。她曾和几家人去八大处野餐，那里是一处古刹群，距北平约十二英里远，在希望逃避城市里的蒸人暑热的北平人中，那里是最受欢迎的去处。按惯例，在西山上，人们多少会放松一些。他们可以脱下正装，换上凉快的白色亚麻服。

倭讷当时像往常一样埋头于研究和写作工作，所以帕梅拉接受邀请，独自前往。乔治·戈尔曼当时已婚并有两个孩子。她写道：他曾向她"示爱"[1]，意思是曾与她调情，也许还曾求欢。按帕梅拉日记上的记载，她当时断然回绝，并且嘲笑了这种"傻得要命"的做法。

之前倭讷无法跟谭礼士讨论案情，因此他无从得知

---

[1]　Document F5480/1510/10 (Far Eastern), the National Archives, Kew.

那位总督察对这篇日记做何感想。他甚至不知道谭礼士读日记时是否已经察觉到乔治·戈尔曼和普伦蒂斯的友谊。如果谭礼士没有察觉，那他可能只会把这一插曲解读为一位通家之好的朋友因为酒劲上头或是热昏了头而进行的一次轻率的、无伤大雅的挑逗。或者也许谭礼士觉得小姑娘误会了别人的意思。但现在这件事看起来含意丰富：它把戈尔曼和帕梅拉联系在一起，而戈尔曼和普伦蒂斯又有千丝万缕的联系。

倭讷得出结论：自从那个夏天在西山被拒绝后，戈尔曼就对他的女儿怀恨在心。在她看来，那只是一次毫无恶意的酒后失态，但对方是认真的。戈尔曼把她定为普伦蒂斯和其帮凶的目标，并引起了普伦蒂斯对她的注意。在那决定性的一周里，溜冰场之行证明戈尔曼知道她已回到了北平。

倭讷重新读起报纸上戈尔曼为普伦蒂斯辩护的长篇大论，然后又查阅了北平自1937年1月7日起出版的报纸。上映外国电影的影院有两家，分别位于大栅栏和前门，但它们在那晚五点半之后没有排片。普伦蒂斯曾在莫理循大街警署称自己八点时在看电影，这是不可能的。戈尔曼为普伦蒂斯说了谎。

也许乔治·戈尔曼曾告诉普伦蒂斯，周三晚上自己和帕梅拉会在溜冰场上，然后普伦蒂斯也去了那里。或者也许普伦蒂斯曾从对面的公寓望向被弧光灯照亮的溜冰场。无论如何，普伦蒂斯似乎都在溜冰场附近接近过帕梅拉。

倭讷带着证据去了英国公使馆。他向新任领事艾伦·阿彻提出请求，称戈尔曼为普伦蒂斯辩护的言语和文章无关紧要且逻辑混乱。但阿彻拒绝了，并草率地告诉倭讷："你误入歧途了。"①

然而倭讷坚信自己的思路没错，而且如果总督察谭礼士能获准在案件调查期间与他保持联系，那么他们两人都会找到正确方向。但在普伦蒂斯受到讯问之前，谭礼士就已奉命与倭讷保持距离，因此韩世清和总督察没能得知普伦蒂斯是帕梅拉的牙医这一事实，也没能通过戈尔曼这条线索把他和帕梅拉联系在一起。谭礼士也不知道北平的电影院的排片。很明显，他当时没核对过。

事实就是：先是戈尔曼在西山不得体地挑逗了帕梅

---

① Document F5480/1510/10（Far Eastern），the National Archives，Kew.

拉；数月后，她就坐上了普伦蒂斯的牙医治疗椅；而且在与她的关系上，这两个男人都没说实话。

* * *

随后，倭讷意外地发现一次机缘巧合的碰面使自己取得了突破，那种警方偶尔在吉星高照下才能取得的突破。1938 年 9 月，他在沿着前门附近的八宝胡同走时，遇到了一个外国女孩。她正和一位欧洲男人走在一起。他转了个弯，然后听到有人喊自己的名字。于是他转过身来，看到了那个女孩——她现在是独自一人，正向他跑过来。

"您是倭讷先生吗？"她跑到他面前问。

她是个白俄，但英语说得堪称完美。她告诉倭讷自己之前去盔甲厂胡同找过他一次，但当时他去北戴河了。现在她订了婚，将于次日离开北平，去天津结婚。她的未婚夫正在街角那边等她，所以她片刻后就得回到他的身边。她刚刚对未婚夫说倭讷是一位老教师，之前教过她，她想过去跟老师打个招呼。但实际上，如果倭讷能保证为她保密的话，她就有些事想告诉他。

她匆匆解释道：她已在天津住了十七年，对他的女儿有点了解。她也曾在天津文法学校读书，比帕梅拉低几个年级，而且像大家一样，她听到其死讯时也非常震惊。在谋杀案发生的六个月前，这个白俄女孩曾约文特沃斯·普伦蒂斯做了一次牙科手术，但治疗结束后他几乎没收费用，使她非常惊讶。随后他求她跟他"约会"，行为很不得体。他还说会带她去吃晚饭，并且"她不会后悔的"。她当时吓坏了，回绝了他。几周后，他看到她在使馆大街上走，就从人力车上跳下来，追在她后面，试着拦下她，跟她说话。

她知道普伦蒂斯还接近过其他英国或俄罗斯女孩，请她们和他以及他的同伴一起前往"聚会"。有些人接受了，然后被带到"恶土"里船板胡同的某处，但她们不会吐露在那里发生的事。大多数人现在已经离开了中国。

这个女孩认为，在"恶土"所谓的"聚会"中发生的事是明摆着的——那些女孩被迫与普伦蒂斯和他的朋友们发生性关系。随后，他们保持沉默，因为知道普伦蒂斯会矢口否认这一切，其他参与者也不会承认。任何指控只会使这些女孩自己的声誉蒙羞。在严苛无情的社会中，人们只会责备她们。

这个白俄女孩不理解为什么普伦蒂斯和他那一帮子

人竟然还未伏法，也没有受到指控。自从他的妻子带着他们的三个孩子离开他回到美国后，关于他的流言就满天飞。这个牙医曾以结婚作为许诺，诱骗了其中几个受害人。这个白俄女孩曾听说其中一个姑娘发现自己上当受骗后就自尽了。①

倭讷心中最恐怖的猜想开始成型。遇见那个白俄女孩后，他让自己的私家侦探回到六国饭店，去找曹西门，也就是那个曾报告说看到帕梅拉在其被害的那天下午现身前台的门房。从曹西门那里，他们问到了那天在前台值班的雇员的名字，然后找上了他。尽管那个接待员吓得够呛，不敢实名提供情报，但金钱开路，他们还是得到了想要的信息。

1月7日星期四那天，有一位符合普伦蒂斯外貌描述的外国人曾在前台留下一张给帕梅拉的便条。他付了接待员一笔不菲的小费，并告诉接待员：若是有人问起，不要透露任何消息。接待员明白这是两个外国人之间的秘密约会，他看到的是其中一人。酒店员工有责任酌情处理客人间的小秘密。

---

① 倭讷与这名白俄女孩的会面细节，参见 Document F3453/1510/10。

同一天下午，帕梅拉过来取走便条，谢过他之后就离开了。那位接待员不知道上面写的什么，这不关他的事，他不过是顺手捞了点钱。他承认当巡警过来问话时自己有意回避了这点，并说他的同事曹西门对便条的事一无所知。

倭讷和他的侦探带着关于平福尔德、科瑙夫和普伦蒂斯的体貌描述回到盔甲厂胡同。警方从未公布这些人的外貌特征，也没有把它们发给媒体。没人就此询问胡同里的居民。住在胡同里的外国人大多离开了住宅，紧闭院门，只留下中国用人看家。帕梅拉一度很受沿巷四合院里的用人的欢迎。既然现在有人来问起，他们就非常热心地想要帮忙。他们还记得看见平福尔德曾于1月7日在盔甲厂胡同里躲躲闪闪地现身。倭讷所住的胡同狭窄，邻里关系紧密，一个陌生的外国人是很扎眼的。

倭讷把这些事从头到尾串起来。平福尔德作为普伦蒂斯的牵线人曾从戈尔曼那里得到消息：帕梅拉从天津回北平了。他在盔甲厂胡同游荡，告知帕梅拉普伦蒂斯在六国饭店给她留了张便条，她应该去取一下。马上会有一个聚会，相关细节写在了便条上。幸好偶遇了那个白俄女孩，倭讷才明白个中关窍。他现在能更好地推断出普伦蒂斯的打算了。

这个牙医和他那帮人筛选出合适的外国女孩，对她们围追堵截，邀请她们吃晚饭或参加聚会。最后，她们会被带到"恶土"并遭到强暴。他们随后逼她们保持沉默；如果她们不听，就会受到威胁，她们的名声就将岌岌可危，她们将孤身对抗其他所有人，而且其中还有备受赞誉的专业人士。没人会相信她们的话。

他们的把戏大抵如此。这些男人之前就得手过，然后在他女儿身上也来了这一套。但这次，他们打错了算盘。

第十八章　船板胡同

"恶土"在日军占领下似乎分毫未变。也许这里是北平唯一能照常做生意的地方。现在城里挤满了突然拥入的日本军人，这些士兵曾在中国北方苦捱数月，"恶土"的特色服务因其到来顿时变得紧俏起来。士兵们需要醇酒与妇人，而这两样正好都是"恶土"能够大量供应的。

这里已不是好奇的外国有钱人在周末体验下等人生活的地方了，也不再是中国人偶尔找点法外的乐子的处所了。现在，前者多已远走高飞，后者则惊恐地躲在家中。"恶土"已经成了由日本人独享的乐园，以及大部分通敌者在北平的罪恶巢穴。

倭讷知道警方对船板胡同的调查无功而返。他的情报员也说过，当时人们曾被警告要保持沉默。他也确认了博瑟姆督察是个酒鬼的传言。那晚搜查过船板胡同27号后，博瑟姆曾回到欧林比亚卡巴莱歌舞厅，经理乔·科瑙夫又请他喝了不少酒。博瑟姆曾利用自己的职位在使馆区的酒吧里散布流言。人们本来就害怕当局，不愿被牵连或陷害，再加上警方的威胁和发酒疯，难怪许多人缄口不言。谭礼士对北平的了解程度不足以推进对船板胡同 27 号中的事件的调查。平福尔德、科瑙夫和普伦蒂斯是通过狩猎活动而不是帕梅拉联系在一起的。她与他们的关系当时还不为人知，因为没人能想到她那晚竟然在"恶土"里。

倭讷在街上遇到那白俄女孩后不久，他的密探们就设法联系到了在案发当晚曾被人看到清洗带血坐垫的人力车夫孙德兴。孙德兴说自己被中国报纸上刊登的有关他的错误信息震惊了，而且他的口供也被歪曲。他们报道说他曾被逮捕，但这是没影的事，他只是接受了讯问。他们还说坐垫上的血来自一个酒后斗殴的美国海军陆战队士兵，随后那个人被找到了，也承认了这个说法；但读到报纸时，孙德兴本人才第一次听说了这件事。

接受讯问时，这个人力车夫向韩署长讲述了那天晚上发生的事。随后他就被赶出警署，警察还让他马上消失。一开始被警察找到时，他就已经被吓坏了，哪会再撒媒体报道中的那种谎呢？就像北平其他许多人力车夫一样，他会抽一点鸦片，好保持干活的体力并抵抗严寒。他知道韩世清正在积极地搜捕吸毒者，拉了不少人到天桥刑场处决。

孙德兴已经回去拉他的人力车了。但由于日本人占领北平，他现在的日子越来越不好过。车费寥寥无几，通货膨胀却变成了一匹脱缰野马，而他是个穷光蛋。倭讷的密探已告诉孙德兴，他们正在寻找关于凶手的信息；而孙德兴已准备好提供点情报来赚钱。当然，他会实话实说。于是，他把自己在案发次日讲给韩世清的情况原原本本地说给倭讷听。

1月7日夜，他在船板胡同揽客。大家都知道船板胡同27号是间廉价酒吧，摇摇晃晃地从里面走出来的客人通常会雇人力车；28号则是家热闹的妓院，在那里也等不了多久就能接到客人。那天晚上，"恶土"的各项生意都很繁忙，因为当天是个外国节日。

过了十点，孙德兴看到一辆汽车从使馆区的方向开过来，停在船板胡同28号外面，车上下来四个人。从前排座位（就在中国司机旁边）下来一位矮个子男人。孙德兴不认识他，但确实记得那个人的鼻子特别大，即使对老外来说也大得过分。从后座也下来一个男人，孙德兴后来通过照片认出那是普伦蒂斯，然后下来了一个更年轻的中欧混血男人，以及一位黄头发的白人女孩。他们都从通向天井的小门进了28号。女孩走在两个白人男子之间，那两人各自挽着她的一条胳膊。

司机调转车头，朝着来时的方向开回使馆区去了。孙德兴没能认出他，只记得那是个中国人，穿着标准黑制服，戴着帽子，北平所有受雇于人的司机都是这套行头。那辆汽车的车身也是黑色的，车顶是棕色，但孙德兴不知道那是哪家车厂的车。他当时断定既然那辆车没等在这儿，刚才进28号的人很有可能就需要雇他的车回家。所以他在自己车上的电石灯旁蹲下来，开始"趴活儿"。

孙德兴当时只有19岁，和北平大多数车夫相比，他更健壮，也更能坚持。他在28号外面耐心等到午夜后，最后等来了他的客人。一位俄罗斯女人（他知道那是妓院的老鸨）和一个中国男人出现在门口，向他招手示意。那两个白人男子架着一个外国女孩从开在围墙中的门里走到街上。她双腿无力，孙德兴形容说"就像让青蛙站起来走路一样"。① 他们把她架到他的人

---

① Document F5480/1510/10，op. cit.

力车上，她坐在那儿一动不动。

两个男人分坐在她的两旁，他们一起挤坐在长座椅上。尽管夜里很冷，但那个女孩穿得不多，身上只有一件女式衬衫、一件开衫和一条短裙。她的脸被一块白布蒙住了一部分，孙德兴猜她喝醉了。对"恶土"里那些醉醺醺的乘客，他已经习以为常了。有的人豪饮后情况更糟，有时甚至处于半昏迷状态。

当然，一旦跑起来他就看不到她了。两个男人把给乘客遮挡寒冷和雨点用的帆布雨篷拉下来。但孙德兴能听到女孩在吃力地呼吸。

他也注意到：女孩裙边的搭钩被扯开了，衣服本身看起来也像是从底边几乎一直被撕开到上面。

妓院老鸨让孙德兴拉这三人沿船板胡同向东南走，从那个被大家叫作"石桥"的横跨鞑靼城墙的小入口到东河沿。那晚很冷，风又很大，孙德兴不明白为什么他们要去那么远的地方，且那边没有任何房屋或酒吧，但他按要求拉着这一行三人去了"恶土"的南部边缘地带，并拿到了钱数正好的车费。他满怀期望地等着，希望能得到小费，但其中一个男人让他赶紧走开。他仍然磨蹭了一小会儿，极度渴望能额外拿到几个子儿，但那位个子较矮的男人抽出一把刀向他比画。

这示意对孙德兴来说足够了，他迅速朝哈德门大街的方向跑回去。回家路上，他大概在凌晨时分于使馆区边上靠近莫理循大街的法国医院的大门处停下了。在那里他和看门人聊天，与他们分享自己的奇怪经历。不久后，倭讷的密探联系了那几位看门人，证实了孙德兴的陈述。

在同一天早上稍晚些的时候，孙德兴注意到人力车坐垫上的血迹，于是去狐狸塔旁的运河边把它洗掉。他很担心，因为那个金发的白人女孩是那天晚上的最后一位乘客，这血想必是她的。随后他就被两位巡警抓住，带到莫理循大街警署，接受韩署长的讯问，那也是唯一讯问过他的警察。

倭讷很清楚：告诉谭礼士人力车坐垫上的血迹来自一位美国海军陆战队士兵的，就是韩署长。韩世清说自己已与那位士兵核对过，证明这种说法可靠。于是孙德兴被释放了。谭礼士随后也没有理由再想起孙德兴。现在孙德兴却说根本没有什么海军陆战队士兵，也没有人打架。他曾经告诉韩署长关于船板胡同和那个黄头发女孩的事，以及自己在俄历圣诞节之夜拉人力车到鞑靼城墙的事。孙德兴当时只想离开莫理循大街警署，以便早点回去干活。

倭讷把帕梅拉在被害当晚穿戴的，也是后来警方在狐狸塔下找到的衣物给孙德兴看。孙德兴认为它们和那晚在船板胡同被架到他车上的那个女孩的穿着很像。

这信息量对于倭讷来说太大了。如果孙德兴说的是实话，就意味着韩署长当时不仅掩盖了至关重要的证据，还有意把侦破工作引上歧途。倭讷想不出孙德兴有任何撒谎的理由；且就算他胡说八道，又怎么对得上这么多当晚的细节呢？韩世清撒了谎。是因为他和谭礼士一样，也曾就此案该如何推进接受官方指导吗？还是说他奉命把28号隔离在调查之外？或者是妓院老板买通了他，好把对生意的影响降到最低？也许之前他们一直贿赂韩世清，就是为了防止出现这种情况？

倭讷知道北平警察是如何工作的。对那些拥有或经营妓院的人来说，给官方交"保护费"再寻常不过了。许多警察都为自己捞油水，并不只有完全堕入贪腐深渊的警察才这样做。更有可能的是，韩世清当时认为自己撒的谎无关紧要，他可能认为帕梅拉那样的姑娘绝不会出现在妓院里。

随后倭讷想起了与韩世清的那次见面，当时英国公使馆已经命令谭礼士远离此案。那是倭讷获得的唯一一次与韩署长交流的机会。现在这位老人怀疑英国公使馆曾利用他们的影响力对那时的北平公安局总局施压，迫使韩世清也与他断了联系。在那次见面中，倭讷曾提到船板胡同的一处地方，他知道平福尔德经常在那里出没。韩世清一时有些慌乱，而倭讷现在意识到，这位署长当时想必以为他指的是28号。当倭讷说出那是27号的奥帕里纳酒吧时，韩世清很明显松了一口气。当时倭讷没有发现此细节所蕴含的重要意义。现在，他确信船板胡同28号藏着那夜发生的所有事的秘密。

1938年9月底，倭讷再次回到英国公使馆去找艾伦·阿彻，把孙德兴的证言交给他。他满以为这一次领事应该会听他的话。一开始，阿彻确实认真听他讲述，承认新的证据"看起来挺真实的"[①]。倭讷要求阿彻联系英国公使，重启对此案的调查。阿彻说自己会看看能做些什么，然后把倭讷送出了办公室。

第二天，倭讷在家收到一张便条，说新的证据已经

----

① Document F5480/1510/10, op. cit.

"因理由不充分而不予考虑"。阿彻现在宣布：孙德兴的证词"异想天开""一文不值"，而且"不可能是真的"。他指出：这个人力车夫推翻了那年 1 月他告诉韩署长的证词；这个人是个鸦片鬼，因此也是个不可救药的撒谎精，只要能再来一剂毒品，让他说什么都行。随后阿彻重复了之前菲茨莫里斯领事对倭讷的警告：不要再碰此案。

倭讷难以置信。大家都叫它"此案"，但那是他的女儿。似乎没人把她受到的恐怖残杀当回事，没人认为这件事很重要，该认真进行调查。他带着孙德兴回到英国公使馆，后者直接向阿彻重述了他的故事。但领事寸步不让。他告诉倭讷自己不会再做任何事。虽然孙德兴给他讲了一个截然不同的故事，但他拒绝讨论韩署长捏造一个关于好斗美国海军陆战队士兵的谎言来欺骗谭礼士这件事。

阿彻的意思很清楚：本案到此结束，倭讷应该把它抛在脑后。同样清楚的是，这位领事认为一个中国人力车夫不是可靠的证人。案件牵涉的都是白人，孙德兴的故事令人难堪，并不合阿彻和在华的英国势力集团之意。

　　倭讷没有向他们屈服，其他新的证人也站了出来。一位名叫王世明（音译）的机修工在附近一家汽车修理厂工作。他在读到倭讷散发的一份传单后，联系了他的密探。王世明曾于1月8日凌晨在狐狸塔边看到一盏灯，随后人们就在那里发现了帕梅拉的尸体。另一位上了年纪的中国煤炭商也联系了倭讷他们，报告说自己在同一时间也看到了灯光。他当时正要去哈德门大街卖煤。几个小时后他转过头来从狐狸塔下走过时，已是破晓时分，灯光已经消失了。第三位证人是个白俄，名叫库罗奇金（Kurochkin）。他告诉倭讷自己也在狐狸塔下看到了灯光，当时他正沿着东河沿开车回家。

　　机修师和煤炭商之前之所以没有站出来，是因为他们不懂英文，而警方散发的悬赏传单仅以英文印刷。白俄库罗奇金则于案发次日离开北平，出差去了东北，并在那里耽搁了一段时间，直到现在他才知道了消息。

　　按倭讷的想法，1月8日凌晨出现在狐狸塔下的那盏灯解决了一个据他所知之前没人真正提出的问题。帕梅拉的尸体被发现后，人们在狐狸塔脚下的沟渠里找到了一盏灯，并把它作为证物记录在案，但没人知道它究竟是与案情相关的物品，还是之前就被遗弃在了那里。

机修师、煤炭商和白俄司机的证词暗示那盏灯是被凶手扔在那里的，因此可假定把帕梅拉抛尸于狐狸塔下的人（无论是谁）当时需要照明。

于是倭讷再次回到英国公使馆，再次向阿彻领事呼吁。他已做好准备，要向阿彻重新陈述所有新增的证词。他，倭讷，凭借自己的资源逐渐累积了甚至比警方还多的证据，包括埃塞尔·古雷维奇的新陈述，留在六国饭店的给帕梅拉的便条，1 月 6 日那天看到平福尔德出没于盔甲厂胡同的目击证人，普伦蒂斯发给倭讷的帕梅拉牙科治疗的相关单据（这项证据把牙医和他的女儿直接联系在一起，同时揭穿了他之前从没见过她的谎言）。此外，还有戈尔曼和帕梅拉在溜冰场见面的事实、他从前对她不体面的求爱、普伦蒂斯在案发当晚不可能在电影院的事实、孙德兴去“石桥”的奇怪经历（他看到一个符合帕梅拉外貌描述的昏迷女孩），以及三个互相没有联系的人于 1 月 8 日凌晨在狐狸塔脚下都看到的那盏灯。

倭讷信心十足，认为这些证据足以重启此案。退一万步讲，它们也足以保证对船板胡同 28 号进行一次调查。事实上，警方之前从未调查过那家妓院。

而最重要的是，似乎韩署长曾有意篡改此案的证词，捏造了人力车夫的证言。无论他这样做的原因是什么，可以确定的是调查并未触及真实证据。

这次阿彻甚至拒绝见他。英国权力集团共同以极其明确的方式向倭讷表达了如下信息：他在自己国家的公使馆那里不再受欢迎了。

但他仍然固执己见。陈继淹已在前门北平警察局总局服务多年，是全北平的警察的头儿。倭讷设法通过他把那盏在狐狸塔下发现的灯送去做了指纹检测。之前这项工作没人去做，这令倭讷感到吃惊。检测结果并不理想：由于摸过这盏灯的人太多了，上面的指纹都被弄乱了。看起来比涅茨基警长并没有妥善保存这件证物。它已被污染，无法复原了。

更值得注意的是，倭讷从案件记录中发现，从现场找到的物品，包括帕梅拉的衣物、鞋子、腰带、日记本、法国总会溜冰场的会员卡，都没检测过指纹。他简直目瞪口呆。现在他要求把它们都送去检测，但结果还是一样。指纹都已被破坏了，因为那些物品经过了太多人的手。一枚清晰的指纹都没有。

倭讷还记得，谭礼士在盔甲厂胡同和他谈话的那

天，博瑟姆和比涅茨基曾在宅子里走动，拿起帕梅拉的
个人物品，随意地把它们塞进外套口袋，甚至没有就拿
走的东西出具一张正式收条。他现在对证物失效一点也
不吃惊了，因为警察对帕梅拉物品的态度用最好的话形
容也称得上"草率"。倭讷曾一再要求莫理循大街警署
归还帕梅拉的私人物品，包括她那块昂贵的铂金钻石腕
表，因为他想把它留作对女儿的纪念。而那只从她的房
间里拿走的银奁在归还时已经坏了。

　　倭讷现在试着越过那位英国领事，向更高层级寻求
帮助。他开始鄙视那位 50 岁的艾伦·阿彻先生，认为
他是个庸人。1911 年，阿彻入部考试失利，走后门进
入外交界，利用各种关系谋到了一个职位。他没有受过
法律方面的正式训练，现在却有权审判他人。

　　1938 年初，大英帝国驻中国的最高司法代表大英
王室律师（British Crown Advocate）曾到访北平，倭讷
试图求见他。阿彻阻止了这次会面。现在，倭讷被禁止
进入公使馆大院，因此他直接向新任英国驻华公使卡尔
（Archibald Clark Kerr）爵士呼吁。当时因南京陷落，
公使暂时驻跸上海。阿彻也因此被迫亲自给卡尔写信：

　　……倭讷先生自己也深知，他在信里要求调查的对象于案发时已经由英中警官彻查过，但不幸的是他们没有得出任何结论……所有他要求查证的对象之前都已受到过最充分的调查，但当局未能使罪犯伏法。所有可能的线索现在都已穷尽，所有可能的犯罪现场都已被搜查，但无一成功……①

　　卡尔刚刚履新，之前对倭讷和他女儿的谋杀案一无所知，因此他选择站在自己北平的手下那一边。随后，卡尔听从阿彻的建议，向倭讷抛出一个诱饵——伦敦某著名大学的汉学教授职位，希望以此终止他对案件的调查工作。如果接受了它，倭讷就可以回国投入学术研究，他的声音将会渐渐消弭。

　　倭讷被激怒了，他在给卡尔的回信中写道："真是讨人欢心啊，但——没门！逃避或溜走不是我解决问题的方式。我可是在揭示一个弱小的孩子遭到残忍杀害的秘密……"

　　他按捺住怒火，反复向公使求助，但卡尔坚称只有

---

①　Document F5480/1510/10, op. cit.

阿彻有权决定是否采取任何进一步的行动，可是后者所谓的穷尽所有线索和最充分的调查①已经被倭讷证明是一派胡言。

最后，倭讷于1938年12月致函伦敦外交部，附上一份自己的调查报告，正是他寄给卡尔公使的报告的副本。1939年2月，外交部确认收到了他的报告，关于此事的一份备忘录也被存档，但附有如下说明：

> 不必通读倭讷先生信中的所有附件，只需浏览其于第27～28页做出的结论，以及他在第33～35页对菲茨莫里斯和阿彻两人的再次言语攻击即可。②

倭讷在报告里讲述了他和他雇的帮手在过去约十八个月内完成的工作。现在，这份报告被扔在一边，被阅读过的只有那些外交部认为对自己及外交官们进行了直接攻击的部分。

---

① Document F3453/1510/10，op. cit.
② Document F3453/1510/10，op. cit.

　　但倭讷仍然没有停手。他付钱给两位还留在身边的中国侦探，让他们监视船板胡同 28 号，让他们小心地接近那里的员工，花钱收买消息。他发现了许多细节——谭礼士从来不知道它们，而韩世清可能知道，但从未透露它们。

　　船板胡同 28 号 1937 年 1 月时的老鸨是个朝鲜 – 白俄混血的肥胖女人，大家叫她莱辛斯基夫人（Madam Leschinsky）。她和一位名叫迈克尔·孔西利奥（Michael Consiglio）的男人住在一起，他们也许结了婚。孔西利奥是菲律宾 – 意大利混血儿，之前曾在驻北平和天津的美国海军陆战队服役。后来他离开军队，和莱辛斯基一起经营妓院，做起了全职妓院经理。

　　倭讷在美国公使馆仍有几个朋友，他们在档案里为他查找孔西利奥其人。记录显示孔西利奥持的并不是菲律宾或美国护照。他是在中国当地才受雇加入海军陆战队的，只在中国服过役。由于菲律宾当时处于美国控制下，孔西利奥的菲律宾血统足以使他有资格被美军录用。

　　亚瑟·林沃尔特（Arthur Ringwalt）是美国公使馆的三等秘书，也是一位经验丰富的老中国通。自从孔西利奥被海军陆战队解雇后，林沃尔特就为他建立了一份档案。作为那间妓院的运营者，孔西利奥是一位"犯罪嫌疑人"①。林沃尔特形容他"暴烈恣睢"。孔西利奥在海军陆战队里表现不佳，事实上他是被开除的。

莱辛斯基夫人和迈克尔·孔西利奥在帕梅拉死后第二天就关了妓院，然后很快卖掉了此地的非正式租约，只卖了4000银圆，低于买入价。要知道，这处妓院的日利润据说可达100银圆。他们随后逃到天津，后来又从那儿去了上海，在上海法租界里隐姓埋名地住了下去。据说他们在那里使用的是匆忙中得到的临时中国护照。

倭讷无法找到28号的业主，但此人似乎曾鼓励莱辛斯基和孔西利奥尽快离开北平，离开中国北方。倭讷听说业主曾向这两口子支付1000银圆以帮助他们逃跑。当时妓院里的所有妓女（其中有人知道莱辛斯基和孔西利奥去了哪里）也都被赶了出去。大家被告知：如果有人问起这地方的事，特别是1937年1月7日晚上发生的事，就要管好自己的嘴。据说大多数中国雇工离

---

① Document F9120/1510/10 (Far Eastern), the National Archives, Kew.

开了这里，或是在日军占领北平后逃走了。

如果他们没有犯罪，或是不知道罪行的内情，为什么会降价卖掉一项日进斗金的生意，然后不告而别呢？如果不是为了防止船板胡同 28 号被揭露为犯罪现场，从而被更久地关停，神秘的业主们会在莱辛斯基和孔西利奥身上花钱吗？倭讷越来越肯定业主们也向北平警方交纳保护费，也许直接就交给了韩署长，因此韩世清的搜查避开了此处，因此当倭讷提起这里时韩世清看起来那么紧张，因此他在人力车夫的证言上撒了谎。

但莱辛斯基、孔西利奥和业主们应该已经知道，一旦一位前英国领事的女儿在店内被杀害，那么无论多少保护费都帮不了他们了。他们别无选择，只能关掉妓院，等着风头过去。

现在，28 号在易手后又重新开业了。它有了新的鸨母、新的妓女和新的客人。客人们目前大多是日本人，但"恶土"很能随机应变。占领军喜欢清酒而不是红酒？没问题！同时白俄妓女们也学会了问"要做点正事吗"，而不再是从前的"想找点乐子吗"。虽然现在竞争更激烈了，但不同说法之下的套路没变。

自占领北平以来，日军在全城开办了两千余家经营场所，包括五百家妓院和一千家鸦片窟。28 号能坚持营业也真是不容易。它是"恶土"里最后一批白俄妓院之一。白俄难民们收拾行装，前往上海和天津的外国租界寻求更稳妥的保护，因为那时上海的租界还未向侵略者屈服。留下的白人妓女对"大日本皇军"有着新奇的吸引力。

倭讷花了很长时间才查出 28 号的新运营者。她是来自天津的白俄，于过去多年中在天津英租界博罗斯道上经营多家妓院，它们距美国军营不远，且为她带来了不菲的收入。现在她自称布拉娜·沙日科（Brana Shazker），住在和平饭店（通常被称为"电报饭店"），那是大阮府胡同的四合院里一个令人肃然起敬之地，就在北京饭店后方。很明显，沙日科从 28 号挣到的钱比莱辛斯基和孔西利奥更多。妓院门外，日本兵排着长队，准备一亲俄罗斯姑娘的芳泽。

1939 年 3 月，倭讷给布拉娜·沙日科留下一张便条，说想跟她谈笔生意。他在和平饭店见到了她。她一开始春风满面，但搞清楚倭讷的身份和来意后，就大发雷霆、大喊大叫。她说，她当天晚上又不在船板胡同，甚至都不在北平；她在天津博罗斯道打理自己的妓院，她能证明这一点。她光明正大地买下了船板胡同 28 号妓院的租约，对 1937 年 1 月那天晚上可能发生的任何事都一无所知。

也就是说，布拉娜·沙日科把倭讷从她的酒店房间里赶了出去，后来也直截了当地拒绝见他或与他联系。

倭讷更加确定 28 号就是他要找的地方了。他还有其他办法揭露其肮脏的本来面目。他在北平有些朋友，其中一位人称多尔贝切夫（Dolbetchef）先生，是城里一个白俄团伙的头儿。这个团伙对苏联切齿痛恨，不断进行反斯大林的宣传，是致力于打倒斯大林和布尔什维克党的有组织的白俄团体之一。这些团体受到滞留中国的白俄支持，也受到斯大林的秘密警察和戴笠的蓝衣社监视。他们因此成了偏执狂，大多数时间互相诋毁，说自己才是俄罗斯人在中国反共运动的合法领袖。

多尔贝切夫的团体在日本当局的鼓励下运转，接受日本人保护，很可能还得到了日方资助，因此它在很大程度上被某些人视为软骨头。但多尔贝切夫在白俄圈子里根基很深，他告诉倭讷：赞助他事业的人中有个女人，现在是船板胡同 28 号的鸨母，为布拉娜·沙日科管理妓院。

她的名字是罗茜·吉尔伯特（Rosie Gerbert），多尔贝切夫是从一位名叫康（Kan）的俄裔犹太人那里得知她的新工作的。康本人在鞑靼城的洋溢胡同里经营公寓，当时许多半赤贫的白俄和犹太难民住在那边的破败寄宿公寓中。多尔贝切夫把倭讷介绍给康，后者称他与吉尔伯特有生意往来，当时她还在北平东北方的北直隶湾①，在一个名为营口的小通商口岸经营妓院。

罗茜·吉尔伯特当时必须尽快离开营口，因为她手下的一个姑娘死了，而死者价值 8000 银圆的珠宝和 7000 美元的现金被发现藏匿在吉尔伯特家中。当局让她在二十四小时内远走高飞，于是她迅速出现在北平，还找到了新工作，尽管做的还是老行当。这次她的工作地点是船板胡同 28 号。

多尔贝切夫知道布拉娜·沙日科曾拒绝与倭讷合作，认为吉尔伯特可能会更乐意帮忙。他们三人在他的办公室里见了一面，然而罗茜·吉尔伯特尽管同意赴会，却没有表露出半点愿意帮忙的意思。

"你听说过帕梅拉·倭讷被谋杀一案吗？"倭讷先开口。

---

① 即现在的渤海湾。——译者注

"谋杀？我没听说过谋杀。"

她声称自己 1937 年 1 月时不在北平。多尔贝切夫说他知道当时她确实在，于是这女人大发雷霆，大骂多尔贝切夫，并宣布自己不是俄罗斯人，而是波兰人。她诅咒倭讷，坚称自己不是船板胡同 28 号的鸨母。

倭讷恳求她，试着安抚她。"我只想知道你能不能帮帮我。"他乞求道。但她不予回答，而是用俄语咒骂多尔贝切夫，随后怒气冲冲地离开了他的办公室。①

看起来在倭讷见到罗茜·吉尔伯特之前，布拉娜·沙日科就做过她的工作了。

于是倭讷另辟蹊径，去查找 1937 年俄历圣诞节当晚在 28 号待过的人。他的密探之前就已经锁定了几个当晚在那里工作的雇工，其中男仆王晨余（音译）和刘宝忠（音译）以及厨子陈庆春（音译）仍然住在北平，但他们拒不合作，即使金钱在前也不为所动。

出乎意料的是，倭讷随后居然在日本人中找到一位盟友。时任日本公使馆一等秘书的岛津愿意帮忙。

---

① 倭讷与罗茜·吉尔伯特的会面细节，参见 Document F12367/1510/10（Far Eastern），the National Archives, Kew。

究竟为什么？没人知道。但很有可能是为了让前英国领事尼古拉斯·菲茨莫里斯出丑。1936 年，有个日本男人在北平被一位喝醉了的英国士兵杀死了。在东京看来，这起事故被菲茨莫里斯压了下来，日本人仍对此耿耿于怀，所以他们很乐意揭露英国司法和官员的腐败无能。

对倭讷来说，只要是帮助，他就都能接受。他在日本公使馆里见了岛津几次，同时另一个男人把他们讨论的内容记了下来。他拒绝与倭讷握手或交换名片，看起来很有势力却不发一言，只是简单地自称松尾先生。

岛津向日本控制下的华北政务委员会求助，因为它现在是北平的执政机构。令人恐惧的日本宪兵队征用了紫禁城附近的一栋建筑，委员会命令他们去船板胡同 28 号找出那两名男仆和那个厨子并移交给倭讷。宪兵队展现了他们传说中的效率和手段，在几天内就把男仆王晨余送到了倭讷面前。

宪兵队把现金放在桌上，命令他老实合作，王晨余于是带来了第二名男仆刘宝忠。刘宝忠告诉倭讷：在案发当晚，他听到了两声——或者不止两声——尖叫，以及 28 号中的家具被打烂的声音。尽管刘宝忠的头衔只是男仆，但他在妓院里更像是中国雇工的头儿。他要监督管理他们，必要时还要确保他们不乱讲话。他曾把守大门，当莱辛斯基夫人向人力车夫孙德兴招手叫车时他就在大门旁边。刘宝忠显然知道些秘密，但倭讷也担心人们只为讨好自己或是为了拿钱便随口乱说，于是他试探了一下。

"是那个矮胖的俄罗斯女人莱辛斯基杀了那女孩吗?"他问。

"不是她杀的。"刘宝忠马上回答。

那么是谁呢？刘宝忠很害怕，不敢透露。他觉得自己已经说得够多了。然而他确实提到莱辛斯基夫人保留了一块沾血的布，当时它被用来盖住帕梅拉的脸。莱辛斯基夫人的打算是，若是今后不得不出庭做证，她希望可以把这块布作为证物出示，以为她自己开脱，同时给他人定罪。

倭讷问刘宝忠：谋杀发生在何处？

"在朝鲜人屋里。"刘宝忠说，可能指的是莱辛斯基夫人身上的朝鲜血统。

倭讷问起那天晚上和帕梅拉在一起的男人们是谁，但刘宝忠说自己不认识他们。其中一人之前是 28 号的常客，但刘宝忠只知道此人是个"美国牙齿医生"。①

有了新证据作为武器，倭讷回到宪兵队，要求他们把王晨余和刘宝忠当成证人进行正式讯问，同时继续寻找那个厨子。但宪兵队建议应由前门总局的陈局长审问。

倭讷认为他们在搪塞自己。他知道自己时机赶得不太好。当时是 1939 年 6 月，六个星期前，中国的民族主义者把伪中国联合准备银行的经理刺杀于天津英租界的大光明电影院。据悉杀手们躲在租界里，而英国当局拒绝交出他们。日本人已经封锁了那片区域。这被人们称作天津事件。

英日关系之前就已日趋紧张，现在则明显恶化。而天津那位顶着日方压力拒绝交出嫌犯的人，就是英租界工部局警务处处长、总督察谭礼士。

只要天津的英国人还在拒绝合作，日本公使馆就不会欢迎倭讷。和英国公使馆一样，日本公使馆也不理他了。倭讷确定那位神秘而低调的松尾先生其实是日本公

---

① 倭讷与刘宝忠的会面细节，参见 Document F9120/1510/10（Far Eastern），the National Archives，Kew。

使馆里情报部门的头儿，还是日本极端主义组织黑龙会的高阶成员。黑龙会的老巢就在日本公使馆。

最后，英国驻东京公使罗伯特·克雷吉（Robert Craigie）爵士于8月命令谭礼士交出日方正在缉拿的中国人。谭礼士别无选择，只得照办，而这几人在被交出的同日就被处决了。

有那么一段短暂的时间，北平警方看起来想要帮助倭讷。或许是为了回应天津的英国人拒绝将中国公民移交给日方（交出他们无疑就是送他们走上黄泉路）一事，也可能因为日军占领下的北平希望最后一次表明独立自主的姿态，陈局长派他的两位副手和倭讷一起办案，并告知倭讷他女儿的案件将会重启调查。而那神秘的、难以捉摸的侦缉队也介入了。他们向倭讷保证：王晨余和刘宝忠会被逮捕并接受审讯；28号的那个厨子也一样，只要他们能发现他的踪迹。

但这一切都没有发生。北平警方突然再次切断了与倭讷的所有联系。他不知道到底是谁发出指令叫停了警方与自己的交流，但他猜测这是日本公使馆直接下的命令，发出指令的多半是那位神秘的松尾先生。

与此同时，男仆王晨余和刘宝忠也从北平消失了，他们无疑受到了惊吓，生怕再次落入可怕的宪兵队手中。倭讷无法找到他们，变得越来越绝望，甚至绝望到再次求助于阿彻和英国公使馆。他的信中有一段是这样写的："这肯定是罪恶的地下王国里发生的罪行。要想破案，就必须去北平最底层的外国侨民的小圈子，搜查那些性虐狂出没的地方。"①

然而他的请求又一次被毫不含糊地拒绝了。

虽然沮丧不已，但他继续推进调查。他多次听说莱辛斯基夫人和迈克尔·孔西利奥使用化名藏匿在上海法租界的一家妓院里。有人告诉他莱辛斯基夫人现在自称舒拉（Shura）；然而他同时收到其他报告，其内容相互矛盾，但它们提到的可能是舒拉的人都像是莱辛斯基他们。舒拉有千万化身：他是住在北平的白俄阴阳人，她是美丽的白俄舞女（在"恶土"里一家或多家卡巴莱歌舞厅跳舞），他是白俄开办的高加索酒吧里的一个男收银员（同时还卖酒赚外快），她是差点嫁给中国军阀的朝鲜女人。

倭讷把所有情报收集起来，要求驻上海的法国领事

---

① Document F9120/1510/10（Far Eastern），the National Archives，Kew.

马塞尔·博代（Marcel Baudez）拘留并逮捕舒拉。博代是倭讷的老相识，很同情他。但按相关外交礼节，这样的请求只能由英国当局而非个人提出。他向倭讷保证：如果驻上海的英国公使能正式提出请求，自己就会命令法租界巡捕房搜捕所有符合条件的人。

倭讷把关于舒拉［也可能是希拉（Shira）］的描述转交给上海公租界巡捕房。他寻找的这个人应该有如下特征：身高在五英尺八英寸至五英尺十英寸之间，身材强壮但并不矮胖，发色浅淡但并非金黄，面色苍白。此人可能年已不惑，有朝鲜血统，但长相上并没有什么朝鲜人的特征，且据说还是个阴阳人。

法租界巡捕房一直监视着底层社会，因此驻上海法国领事馆认为要找到这样一个人应该很容易。但博代从未下令逮捕舒拉，因为卡尔公使从未正式就此事提出要求。现在，倭讷在上海也是不受欢迎的人了。

于是，他派密探去上海法租界，试图找出莱辛斯基和孔西利奥，后者可能现在自称吉拉尔迪（Giraldi）和（或）索德尼茨基（Sodnitsky）。但这对夫妻似乎听到了风声，知道他正在找他们，于是他们又逃跑了。上海地下王国的秘密情报网传说他们跑到了日本人控制下的青岛。倭讷的手伸不到那里，他的密探们也很难再追踪下去。

然而后来他发现，俄罗斯人的圈子里有不止一个舒拉。倭讷追错了人。据说曾当过船板胡同 28 号经理的舒拉并不是倭讷根据自己掌握的消息向法国人描述的白俄阴阳人。后者没有逃到上海，仍在北平。

倭讷得到的好消息是，这位舒拉是"恶土"里的百晓生。事实上，他就是"恶土"中的传奇。最重要的是，他知道 1937 年 1 月 7 日夜里有谁在 28 号。虽然一时弄错了舒拉的身份，但转机偶然出现，真称得上柳暗花明了。

亚历山大·米哈伊洛维奇（Alexander Mikhailovitch）、阿卡·伊万（Aka Ivan）、瓦尼亚（Vania）、万努什卡（Vanushka）……或者按北平"恶土"居民的通常叫法，他就是舒拉。然而"恶土"里有时也叫他吉拉尔迪，让外面的人更容易弄混了。他生于西伯利亚的托木斯克（Tomsk），父亲是沙皇政府的官员，被布尔什维克党杀了。舒拉随一帮难民流浪到中国北方，最后在北平定居下来。

舒拉性别不明，传说他被当成女孩养大，尽管没人能确定这一点。这个混血儿可以化装成男人，也可以化装成女人，可以变为欧洲人，也可以是亚洲人——完全取决于他当时的心情。舒拉今天可能是个谦恭的红酒商人，明天却成了高加索酒吧里的男收银员（尽管大多数人猜他实际上是酒吧老板），后天又变成一位卡巴莱舞蹈明星，受到有钱的中国恩客追捧。

化身成女性时，舒拉是美丽的：有黑玉般的头发、小巧结实的酥胸，眼如杏仁，齿如编贝。传说有一位中国军阀曾向舒拉求婚，但发现其阴阳人的身份后便掩面而逃，去了另一座城市躲羞。

以男性身份示人时，舒拉会把他的小巧胸乳捆得紧紧的，再穿上修身剪裁的西装；做女人时，她就套上令人惊叹的鲜艳长袍（有时是中国风的旗袍，有时是西式长裙），然后让自己乌黑的长发随意地披散下来。

为找舒拉，倭讷先是去了高加索酒吧，这里曾是白俄难民夜生活的中心。但现在，那么多潦倒的白俄都迁去了上海，因此这地方上座率仅有百分之五十，而且气氛沉闷，只有身材肥胖、浓妆艳抹的俄罗斯妓女和一群慢饮廉价克里米亚白兰地以借酒浇愁的老主顾。客人们因为囊中羞涩，只能跟妓女们打打眉眼官司了。

倭讷给舒拉留下一张便条，说想见他一面。他得到了回复，舒拉给了他一个地址。那是一处公寓楼，位于鞑靼城里的洋溢胡同，是属于白俄和犹太人的贫民窟，归日本人所有。

那天舒拉打扮成一位男士，倭讷发现他很是和蔼可亲，且富有同情心。舒拉听说过那位朝俄混血的莱辛斯基夫人（她有时也自称舒拉），也了解普伦蒂斯和他那帮子人——他在"恶土"里见过他们，听说过他们的活动。他知道普伦蒂斯和乔·科瑙夫一起打猎，这两人都经常随身佩刀。他知道他们向年轻的外国女子求欢。他知道所有他们组织过的聚会、裸体舞会，也知道西山上的天体营。

舒拉告诉倭讷：普伦蒂斯喜欢用刀威胁女人，喜欢操纵、吓唬她们。平福尔德是他的老朋友兼打手，他吃肉的时候也时不时地让平福尔德喝点汤，因此平福尔德还不至于完全沦为赤贫。正如倭讷已经知道的，普伦蒂斯和乔·科瑙夫也是朋友，科瑙夫先是和奥帕里纳夫妇合作管理一家妓院，后来又成为欧林比亚卡巴莱歌舞厅的经理。很明显，科瑙夫和奥帕里纳夫人曾因某事交恶，现在仍然痛恨彼此。据舒拉所知，在这段日子的多数时间，科瑙夫在"恶土"里做着海洛因生意。

舒拉建议倭讷去找两个白俄妓女，一个叫玛丽，另一个叫佩吉。在帕梅拉被杀的那个时间段，她们正在28号工作。他还建议他去找"恶土"里一个叫萨克森（Saxsen）的鸡头，此人晚上总是在船板胡同、苏州胡同和后沟胡同的咖啡厅和餐馆里消磨时间。找到萨克森几乎就等于找到了那两个女人，但前提是她们还活着，且仍然待在北平。但舒拉警告倭讷：她们是"恶土"里的积年老妓，寿命一般不会太长。

舒拉称他在帕梅拉被杀后不久跟佩吉说过话。韩世清和他的手下从27号里带走了一些妓女，佩吉是其中之一。她曾被带到莫理循大街，被扔在牢房里过了一晚。天快亮时，她被博瑟姆督察审问过，佩吉说那位英国警察喝得醉醺醺的，很有攻击性，跟她动手动脚，还不怀好意地盯着她。她吓坏了，拒不开口。

一被放出来，她就回到了28号，发现妓院已经关门歇业。但妓女们还被扣留在里面，因为莱辛斯基夫人怕她们把眼见耳闻之事说出去。佩吉于是逃离了北平，至于去了哪里，舒拉也不知情。

退一万步说，这个同盟仍让人觉得不可思议——正直的前外交官、博学的汉学家倭讷竟和那个作为夜店常客的白俄阴阳人在一起！但通过舒拉的关系网，倭讷确实找到了萨克森。

萨克森和倭讷从前打过交道的所有人都不一样。他是个近乎赤贫的白俄鸡头和不入流的海洛因贩子。其犯罪记录可以追溯到沙俄时代，他在使馆区巡捕房可以说是名头响亮。萨克森不仅为船板胡同28号，也为"恶土"的其他妓院提供白俄姑娘。他就住在隔壁29号的一间下等公寓房里，可谓近水楼台。他给手下的妓女带来恩客，还向她们卖毒品，好让她们离不开他。他确保她们吸毒上瘾，还确保自己是她们的专属毒品供应商。

萨克森几乎彻夜不眠，流连在船板胡同的廉价酒吧和破旧咖啡厅里。他的世界非常狭小污秽。通过舒拉，他已经知道倭讷正悬赏征求女儿被杀一案的目击证人，于是他拖着玛丽来到盔甲厂胡同。后来倭讷形容玛丽是个"约而立之年，看起来相当漂亮健康的女人，英语也说得很流利"。

玛丽很愿意把她知道的讲出来。她告诉倭讷自己是普伦蒂斯的老相识了，因此知道此人本性极为残忍。她曾好几次看到他在28号炫耀佩刀。女孩们都怕他，也怕他的朋友科瑙夫——这人也喜欢炫耀他的刀，尤其常在 28 号对面一家名叫福生的小餐馆里这样干。妓女们在福生餐馆和鸡头们见面，有时也在那里小憩片刻。玛丽告诉倭讷，普伦蒂斯经常在 28 号租一间房举办聚会，一般是楼下的卧室；而妓院里的妓女一般待在楼上，很少使用那间卧室。那个房间市价 25 银圆，需提前通过电话预订，仅收现金。

玛丽曾受雇去普伦蒂斯的公寓为他和他的朋友们跳裸体舞：他们付钱，但要求她肉偿。她说出了平福尔德、科瑙夫、约翰·奥布莱恩和另一个男人的名字。关于最后一个人，她只知道他叫"杰克"，是这类场合的常客，而且她经常在 28 号接待他。这些人就是普伦蒂斯所谓的"伙伴们"。

至于普伦蒂斯本人，玛丽说，他在帕梅拉被害的那个夜晚也在 28 号的那间房里，且房间里的人不止他一个。玛丽、佩吉和其他女孩在楼上工作。那个晚上，妓院里客人很多，一群意大利海军陆战队的士兵下值，趁此机会来莱辛斯基夫人这里享受服务，还在隔壁奥帕里纳酒吧痛饮。保安工作很严格，因为使馆区当局禁止外国士兵进入 28 号，须确保没人会泄露他们的到来。

玛丽从楼上的窗户看到一辆汽车停在楼下，三个男人和一个女孩下了车并走进了天井。他们都是外国人。之后，那辆汽车掉头朝使馆区的方向开回去了。不久后，玛丽听到楼下传来两声尖叫，随后是一声特别响亮、极具穿透性的尖叫，接下来是一声"可怕的重击"①，就像家具被踢翻了一样。

后来她和佩吉讨论过这件事。当时佩吉在她的隔壁工作，也听到了尖叫和重击声。佩吉之前也看到了普伦蒂斯、乔·科瑙夫和一个自称约翰·奥布莱恩的"欧亚混血"男性的到来。两个女孩都了解这些人，也很怕他们。玛丽之前还看到，就在汽车到达后，那些意大利士兵中的一位叫卡普佐（Capuzzo）的医生和普伦蒂斯在天井里谈话。

玛丽现在告诉倭讷："普伦蒂斯杀了她。"

说到这里，萨克森就命令她闭嘴，并对倭讷说她已经说得够多了，可以付钱了。玛丽完全受她的鸡头控制，而他可能也害怕被帕梅拉一案牵连。玛丽顺从地住

---

① 玛丽的这句证词和关于玛丽的描述，参见 Document F8038/1510/10, the National Archives, Kew。

了嘴。尽管倭讷一再恳求，这两人还是离开了。

一周后，当倭讷得以再次见到舒拉时，他向这个俄罗斯人请求，希望他命令玛丽在萨克森不在场的情况下再跟自己谈一次。但那几周里，风向转得很快，舒拉现在宣布玛丽已经不可救药了。像萨克森手下的其他女孩一样，她也吸海洛因上瘾。舒拉曾看到她瘫倒在酒吧里，眼珠间或一轮，脑袋懒洋洋地来回转动。毒品使她昏昏沉沉，她已经无法继续工作了。萨克森已经抛弃了她。

倭讷建议可以把玛丽带到别的什么地方，以便帮她戒毒。但舒拉确信，如果没有毒品，她一天之内就会发疯，一周之内就会死掉。倭讷称如果能找到她的家人，他就会劝其家人帮她。可是舒拉把话挑明：玛丽的父亲就在北平，但此人是个不可救药的酒鬼，当初就是他把玛丽卖进妓院的，好从她为萨克森赚的钱中分一杯羹。而这杯羹现在也快喝光了，她父亲肯定不会帮她。

倭讷自己去找玛丽。他在"恶土"的酒吧和妓院里搜寻她。但她似乎凭空消失，没留下任何线索。

那么只剩下佩吉了。倭讷听说她仍在中国北方的某地，于是派密探去找她。他们在哈尔滨找到了她，这座城市里挤满了来自日占区的俄罗斯难民。她同意私下谈谈，但拒绝公开姓名，因为她太害怕遭到报复了；而且在搜查当晚，在莫理循大街警署，醉酒的博瑟姆督察曾粗鲁地对待她。但她确定普伦蒂斯、奥布莱恩、莱辛斯基、孔西利奥、意大利医生卡普佐和意大利海军陆战队的士兵们在那晚确实待在 28 号。她告诉倭讷的密探：卡普佐和普伦蒂斯是老朋友，他们有好几次一起出现在 28 号。

佩吉也陷入了海洛因毒瘾的深渊。她一文不名，在滴水成冰的哈尔滨过着悲惨的生活。她已经无法工作，没有钱付给她的毒品贩子。倭讷考虑带她回北平治疗，但在他设法安排此事之前，她又消失了，且再也没有出现。

倭讷怒火中烧。如果警方当时能把对妓女的讯问做得漂亮点，他们可能就会知道帕梅拉去过船板胡同，可能就会找到普伦蒂斯和约翰·奥布莱恩身上的线索。倭讷见过奥布莱恩，而且讨厌他。奥布莱恩曾是帕梅拉最坚定的追求者之一，现在倭讷已清楚他也是普伦蒂斯的同伙。如果帕梅拉曾被邀请参加某个奥布莱恩会出席的聚会，她当时肯定不会有任何疑虑。

倭讷只想知道这帮歹徒瞄上他女儿有多久了，以及有多少男人曾牵扯其中。每当思及此处，他就感到恶心。奥布莱恩、戈尔曼、平福尔德、普伦蒂斯——所有这些人都以不同的方式与帕梅拉有所牵连，所有这些人都在 1937 年 1 月的那个不堪回首的夜晚来到了船板胡同 28 号。

第十九章　捕猎者

在 1939 年的那个夏天，倭讷意识到：既然已确认船板胡同 28 号就是罪行发生地，那么他别无选择，只有亲自造访。这是女儿最后去过的地方，他觉得去追寻她的踪迹是自己责无旁贷的义务，而且他也需要亲眼看看那个地方。

他先去了 27 号，打算和奥帕里纳夫妇谈谈。他毫不怀疑这两人对隔壁发生过的事一清二楚。倭讷对这两口子一无所知，只知道他们是白俄。奥帕里纳夫人据说曾丧偶五次，每次都从亡夫那里获益匪浅，使不少旁观者大跌眼镜。倭讷也听说她的儿子雅什卡（Yashka）偶尔会加入普伦蒂斯那一伙人，同他们一起打打猎或吃吃喝喝。当然，奥帕里纳夫人和乔·科璐夫还曾一起经营妓院，直到闹掰。

但当倭讷到达那个廉价酒吧时，发现它已关门大吉。奥帕里纳夫妇也离开了，似乎去了上海。倭讷进退维谷。

随后他记起玛丽说起过的一条至关重要的信息：28号的院里有一间普伦蒂斯经常用来举办聚会的房间。它在一楼，在大院南侧，挨着毗邻船板胡同的那堵墙。这间屋子里有一张床，还配有一间浴室。倭讷之前并不知道这间屋子。他听到的说法是一楼除前台和饭厅外就没别的东西了，所有卧室都在楼上。

他决定自己去看看。他本以为那里会上锁，以为任何陌生人或不知道那里做什么"生意"的人都会被拒绝入内。他之前曾在夜间路过那里，看到过把守门口的外表凶狠的中国打手。现在，他设法登上 28 号对面的杂货店的屋顶。胡同两边的建筑物最高只有两层，但从屋顶看过去 28 号的围墙就挡不住他的视线了，他可以确认妓院的布局。

刚从屋顶下来，他就穿过马路，随后吃惊地发现 28 号的临街大门半开，门口也没有打手。他走了进去。在中央的天井里有几个中国用人问他来做什么。倭讷不理他们，迅速踏上右边的台阶，走了几级后就到了玛丽曾向他提起的卧室。一位俄罗斯老人站在门边，但没有拦下倭讷。

开了门就能看到浴室，里面靠墙放着最大号的浴缸，另一面墙边则有一个洗手池。经过前厅就可来到卧房，它相当大，中央放着一张大双人床。屋里还有一个衣柜、一个梳妆台和几把椅子。倭讷注意到其中一把椅子的腿看起来似乎曾被折断，然后又用金属支架修好了。

他回到天井，环顾四周，再次无视了那个俄罗斯老人和那些中国用人。有一个中国男子在楼梯边的厨房入口旁站着，向这边看了过来。倭讷向他走去，希望这就是那个厨子，那个他的密探、日本宪兵队和中国侦缉队都没能找到的厨子。

"这里有叫陈……陈庆春的人吗?"他问那人。

"我就是。"①

倭讷简直不敢相信自己的好运。他邀请那个厨子去盔甲厂胡同；但正在这时，布拉娜·沙日科从楼上的卧室里走出来，下了楼梯，冲他们二人大喊大叫。厨子消失在地下的厨房里，倭讷则被赶出天井，被赶到大街上。大门在他身后被猛地关上，还被上了栓。

在之后几周里，倭讷的密探常去 28 号，希望能劝

---

① Document F8038/1510/10, the National Archives, Kew.

说陈庆春和倭讷谈谈，但他们再也没能进入 28 号，也没能接触到那个厨子。最后，他们得知布拉娜·沙日科已将此人解雇，他偷偷离开了北平。

* * *

除了不知道到底是普伦蒂斯、科瑙夫、奥布莱恩或卡普佐中的哪个人给了他女儿头上的致命一击外，倭讷认为他已经掌握了几乎所有情况，只有一个小细节一直困扰着他。根据尸检报告，帕梅拉吃的最后一餐是中餐。他知道她没在古雷维奇家或是溜冰场吃中餐，而且似乎也不太可能在普伦蒂斯的公寓或是 28 号里用餐。最后，他还是解决了这个令人不得安宁的谜。

经过漫长的搜寻后，倭讷的密探们找到了韩守清的几位前同学。韩守清就是那个结了婚的学生，那个被倭讷用手杖打破鼻子的青年。他的同学们还记得韩守清和帕梅拉不过是好朋友而已。知道她被杀害后他心烦意乱，曾告诉同学：头一天他和她在哈德门大街的美国药店外偶遇了。帕梅拉为父亲曾经痛打他而感到难过，他则建议两人第二天晚上一起去吃饭。

倭讷的密探沿着这条线索追查下去，那家药店的老板确实还记得帕梅拉和一个中国青年曾于 1 月 6 日在店外谈话。

第二天晚上，韩守清和她在溜冰场外见面，当时七点刚过。他们去了使馆区边上东单牌楼大街里的一家中国餐馆。这家餐馆在韩守清的学校里很受欢迎，且离盔甲厂胡同不远。他们骑车到那儿，吃了顿快餐，然后韩守清陪帕梅拉回到溜冰场——骑车只需大约五分钟。他知道她住在另一个方向，但以为她要和一起溜冰的伙伴再次见面。

倭讷恍然大悟：从帕梅拉吃最后一餐的餐馆到家里只需几分钟。按他的计算，她应该于晚上八点左右回到了使馆大街上的溜冰场。

他再次给外交部写信，详细说明了他的妓院之行，还附上了他新收集的证据，包括他自己手绘的 28 号的平面图，以及另一张关于船板胡同和它到狐狸塔的距离的细节图。他也把信件副本寄给阿彻领事和卡尔公使。在信里，他引用了一个古老的中国成语"水落石出"来形容案情真相大白。

在外交部，倭讷的最后一封信上附了张便条，上面简单地写着："帕梅拉·倭讷的谋杀案。倭讷先生继续推进调查，有所进展。"①

现在，倭讷需要的就只剩一份供词了。1939 年漫
长潮湿的夏季结束了，狂风大作、阴雨连绵的秋天取而
代之。倭讷在盔甲厂胡同收到一封匿名信。写信的人说
他们听到平福尔德于 1937 年 1 月 8 日宣称："普伦蒂斯
杀了她。"② 但倭讷想要知道确切情况。他想和当晚与
女儿一起待在 28 号那个房间里的所有男人谈谈，包括
普伦蒂斯、科瑙夫、奥布莱恩和卡普佐。

这个团体鱼龙混杂：从专业人士到赤贫者，从北平
外侨圈子里貌似正直的成员到拥有冗长犯罪记录的家
伙。他们有的住在设施完善的公寓楼里，有的住在便宜
的下等旅馆。他们中有美国人、英国人、加拿大人、意
大利人。但他们是一丘之貉，都是"恶土"（特别是船
板胡同 28 号）中的常客。

倭讷先去找平福尔德，但似乎这位前加拿大雇佣兵
在 1937 年 1 月被警方释放后不久就逃离了北平。没人
知道他的下落。倭讷的密探们听说平福尔德在案发前后

---

① Document F8038/1510/10, the National Archives, Kew.
② Document F12367/1510/10, the National Archives, Kew.

曾住在普伦蒂斯的公寓里，但他们在一次大吵后闹翻
了。据说普伦蒂斯曾付钱让平福尔德离开北平，再别
回来。

自从被警察讯问后，普伦蒂斯拒绝与任何人讨论案
情或调查进展。半真半假的报道、流言和推测满天飞，
而身处漩涡中心的普伦蒂斯紧闭双唇，一言不发。1937
年3月，关于他的种种议论达到高峰，以至于一群同行
请他吃饭，想让他"摊牌"。倭讷听到的描述大抵如
此。他们想让他澄清流言。普伦蒂斯答应赴约，但从未
现身。

在他被韩世清和谭礼士讯问后不久，天津一位美国
副领事也听到了流言，说这位牙医被牵涉进了帕梅拉的
谋杀案。于是副领事请求和普伦蒂斯见面讨论此案，却
被他拒绝了。

北平的外侨圈子就像一只金鱼缸，因此倭讷难免
在街上偶遇普伦蒂斯。但奇怪的是，尽管他们都在这
座城市里住了多年，且普伦蒂斯治疗过帕梅拉的牙齿，
这两人却从未在正式场合碰面。她死后，每当这两人
偶遇，普伦蒂斯总是千方百计地逢迎倭讷。倭讷回忆
起这位牙医，称他"畏缩而多礼，夸张地尝试向我表

达同情"。①

但现在，倭讷已经决定向普伦蒂斯挑明，打一场正面遭遇战。他去了后者在使馆大街的公寓。

显而易见，普伦蒂斯仍在那栋现代化的漂亮大楼里过着优裕的生活，与他大多数住在临时住所里的同伙相去甚远。虽然北平被占领后，人们的生活供给日渐匮乏，但普伦蒂斯仍然衣着体面，身体看上去仍然不错。美国公使馆的亚瑟·林沃尔特曾暗示倭讷：普伦蒂斯与某些日本官员过从甚密，美国人对此深表关心。有人怀疑他可能支持占领军，从而获得了食物和货币兑换方面的优惠作为回报。换言之，他是个通敌者。

谭礼士和常任秘书多默思曾来到普伦蒂斯的公寓，打算把他带回去讯问。当时谭礼士注意到了新油漆的气味，这是另一个他未能解答的谜。从来没人问过房东为什么要在隆冬重漆整间公寓。要知道，在打开窗户散味的同时，这个地方也会变成冰窖。没人能找出那些油漆工，问问油漆下掩盖了什么。

普伦蒂斯和倭讷在公寓楼的庭院里交谈，牙医再次

---

① Document F12367/1510/10, the National Archives, Kew.

表达了对倭讷失去帕梅拉的同情。但是，她的案子难道
不是结束了吗？他问。他承认去过船板胡同 28 号，但
只去过一次。他说那是谋杀案发生的整整一年前的事
了。是的，他经常和乔·科瑙夫打猎，一起去的还有那
个大家只知道他叫"杰克"的人。有时雅什卡·奥帕
里纳、约翰·奥布莱恩和卡普佐医生也会加入他们。这
有哪里不好吗？

　　普伦蒂斯拒绝讨论那个现已解散的天体营，以及任
何所谓的裸体舞会。但他承认自己的确曾把公寓的钥匙
交给其中几个同伴，以便万一境况不佳，他们还有地方
住。毕竟朋友就要互相帮助，对吧？随后他结束谈话，
回公寓了。

　　人力车夫孙德兴和妓女玛丽都没能认出那辆当晚停
在 28 号门口的汽车的牌子和型号，但孙德兴为倭讷画
出了那辆车。他和玛丽的描述都同普伦蒂斯当时拥有的
那辆车对得上号：一辆黑褐相间的福特，黑车身，棕色
车顶。当时中国进口的外国车辆多为这款，但总的来说
汽车数量并不多。

　　现在倭讷要去找普伦蒂斯的车了，结果却发现案发
后不久它就被一位身份不明的买主买下了。他试着追踪

买主，但事情已过去太久。在日军占领期间，私家车都
不准上路，好为日本军队、宪兵队的几辆汽车和外交用
车节省汽油。其他车被卖掉、封存或充公。它们被统一
重新漆过，牌照也被换掉了。已经不可能追踪到那辆福
特车，也不可能找到那位当时被人看到开那辆车的中国
司机了。此人不过是日军入侵中国后失踪的数百万中国
人之一。

　　倭讷把注意力转向了意大利海军陆战队卫队，据说
当晚他们也在 28 号，且在之前一晚，有人还看见这些
士兵在隔壁酒吧。他听说这个中队马上就要换岗返回意
大利。他联系了意大利公使馆负责护卫工作的司令官德
尔·格雷科（Del Greco）少校，获悉此人也要被调走。
这位少校矢口否认手下任何人曾在 1937 年 1 月 6 日晚
溜出军营，或是于次日晚去过船板胡同——这是被严令
禁止的。

　　倭讷请求阿彻领事通过官方渠道询问。令他吃惊的
是，阿彻竟然照办了。但德尔·格雷科再次声明：他的
手下里没有一人曾去船板胡同。倭讷建议阿彻把人力车
夫孙德兴带到意大利军营去辨认他在当晚见过的人。而
且，鉴于德尔·格雷科即将离岗，也许可以下令让其推

迟离开？阿彻支吾其词，让宝贵的时间白白流逝。在阿彻答复倭讷之前，德尔·格雷科及其他海军陆战队士兵就离开北平，启程回意大利去了。

倭讷知道这位少校想要自保。如果承认自己知道手下出现在"恶土"中的禁区，他就会惹上麻烦。于是倭讷直接去找那位他可以确定当晚在场的意大利人——卡普佐医生。这位医生已婚且子女颇多，但据说仍是船板胡同的常客，也是迈克尔·孔西利奥和普伦蒂斯共同的朋友。卡普佐的住所在意大利公使馆附近的意大利街①，离普伦蒂斯的公寓只有十分钟步程。

倭讷去意大利医院（毗邻莫理循大街上的北京饭店）卡普佐的诊疗室拜访这位医生。倭讷站在狭小的候诊室里，行止和其他任何等着见医生的病人一样。他问了卡普佐一个无关紧要的问题，是关于他认识的一个意大利家庭的：卡普佐医生知道他们是否有返回北平的打算吗？卡普佐回答说自己觉得他们不会，随后反问倭讷的姓名。

卡普佐在知道面前的访客是谁后，脱口而出："你

---

①　即东长安街。——译者注

女儿被杀害时，我在香港。"①

倭讷离开了，他不想惊动卡普佐，不想令其起疑。在出去的路上，倭讷问医院的看门人：卡普佐先生去过香港吗？看门人称据自己所知，这位医生已经有几年没离开过北平了。

倭讷掌握了几位卡普佐工作伙伴的详细信息。其中有一位希腊商人，多年来一直给卡普佐和意大利医院供应药品，此人同样说卡普佐多年来从未离开北平。其他人也确认了这一点。倭讷的密探们询问了北平的所有外国旅行社，没有查到任何一条卡普佐于任何时间离开北平前往香港的记录。

在倭讷着手调查名单上的下一个人之前，他居然联系上了那个神秘的"杰克"。这次亚瑟·林沃尔特手中关于在北平的不安分美国人的浩瀚卷宗又立了大功。"杰克"出生于意大利，后归化于美国。为掩盖其真实血统，他以托马斯·杰克（Thomas Jack）的名字加入了美国海军陆战队。和迈克尔·孔西利奥一样，杰克在北平以当地雇员的身份应募入伍，被解雇后仍在使馆区

———————

① Document F12367/1510/10, the National Archives, Kew.

流连不去，做了机修师。亚瑟·林沃尔特曾从一个线人口中得知："有个海军陆战队士兵知道前因后果，而且很愿意说出来。"① 关于一位汽车机修师被卷进帕梅拉谋杀案的流言也传到了倭讷的中国侦探耳里。林沃尔特不知道此人的真实姓名，但他相信这位机修师应该就是托马斯·杰克，而且知道此人目前的住址。

倭讷找到此人，发现这位机修师无论给自己起了什么名字，也无法掩盖他的血统，因为他讲英语时有明显的意大利口音。他是个看起来很强壮的矮胖子。起初他对倭讷很坦率，称他已从使馆区的主要汽车供应商米纳汽车公司（Mina Motor Company）辞职，向夜总会业务进军。他给倭讷看了自己正在实施的新开一家卡巴莱歌舞厅的计划。

根据林沃尔特的情报，杰克最近发了笔财，把欧林比亚卡巴莱歌舞厅买了下来。乔·科瑙夫曾是那儿的经理，普伦蒂斯也是那儿的常客。现在，杰克正在扩张他的产业，又买下了一家旅馆。这家廉价旅馆楼上有许多间卧室，卡巴莱真正的生意无疑是在这些房间里做成的。

---

① Document F12367/1510/10, the National Archives, Kew.

然而一谈到帕梅拉的死，他就不那么坦率了。他说自己从报纸上才知道了这事，并说凶手一定是哪个下等中国人，如人力车夫。对普伦蒂斯可能与此案有牵连的假设，他一笑置之。他也否认科瑙夫有暴力倾向，尽管警方的记录与他的说法正好相反。

倭讷步步紧逼，坚持说一个出身低微的人力车夫不可能独自完成所有步骤；此外，有人在那天晚上看到了一辆汽车和几位外国男人。杰克称自己只去过 28 号一次，而且那是案发一年前的事了。但倭讷注意到，杰克提到汽车时显得心烦意乱。

当被问及是否认识卡普佐时，杰克说自己之前经常和卡普佐、科瑙夫一起打猎。但这个时候，他似乎觉得自己说得太多了，就把倭讷推出公寓，砰的一声关上了门。如果杰克就是那个"知道前因后果，而且很愿意说出来"的海军陆战队士兵，那么现在他一定已经改主意了。

倭讷接下来要找的是乔·科瑙夫。他一直推迟这次会面，因为科瑙夫以易怒和动手迅速闻名。据说科瑙夫挥拳或拔刀前毫不犹豫。倭讷也许是个意志坚定的人，但他毕竟已经七十多岁了，很是小心谨慎。他笃定无论是知名牙医普伦蒂斯还是意大利公使馆附属内科医生卡普佐都不会对他动手，但科瑙夫就完全是另外一回事了。

亚瑟·林沃尔特手里有厚厚一摞关于乔·科瑙夫的档案，记载着诸如此人曾恐吓欧林比亚的顾客等细节。科瑙夫在那里做经理时，美国人一直监视着欧林比亚，并怀疑他有拉皮条、出售海洛因、非法交易军火等行为。还有报告称，科瑙夫在租住的公寓院子里非法全裸，很明显当时他喝醉了或是嗑了药。那栋建筑的中国业主很怕他。他曾暴力攻击他的房东，因此被数次赶出好几家公寓。

科瑙夫当时住在使馆区边上一栋破败不堪的房屋里。倭讷去时，门房告诉他科瑙夫出去了。倭讷留下名片，说随后再来拜访。他大约于下午五点半又回去找科瑙夫。疲惫的一天又要结束了，这位心脏衰竭的老人感到紧张。

他走向那栋建筑时，看到旧式的窗纸被撕下一长条，而科瑙夫正从撕口处向外盯着他看。倭讷不久后把自己在那一刻的感觉写了下来。

> ……我的第一感受是：在我面前的是只动物，而非人类。他有张长脸，眼睛很大，罗马式的鼻子很显眼（正如拉人力车的苦力在案发当晚看到的）。和服并没遮住他全身（这是他的习惯），因此可看到他身上长满了醒目的浓密毛发。[1]

科瑙夫派男仆下楼把倭讷领到自己的房间。倭讷穿过迷宫般的走廊，注意到楼里的其他人无论中外行为都很怪异。他们在进屋前打开门锁，进去后再迅速把门锁好，且在离开房间时的关门速度和之前匆匆锁门的速度一样快。他不知道这是因为此地是一个海洛因交易中心（正如林沃尔特指出的），人人都很警醒。此外，妓女们也被留在这里（也许并非出于自愿），只有晚上才获准外出，出去时要由她们的鸡头押送。

科瑙夫的房间和平福尔德的房间，或是北平下层社会中屡见不鲜的其他破败的廉价公寓房几乎一样。它空间狭小，房中只有几样破烂不堪的家具。在炎热的夏季，屋里非常气闷。这个男人似乎只是暂住在此，身边

---

[1] Document F9120/1510/10, the National Archives, Kew.

物品不多，刚好可以被迅速放进一只行李箱以便随时带走。

　　开始他对倭讷怀有敌意，问倭讷是哪位，尽管他多半靠留在门房的名片就知道了倭讷的身份。而且他之前也从窗户看到了倭讷，知道倭讷会来。他以为这位老人是来就帕梅拉之死指控他的，因为底层社会的情报网对倭讷的调查工作一清二楚。科瑙夫提高嗓门，咄咄逼人地要倭讷再次保证他是来打听消息，而不是来指控自己的。

　　科瑙夫讲的故事跟其他男人的一样，但倭讷嗅出了串供的味道。科瑙夫说自己之前不认识帕梅拉，而且只在案发的一年前去过船板胡同一次。他说自己不是那里的常客，看过报纸后才知道了她被杀的消息。是的，他常跟奥布莱恩、卡普佐和托马斯·杰克一起去打猎。他也承认与普伦蒂斯过从甚密，不过他们的来往只限于打猎、西山天体营和在"恶土"的内部及周边活动。

　　科瑙夫力图捍卫自己的声誉，说使馆区巡捕房和美国公使馆跟他的问题全是误会，自己当时在欧林比亚卡巴莱歌舞厅也是没有办法。科瑙夫是社区的一分子。日军占领北平前，他曾在当地一个体育俱乐部为美国男孩间的比赛做裁判。这倒是真的。林沃尔特已经向倭讷提过这件事，还说科瑙夫发脾气时曾对孩子们大喊大叫，甚至动手打过其中几人，所以被赶出了俱乐部。

倭讷质问他：为什么他在案发后不久去了天津？是要为普伦蒂斯请律师，以防此人被起诉吗？

科瑙夫矢口否认。他是请过律师，不过是为了帮自己要回普伦蒂斯欠他的钱。

倭讷不买他的账。请律师对付普伦蒂斯，他的好哥们儿？

倭讷继续追问，把话挑明，问科瑙夫是不是鸡头。对方一口承认，并为卖淫业辩护，说如果没有这个行当，女孩们都会饿死。科瑙夫坚称自己只为卖淫提供便利，并不碰那些女孩，身边只有"一个朝鲜小姑娘"。

科瑙夫也想获取关于倭讷调查工作的情报，于是他主动试探着说："如果人在普伦蒂斯的公寓里被杀，那么使馆区巡捕房肯定会看到那辆车并把它查出来。"

"但在那样一个夜晚他们不会。"倭讷答道。

倭讷并没有把自己对普伦蒂斯的怀疑告诉科瑙夫。他假定科瑙夫要么是在试着保护牙医，要么是想让自己迷失调查方向。

随后，倭讷问他知不知道奥帕里纳夫人去了哪儿。科瑙夫的态度马上变了，他刷的一下白了脸，再次变得敌意盎然。也许他认为奥帕里纳夫人向倭讷提了自己的名字。无论出于什么原因，他说自己不知道船板胡同27号的业主是谁。

"不，你知道，"倭讷说，"你和她曾一起经营一家妓院，还和她吵过架。"

倭讷话音刚落，科瑙夫就突然爆发了，开始大喊大叫地威胁倭讷。他叫男仆过来，命令他把倭讷带出去，让那个小伙子告诉门房不许再放倭讷进来。与乔·科瑙夫的见面也到此为止。[①]

普伦蒂斯的小圈子中最后被指认当晚在28号的人是约翰·奥布莱恩，那位中葡混血的年轻人。他曾在天津迷恋上帕梅拉。倭讷的密探们曾听说奥布莱恩也有一把普伦蒂斯位于使馆大街的公寓的钥匙，也经常参加那里的聚会。但他们不太走运，没能把此人找出来。据他们目前所知，他最后停留的地方曾经是德国军营的一栋

---

① 倭讷与科瑙夫的会面细节参见 Document F9120/1510/10, the National Archives, Kew。

建筑里的单间，位于使馆大街 6 号，几乎就在普伦蒂斯的公寓楼的隔壁。在 1 月 7 日后不久，奥布莱恩就去了上海。据倭讷所知，他还从他的保护人那里借了一笔钱。倭讷只能假设普伦蒂斯曾让他走得远远的，好逃避讯问。

他们这伙为非作歹的"好哥们儿"真让人恶心。这帮掠夺成性的家伙不光一起在西山上打猎，还把人类当成捕猎目标。他们跟踪、捕获然后杀死猎物，还把猎物的内脏掏空。他们曾一起追捕帕梅拉，把她困在船板胡同的妓院里，最后又一起杀了她。

狐狸精最常见的伪装方式是化作一位美丽的女子。女人有能力欺骗男人，俘获他们的心，使他们沉迷于温柔乡，离开妻子家人，舍弃功业。狐女与男人海誓山盟，发下永远忠诚的誓言。但她们总会背叛，总会不告而别。狡黠的公主、名妓、舞女、北平最声名狼藉的歌姬——传说这些女人多少有些狐狸精的特点，甚至可能本身就是狐狸精。只有更强大的精怪才能制服她们。

第二十章 聚会之邀

她是在什么时候意识到的？从什么时候起，冒险之旅走到了尽头，男人们不再奉承她，放荡的调情也变了味？看似魅力四射的成人世界在那天晚上向一个女学生打开大门，她在什么时候发现这一切已变得下流肮脏？从何时起，帕梅拉感觉到可怕的事情将要发生，并因此被吓坏了？她在什么时候发现了身边男人们的真实面目？她从何时起握紧双拳，准备自卫反击？她从何时开始尖叫？她从何时开始意识到自己将要死去？

帕梅拉之前并不知道自己那晚会被带到一家臭名昭著的妓院。她以为自己要去参加聚会或是晚宴。为什么不去呢？这是在北平找乐子的最后机会了，几周后她就要离开这里，启程去英国，把天津文法学校中发生的不愉快抛在身后。她之前当然不知道自己会和一群以暴力出名的男人待在一起。这些男人捕获年轻女性，然后强暴她们。他们想要在"恶土"妓院中一间肮脏污秽的屋子里强奸她。

这就是普伦蒂斯和他那帮歹徒设的圈套。他们邀请年轻漂亮的白人女子参加他们的聚会和晚宴。她们初尝生活的馈赠，但对其中暗藏的危险还懵然无知。她们在普伦蒂斯的诊疗室、法国总会的溜冰场、北平的电影院和百货公司、使馆区里酒店的午餐沙龙和上流社会的酒吧里与他们见面。他们私下里送便条给她们，或者在街头与她们"邂逅"，邀请她们去普伦蒂斯的公寓。那里是使馆区的中心，相当安全，且其主人是位专业人士，一位有家室的男人。

普伦蒂斯曾散布消息，称其家人是因为身体原因才逗留美国的。有关美国当局害怕他对他自己的女儿有所不利的传言，则一点都没有泄露出去。而事实是埃德娜·普伦蒂斯把三个年幼的子女都带离北平，再也没有回来。可能她无法与他离婚，但她得确保丈夫再没机会与孩子们接触。

普伦蒂斯为自己在北平开创了新生活，他成了一个花花公子，过着双面人生。也许这就是他一直想要的生活。一方面，他是正派体面的那个北平外侨世界里的一位著名专业人士；另一方面，他又是"恶土"中的常客，还举办聚会，雇用妓女来给北平的白人跳低级趣味的裸体舞。但是哪些人会来参加他的聚会呢？是某些能一手遮天，影响力足以叫停一桩谋杀案调查的人吗？

后来，普伦蒂斯瞄上了帕梅拉。经戈尔曼、奥布莱恩或其他曾在圣诞假期见过她的人提醒，他知道她已回到北平。这位牙医很可能在帕梅拉去世前一天的傍晚与她在溜冰场见过面。她可能也和托马斯·杰克溜过冰，因为一位目击者称看见她在那晚和一位矮个子男人溜冰。当然，帕梅拉已经在普伦蒂斯的诊疗室见过这位牙医了。他风度翩翩，住在溜冰场对面，家人正在洛杉矶，他经常提起他们。这人有点小钱，在白人圈子里也算地位不低。他衣冠楚楚，认识乔治·戈尔曼，也认识埃塞尔·古雷维奇——他们有共同的朋友。他过来打声招呼，也许同时向他的朋友杰克致意。这不过是个愉快的巧合。

他知道她住在哪儿，因为他曾给她父亲寄去一张上一年她接受牙科治疗的收据，且不管怎么说，倭讷都是一位名人。第二天，他派平福尔德去盔甲厂胡同联系她，告诉她当晚会有一次聚会，在六国饭店前台有一张便条等她去取，那是正式的邀请。

使馆区里的一次聚会！帕梅拉当时应该被这个念头吸引了。从天津文法学校封闭的环境和与悉尼·耶茨的不愉快中脱身后，她的圣诞假期就充满了乐趣。她之前一直很享受在北平的最后时光，且不久后她就要远渡重洋回英国，开始新的人生篇章。她很快就要把那段充斥着灰色无袖制服和篮网球的日子抛在身后，拥抱那被锦衣绣服装点的未来。帕梅拉不是完人，只是犯了许多女孩都犯过的错，犯错时的她们刚开始试着施展自己的女性魅力，开始享受独立自主的滋味，开始领略这两者的吸引力。她的悲剧在于，在错误的时间遇到了错误的人。

那天下午，帕梅拉离开了盔甲厂胡同的家，穿上刚及膝的格子呢半裙、丝袜、丝绸上衣、开衫和黑色的鞋，然后罩上一件蓝色束腰外套。她在钱包里放了一条手帕、一些钱、一张新办的法国总会溜冰场会员卡。像往常一样，她戴上自己的铂金钻石腕表。这块表是用逝去的母亲留给她的遗产买的，可以使她想起母亲。

最后，她戴上黑色贝雷帽和手套，拿起溜冰鞋，跨上自行车向南骑出盔甲厂胡同。她沿顺城街骑进了使馆区，一直骑到运河街和六国饭店。这就是帕梅拉在北平的"领地"，她熟悉这里，也很喜欢这里。

帕梅拉对普伦蒂斯的聚会邀请很好奇。反正她也要去六国饭店见埃塞尔，顺便去取那张便条也花不了几分钟。她正是这样做的。离开饭店后，她停了一小会儿来读那份邀请。这是庆祝俄历圣诞节的一个小型聚会，普伦蒂斯希望她能参加。晚会将在他的公寓（使馆大街3号，就在溜冰场对面）举办，大约在晚上八点开始。

帕梅拉散了会儿步，然后回到六国饭店。埃塞尔五点刚过就按约定到达了。这两个女孩骑着自行车穿过几条街去了古雷维奇家，跟埃塞尔的父母喝茶，然后前去滑冰。因为埃塞尔只有15岁，所以帕梅拉没有告诉她聚会邀请的事，觉得她可能理解不了。

两个女孩在寒冷的空气中，在明亮的弧光灯下，开心地滑冰；她们和共同的朋友莉莲·马里诺夫斯基闲聊。七点时，帕梅拉说自己得走了。她们以为她的意思是要回家，但帕梅拉另有打算。她并不害怕黑暗，只是厌倦了独来独往。除了学校、作业、盔甲厂胡同的暗淡灯光和上了年纪的学者父亲外，她想从生活中得到更多东西。

"我这辈子总是独自一人，"她告诉她的朋友们。

她先去见了老朋友韩守清。自从她父亲如此粗鲁地对待他之后，他们就只能私下见面了。他与帕梅拉大致同岁，和她一样是学生。虽然出身背景大相径庭，但他们关系很好。

他带她在附近的东单牌楼大街吃了顿快餐。帕梅拉很熟悉那条街，她家的厨子常去那儿采购。后来韩守清和她一起骑车回法国总会溜冰场，在那里与她告别。

那时大约是八点，聚会马上要开始了。

* * *

文特沃斯·普伦蒂斯宽敞高大的现代化公寓位于整洁漂亮的使馆区主干道上。其他朋友正陆续到来。如果这次聚会邀请的是那些常跟普伦蒂斯一起鬼混的伙伴，那么他们中应该有托马斯·杰克、平福尔德、约翰·奥布莱恩和雅什卡·奥帕里纳（奥帕里纳夫人的儿子）。

也许梁彼得（Peter Liang）也在那儿。梁先生是位财务独立的中国富人，西化程度很深。他拥有一个车队，但大部分时间泡在"恶土"的酒吧和卡巴莱歌舞厅里。人们经常看到他跟普伦蒂斯待在一起。那个聚会中无疑还有其他女士，声名狼藉的瑞安（Ryan）小姐极有可能也是到场者之一。她是使馆区一家外国贸易公司的秘书，以私生活放荡出名。传说帕梅拉死后不久，未婚夫就与她解除婚约，理由是认为她"与狐狸塔下的谋杀有牵连"①。

但帕梅拉并不知道这些人的背景，也对他们之间隐秘肮脏的关系一无所知。当时在牙医热闹的公寓里，她想必觉得很安全，而且在这些社交聚会的常客中间，她很可能觉得自己已是个大人了。

佳酿注满杯，爵士乐悠扬，人们以文雅的词句调情。在温暖宜人的起居室里，暗示接踵而来。有人提议说夜还未深，为何不找几处夜总会和卡巴莱歌舞厅，加入它们的俄历圣诞庆祝活动呢？普伦蒂斯有车，有司机，这很简单。

帕梅拉已准备好和新朋友们彻夜玩乐了。他们看上去比自己在天津文法学校的男友更久经世故。她决定一起去。约翰·奥布莱恩也去，她认识这个人，且其他男人都捧着她。也许普伦蒂斯曾答应给她父亲打电话，说他的女儿在自己的公寓里参加聚会。一切都会很顺利。这位牙医可能说自己认识倭讷，他们以前接触过，以此

---

① Document F9120/1510/10, the National Archives, Kew.

来安抚她。一切都是那么称心如意、令人兴奋。

然而，这些人不是她的朋友。帕梅拉和三个男人一起进了船板胡同 28 号，其中当然有普伦蒂斯，另外两人可能是约翰·奥布莱恩和乔·科瑙夫。卡普佐医生似乎已经等在妓院里了，身边还有下值的意大利海军陆战队士兵。

帕梅拉走进去，普伦蒂斯挽着她的一条胳膊，科瑙夫挽着另一条。她不像是受了强迫，但当时只有人力车夫一个目击证人，只有他知道她那时的情况。也许她还不知道自己身在何处；也许她知道，并且被"恶土"里贫穷堕落的景象吓坏了。

一穿过狭窄的门廊到达天井，这群人就进了右手边的一扇侧门，它通向倭讷后来看到的浴室和卧室。只需跨上五六级台阶便可到达那里，倭讷后来自己用脚丈量过。

到这时，帕梅拉想必已经觉得不对劲：没有聚会，没有卡巴莱歌舞厅，也没有俄历圣诞的庆祝活动。房间里很简陋：地板肮脏，光秃秃的灯泡亮得刺眼，只有几件家具。屋里没有任何装饰，没有居住的痕迹，却有一张大床。这卧室就是个做皮肉生意的地方。

气氛变了。如果说帕梅拉之前以为公寓里的其他人会跟过来的话，那么她现在应该已意识到自己得孤身一人应付这些男人了。随后他们试图强暴她。

他们动手时大笑了吗？他们有没有逗弄她，叫她不要再跟他们调情呢？他们之前干过许多次类似的事，已经是惯犯了。也许他们让帕梅拉干脆认命吧，干脆享受这个过程吧。也许她威胁要揭发他们，但这只是让他们笑得更起劲了。不管怎样，她能告诉谁？谁会相信著名的白人专业人士（包括一位牙医、一位意大利公使馆的医生和一位她的前追求者）会把她带到"恶土"的一处白俄妓院，并强迫她与他们发生关系呢？

他们所有人都会矢口否认；如果被抓住，他们会说她是主动献身的。对他们来说，最坏的结果无非背个风流罪过，帕梅拉却会名声尽毁。中国警察不会过问，因为这里是"恶土"，是各种罪行司空见惯之地。

但帕梅拉拒绝屈服。她本来就个性桀骜，现在爆发了。从此时起，事态一发不可收拾。她开始大喊大叫，于是辱骂变成了殴打。

男人们把她逼进角落。他们猛拉她的格子裙，裙子从侧边的扣眼处被撕开了，一直裂到下面的裙边。他们扯开她的上衣。她试着绕着房间走以躲开他们时，丝袜在家具角上挂坏了。她紧握双拳（大拇指握在手心）去打他们，想把他们赶开。很难想象她身处那间卧室时有多绝望。那房间只有一个出口，想要跑到天井还要经过浴室；即使能逃到天井，还要穿过大门才能逃到大街上，更不用说大门口还守着两三个块头更大的男人。

她尖叫起来，那天晚上 28 号所有房间里的人，包括玛丽和佩吉，都听见了。她又尖叫了一声。

也许是她的反抗和拒不屈服激怒了他们。要知道，之前的女孩最后都顺从了，他们已经习惯了手到擒来。或许他们惊慌起来，只想让她闭嘴。他们抓住她的胳膊，她在试着挣脱出来时被划伤了，因此尸检中医生们发现她小臂上有生前形成的划伤。可能就在此时，他们抽出猎刀挥舞，于是她发出最后一声长长的、极具穿透力的尖叫，28 号内外的人都听见了。

然后，为了让她闭嘴，其中一人狠狠击中她的头，就在右眼上边一点，也许用的是打斗中掉下来的一条椅腿。尸检报告曾断定致命一击是某种木器造成的。这有力的一击劈开了她的头骨，造成了严重的出血。血从她的颅腔内涌出，淹没了大脑。在两三分钟内，帕梅拉就死了，躺在"恶土"妓院里一间肮脏卧室的地板上。这个地方她本应永不涉足。

那个晚上，帕梅拉之死完全出乎这些男人的意料。叫喊、尖叫和家具损坏的声音引来了莱辛斯基夫人和妓院里的打手刘宝忠，他们跑了进来。莱辛斯基夫人控制了局面，也许她的搭档迈克尔·孔西利奥也来帮忙了。她让那些男人把尸体弄出她的妓院，弄出船板胡同。她让打手把妓女关在房间里，客人们（那些下值的海军）也不准出来。卡普佐医生正好在现场，负责让他们保持安静，否则就要揭发他们违反禁令逛妓院的行为。

面对帕梅拉躺在血泊中的尸体，男人们意识到必须想办法掩盖罪行。他们考虑了一会儿，最后决定分尸，因为刀砍斧劈后，人们就辨认不出死者是谁了。他们要肢解尸体，把尸块扔在使馆区之外，从而避免被他人怀疑或有人认出死者身份。大家会认为这是个恶魔般的疯子干的，凶手最有可能是中国人。

莱辛斯基夫人和迈克尔·孔西利奥会守口如瓶，同时会保证手下的妓女们管好嘴。卡普佐医生会确保当晚在妓院里的意大利海军陆战队士兵不乱传话。至于中国人嘛……在中国人眼里，外国人看起来都一个样，而且无论如何，没有哪个中国人愿意管老外的事。只要把尸体处理好了，他们就是清白的。

他们开始行动。这些人都是猎手，常随身携带锋利的大刀，而且之前他们也曾切开动物的尸体。首先他们为放干尸体的血切开了帕梅拉的喉咙。他们很幸运，因为卧室旁边就是浴室。谭礼士和韩世清认为只要能找到血，就能找到凶手，这种思路是对的，只可惜他们终究没能找到，因为帕梅拉的血大多顺着 28 号的浴室下水道流走了。

血流干了。然后他们把帕梅拉的尸体抬到天井的门边。他们带着一盏妓院的油灯照明，也许还从陈庆春位于地下室的厨房里额外拿走几把刀。普伦蒂斯去给平福尔德打电话，告诉他发生了什么事，让他过来见他们。

是谁提议狐狸塔是合适的分尸地点的？倭讷一直相信这个人是平福尔德。平福尔德曾经是一位中国军阀的保镖，经常在那个区域巡逻。他应该知道关于狐狸精的传说，知道狐狸塔在夜里人迹罕至。他当然知道那边没有街灯，塔下黑得伸手不见五指。巡警不会去那边巡逻；事实上，它是北平唯一无人值守的岗楼，离它最近的有警察值班的岗亭也在近半英里之外的哈德门。此外，它位于使馆区之外，是中国巡警的辖区。那是再完美不过的地方。

在船板胡同 28 号门口，莱辛斯基夫人把还等在那儿的唯一人力车夫孙德兴叫过来。那是个漆黑的夜晚，午夜已过，寒风刺骨。帕梅拉被抬上人力车，普伦蒂斯和科瑙夫坐在两边扶着她。她的衣物被披回身上，一块布盖在她头顶以遮住伤口。

孙德兴以为自己听到了她吃力的呼吸，其实那是帕梅拉的身体随人力车颠簸时，她的肺和喉咙因空气的流动而发出的声音，倭讷曾就此事咨询过一位病理学家。然而考虑到接下来发生的事，我们可以谅解为何倭讷希望帕梅拉的生命之火就是在 28 号的肮脏房间里熄灭的。

孙德兴拉着他的乘客沿船板胡同跑到顺城街，然后沿顺城街又跑到了不远处的"石桥"。随后他们穿过鞑靼城墙，经过狐狸塔，到了它另一侧的荒地。

孙德兴被科瑙夫的利刃吓跑后，普伦蒂斯和科瑙夫抬着帕梅拉穿过"石桥"到了狐狸塔下。平福尔德此时也加入进来。他们继续借着油灯灯光肢解尸体，机修师王世明、老煤炭商和驾车的库罗奇金于周五凌晨看到的就是这灯光。

　　他们把帕梅拉的胸骨切开，把肋骨向外折断。他们凭借猎手的解剖学知识干活，使用至少两种型号的刀。起初他们像疯了一样乱捅尸体，又戳又砍，反复击打左眼、太阳穴、头顶和下巴，她的脸上因此伤痕累累，阴道也被损毁了。但后来，他们已能控制自己的手法，像做外科手术一样分解尸体。对这些人来说，这跟在森林里切开动物尸体的狩猎运动没什么不同。

　　打开胸腔并折断肋骨后，他们又打开了体腔。他们取走了心脏和其他器官，从食道和小肠处把胃切下来。喉咙处有一道极深的伤口，说明他们可能试图砍下她的头，但失败了。他们也没能将她的右臂剁下来。

　　也许就在此时，他们被什么事情打断了。也许有人一不留神被狐狸精蛊惑，因而迷了路并走得太近，打断了这令人毛骨悚然的一幕。也有可能他们被库罗奇金的车灯吓到了。当时库罗奇金正沿东河沿开车过来，转过了狐狸塔的拐角。库罗奇金从坡上开过时，他们正在坡下分尸。他们应该没想到在夜里这个时候竟然还有汽车开来，也没意识到狐狸塔脚下的人其实看不到他们。还有一种可能性是，他们只是筋疲力尽了。

　　不管出于什么原因，他们在离开现场时粗心大意地把那盏灯、帕梅拉的溜冰卡和昂贵手表落下了。如果最后两样物品没有被发现，且肢解工作最后完成，要确定死者身份就会相当困难。

帕梅拉的心脏、膀胱、肾脏和肝去哪儿了呢？也许传言唯一在这点上说中了，它们可能被黄狗吃掉了。也有可能它们被扔进了恶臭的运河，也就是那条把狐狸塔、裱褙区和盔甲厂胡同分开的河。

男人们迅速离开，从"石桥"走回顺城街，进入使馆区，回到使馆大街3号。他们一回到普伦蒂斯的公寓，就清理了自己身上的血迹。牙医意识到他们可能留下痕迹，为了保险起见于第二周把整间公寓刷了一层漆。帕梅拉于周四那晚早些时候留在那儿的自行车和溜冰鞋也被迅速处理掉了，可能在北平多如牛毛的旧货市场之一被卖掉了，也可能被扔进了狐狸塔下的运河。

在警察最后敲开普伦蒂斯家的门之前，这些凶手有一周多的时间来做这些事。所有的蛛丝马迹都已被着意处理，他们除了静候外已无须再做其他。他们等待着，确信莱辛斯基夫人、迈克尔·孔西利奥和他们手下的妓女会守口如瓶，卡普佐会让意大利士兵一直保持沉默，28号的那间浴室会被彻底清理，所有可怕的遗留痕迹都会被处理，且之后整间妓院会关门大吉。他们等待着，同时获悉那对"夫妇"已经不告而别，妓女们则离开了北平，四散于中国各地，缄口的威胁将永远伴随着她们。

与此同时，帕梅拉仍然躺在狐狸塔下冰冷的地上，头朝西，脚朝东。她的手表指针仍指在午夜之后几分钟的位置。

第二十一章 永难
愈合的伤口

第二次世界大战爆发，战火经久不息，但即使是战争也未能阻止倭讷把自己调查到的证据寄给英国当局。他不仅继续给白厅的外交部、驻中国的阿彻领事和卡尔公使写信，还给通常被称为哈利法克斯子爵（Viscount Halifax）的英国外交大臣爱德华·弗雷德里克·林德利·伍德（Edward Frederick Lindley Wood）写信，同时把信抄送给外交部政务次官、第二代普利茅斯伯爵（Second Earl of Plymouth）艾弗·迈尔斯·温莎 – 克莱夫（Ivor Miles Windsor-Clive）。

至于中国这边，当时北平已没有独立公安机关之类的机构了。陈局长已被解职，离开了前门警察局，取而代之的是一个傀儡市长兼警察局长，此人对倭讷的恳求置若罔闻。

由于战时邮政服务的中断，英国外交部似乎没有收到其中某些信。但最后，白厅的某位人士于 1943 年 1 月读到了倭讷的一份报告，然后在档案的备忘录中注明：

> 如果英国驻中国的司法机关想要重建美名，对此令人发指的案件就不应再借故拖延、置之不理或有意遗忘。无论如何，全部细节必须及时公之于众。[①]

然而，倭讷的证据面临的命运正是被"借故拖延"和"置之不理"。它们被弃置在外交部的档案库里，与无数其他抵达伦敦的文件为伍。当时伦敦正遭到"闪电战"袭击，深受战乱之苦，没人在读了倭讷的来信后联系他。他的独女被谋杀一案从未重启。

就这样，她被历史遗忘了。北平的外侨现已随风四散，辗转流离到全世界各个遥远的角落。中国和日本斗得难解难分，整个世界坠入了战争深渊，战火吞噬了认识帕梅拉的人。

---

① Document F714/714/10, the National Archives, Kew.

第二十一章 永难愈合的伤口

有那么多的人曾被卷入此案，此案也反映了这个世界的命运。帕梅拉在天津的男友米沙·霍杰尔斯基加入美国空军，飞越被轴心国占领的欧洲上空执行空袭任务，后在战场上丧生。1943 年夏，盟军针对纳粹控制的罗马尼亚普洛耶什帝（Ploesti）油田发动了大规模空袭，他的飞机在行动中被击落。曾陪帕梅拉吃了她生前最后一餐的韩守清回到奉天老家，加入中国人的抵抗军。1940 年，他落入可怕的日本宪兵队之手，后被处决。

在天津，许多人仍然相信凶手是悉尼·耶茨。当这位校长和其家人被驱逐出中国后，他们甚至等不及下一班去伦敦的船，就先渡海到神户，随后去了洛杉矶。在经陆路抵达纽约后，他们最后才由海路回到英国。他们于 1938 年 3 月到达普利茅斯，无家可归，耶茨也无工作可做。他再未重执教鞭，而是低调地在牛津公立男子学校（City of Oxford Boys School）谋得校长秘书一职。他在这个岗位上一直工作到 1955 年去世，享年61 岁。

日军在北平肆虐，斯诺夫妇的激进期刊《民主》被取缔。海伦后来在回忆录中写道：帕梅拉·倭讷的"谜团从未解开，甚至连合理的猜测都没有……我虽然从未真正相信谋杀针对的是埃德加或我，但总是内心存疑"。① 埃德加的《西行漫记》于 1938 年出版，在世界范围引起轰动。而海伦自己的著作《续西行漫记》于一年后出版，记录了她在共产党基地的访问，成为一份重要的历史文献。

斯诺夫妇的婚姻关系在沦陷时期日益紧张。海伦于 1940 年回到美国，两人于此九年后离婚。她在美国康涅狄格州度过余生，于 1984 年出版自传，然后于 1997 年以 90 岁高龄去世。埃德加的事业在这场战争后达到顶峰，但之后再未重现辉煌。他起先住在美国，后来移居欧洲，一直与贫困做斗争。1972 年，他在瑞士去世。

博瑟姆督察因在北平公干时的酗酒、狎妓及污染证物等行为受到指控，回到天津后不久就被谭礼士解职。他和妻子启程回了英国。比涅茨基警长的妻子在中国北方被日本人抓住，身陷囹圄。于是他离开天津，和许多白俄一起去了仰光。他们在那里参军，加入英国军队，在战斗中勇往直前。似乎比涅茨基在 1943 年 10 月的对

---

① Helen Foster Snow, *My China Years*, William Morrow & Co., New York, 1984.

日战斗中亡于缅甸。同时，常任秘书多默思于1941年去世，享年62岁。去世时他仍然是管理使馆界事务公署的常任秘书。

韩署长的命运不详。在日占初期，他仍在莫理循大街警署任职。1938年3月，他受命调查一次针对亲日派王克敏①的刺杀，最后似乎失宠于北平警察局的傀儡局长。尽管坐在车里的王克敏当时毫发无伤，但他身旁的日本顾问被杀。众所周知，这次刺杀是奉戴笠之命，目的是杀鸡儆猴，震慑其他有意投敌之人。韩世清没能发现此案的任何证据，也没能抓到任何嫌犯来审讯。日方怀疑他为国民党工作。

倭讷一直认为韩世清收了贿赂，有意将帕梅拉之案的搜查从船板胡同28号引开。可在倭讷面前，韩世清似乎一直决意抓到真凶：他可能篡改了人力车夫的证词；然而他对28号的保护没有阻止他把平福尔德和普伦蒂斯带回警署讯问。很多人包括谭礼士都认为他是个能干的警探。1938年，倭讷在大街上与韩署长偶遇，

---

① 王克敏（1876～1945）是1937年日本扶植的傀儡政权"伪中华民国临时政府"的首脑之一。——译者注

他们草草聊了几句。当时，韩世清为终究没能为帕梅拉伸张正义而向倭讷道歉。这也是他们最后一次交流。倭讷终其一生也未能想明白此人在破案过程中表里不一的真实原因。

在 1939 年的天津事件后，总督察谭礼士发现自己走到了聚光灯下。1941 年 12 月 7 日，日军突袭珍珠港；伦敦马上宣战，站到美国一边。12 月 8 日一早，日军在谭礼士家中将其逮捕，然后把他带到维多利亚道的巡捕房，勒令他交出办公室的钥匙。日本人在天津全城围捕他的同事，把他们羁押在戈登堂，和英国高级外交官、工部局官员和军事人员关在一起。

谭礼士后来被软禁在家，被迫每天向日军汇报动向。12 月 20 日，日本人正式剥下其警服，通知他他已被罢职，然后继续将其软禁在家。他被关在位于香港道的家中，独坐愁城，而他的妻儿早已于 1939 年回到英国，当时局势尚未恶化。

1942 年 5 月 4 日，谭礼士再次被抓入了日本宪兵队总部以可怕著称的监狱。他被单独拘禁了九十四天，他们禁止他与其他狱友交流。身高六英尺多的谭礼士被锁在一个十二英尺见方的木笼子里，里面除了简易厕所

外没有其他家具。他只能在笼子周围其他囚犯的众目睽
睽之下如厕。敌人不许他梳洗刷牙，只给他干面包和水
作为三餐；面包和水甚至是分开给的，使他不能用水泡
软面包来使之更易下咽。每天他只能得到十分钟"锻
炼身体"的机会。

敌人定期拷问他，每次拷问时间都很长，他被反复
问及同样的问题。在没被拷打时，木笼里那只光秃秃的
灯泡从早到晚都亮着，使他无法入睡。许多囚犯也受到
了同样的折磨。他的笼子被安置在主要刑讯室旁，好让
他能随时听到其他犯人受折磨时的惨叫。

1942 年 7 月，气温飙升到三十七度以上的日子持
续了数周。谭礼士胡子拉碴，浑身污秽，身上爬满虱
子。他的这个样子被拍摄下来，发表在一本日本人出的
书上，书名叫《当地罪犯写真》。他和老部下比尔·格
林斯莱德一度从监狱里被拉出来，戴上沉重的镣铐，遍
体肮脏地站在一辆平板卡车上。随后日本人开车带他们
满天津游街示众，以凸显日本人的"优越性"。中国民
众停下脚步，沉默地围观这两位知名人士受辱。

谭礼士被指控从事间谍活动；他对此提出抗议，坚
称自己是无辜的。虽然被一再拷问，他仍拒不认罪，拒

不出卖前同事，就算在笼子里被饿了数周也决不松口。最后他被迫在一份供词上签字。这份供词是日文的，而且没人为他翻译。

8月初，在瑞士驻天津领事的帮助下，谭礼士被释放并被遣送回国。他当时身体极其虚弱。他被带上上海的一艘拥挤的撤离船，它将要启程前往葡属东非的洛伦索马贵斯（Lourenço Marques）。在那里他换乘另一艘船回到伦敦，到达时他已虚弱得无法站立，体重减少了三十四磅。

回到伦敦后，他已经无法服现役，于是被分配到战时食品部（Ministry of Food）做案头工作。二战后，他被派至联合国战争罪行调查委员会（United Nations War Crimes Commission），回到远东从事审判日军主要人员的工作。他手里的名单上就有那些曾在天津监禁他的人。

审判结束后，他再次回到英国，离婚又再婚，在西伦敦经营一家叫"丹尼斯"的旅店，里面有一个活跃的桥牌俱乐部。他最后在那片区域经营了数家小酒馆，人们经常看到他在诺丁山门（Notting Hill Gate）附近的切普斯托徽章酒吧（Chepstow Arms）喝酒。谭礼士于

1972 年去世，享年 75 岁。

* * *

让我们回到北平。"恶土"和船板胡同 28 号仍然勉力存续。即使战火连天、物资匮乏，这里仍有皮肉买卖和毒品交易的市场。有些外侨弃儿在这里找到出路，大赚特赚。有一段时间，白人社会底层的某些人获得了日本人的庇护，他们为日本人提供服务，日本人继续鼓励向中国人出售毒品的行为。

但是乔·科瑙夫和托马斯·杰克似乎悄悄溜走了，历史上不再有关于他们的记载。卡普佐医生在被倭讷质问后不久就回意大利了。意大利当时正与英国开战，再也没人听过他的消息。此外，倭讷或他的密探再也没能找到约翰·奥布莱恩的踪迹。最后传来的消息说他在上海法租界里过着穷困潦倒的生活。妓女玛丽和佩吉已去世，算是逃过了日本人的集中营。玛丽死于海洛因吸食过量，佩吉则在哈尔滨一家精神病院里走到了生命尽头。

莱辛斯基夫人和迈克尔·孔西利奥离开上海法租界后，去了日本人控制下的青岛，据传当时莱辛斯基已在弥留阶段。乔治·戈尔曼曾发表谎话连篇的文章来保护普伦蒂斯，后来他做了《北平时事日报》的编辑，公然成为日本军国主义的喉舌，直至 1943 年被遣返回英国。依照英国政府 1939 年出台的《紧急权力法》（Emergency Power Act）中的国防法规第 18 条 B 款，他一回国就马上被逮捕入狱了，因为该法规规定应拘留那些有同情纳粹之嫌的人。

白俄阴阳人舒拉逃过了集中营。关于他的最后一则消息说他以女性身份住在上海法租界的一家妓院里。从某种意义上说，舒拉是下层社会的一个传奇。根据上海公租界巡捕房掌握的情况，他是 1937 年初一次重大银行劫案的嫌犯，也有组织毒品走私，以及让轻信的白人女子将毒品从日占区运往上海之嫌（这类运送毒品的人被称为"骡子"）。人们还认定他是个大胆的珠宝窃贼，一个惯犯。在他漫长的盗窃生涯中，除了在北平一处监狱里待了几个月，法律的制裁之手从来就没能落到他身上。尽管曾有传言说舒拉带着一笔财富——他盗窃来的珠宝——逃到了香港，但他最终的归宿就像他的性别一样，成了未解之谜。

* * *

E. T. C. 倭讷一直留在盔甲厂胡同，直到日军轰炸珍珠港。之后他被迫搬进英国公使馆的大院。半个多世纪前他以见习翻译的身份第一次来到这里，这时他却成了难民。

随后，所有留在北平的同盟国侨民于 1943 年 3 月被日本人围捕并被赶进集中营，日方官员称，"这有利于他们的人身安全和生活舒适"①。然而，那些集中营既不安全也不舒适。倭讷和其他人被一起送到北平以南两百英里的山东省，被送进日本政府口中的"潍县民众集会中心"②。

很多外侨在日本人的要求下前往前门的火车站集合，且只能随身带一只手提箱，倭讷不过是其中一员。英国人、美国人、澳大利亚人和其他国家的侨民现在都成了贱民。他们中有学校教师、生意人和被日本人从阁楼里拖出来的瘾君子。在日本军方的命令下，他们都坐入了三等车厢。

在外侨们被赶去等火车时，北平的中国居民在日本人的胁迫下排起队，围观西方列强的势力和威望在中国跌落尘埃。其中有些外侨承受不了这种打击。一位男子

---

① Greg Leck, *Captives of Empire: The Japanese Internment of Allied Civilians in China 1941 - 1945*, Shandy Press, Philadelphia, 2006.
② 即著名的潍县集中营——译者注

心脏病发，倒毙当场，押送者们就让他躺在那里。倭讷的心脏也不太好，还被迫抛弃了他终生浸淫其中的藏书、著作、古董、传家宝和纪念品。他被迫停止调查杀害女儿的凶手，也再不能向外交部提出重启此案的请求了。

"潍县民众集会中心"之前是美国长老会传教使团的地盘，它的四面是高粱地。这里有临时营房、警戒塔、机枪岗和通了电的铁丝网，附近还有一栋爱德华时代风格①的教堂。两千名外国侨民被塞进这个拥挤的地方。这里连抽水马桶都没有，露天的粪坑臭气熏天，招来成群的苍蝇。为领食物，人们排起长队。一下雨，集中营就变成了巨大的烂泥塘，围墙倾塌，雨水从房顶漏下。营里害虫肆虐，到处是臭虫和污物。在山东，冬夜苦寒，夏天则潮闷异常。

倭讷在 47 区 K 室分到宽九英尺、长十二英尺的一张床。他的室友包括一位极暴躁的前美国海军陆战队士兵、一位名叫布里格斯的瘾君子（在集中营里，他被迫迅速戒掉了毒瘾）和一个曾在天津文法学校读书的

---

① 指受 19 世纪的设计革新影响，在 20 世纪最初十年盛行于西方建筑、装潢和工艺品中的风格，特点是明快、简洁而不失优雅。——译者注

小伙子。小伙子认识帕梅拉，但他在 K 室住的时间并不是很长。

由于年纪太大，倭讷不必劳作，还领到了一枚绿色徽章，使他在领食物时不必排队。他安顿下来后，便开始每天开讲座，这也成了集中营活动的一部分。集中营里的一位成员后来还能记起自己参加的某次讲座，题为"一位汉学家眼中的中国历史"。

集中营里鱼龙混杂——美国传教士、前海军陆战队士兵、教师和北平下层社会的几只小虾米最后被拢在一起。其中还有至少一位"恶土"妓院的鸨母和她的几个女儿（其实也在她手下接客），以及不少天津来的英国巡捕（之前在谭礼士麾下）。天津英国工部局的成员也到了这里，他们曾被召集起来处理悉尼·耶茨惹的麻烦。

潍县集中营里的大多数人知道倭讷是谁，也听说过帕梅拉。至少其中某人肯定知道，那就是同样被拘在这里的集中营牙医文特沃斯·普伦蒂斯。

普伦蒂斯一直很忙。营养不良导致集中营里牙龈炎频发。囚犯们只能把晒干的乌贼碾成粉末充当牙膏，这也造成了口腔健康问题。他用铜汞合金补牙，但对坏牙他通常还是一拔了之。他要花数个小时来踩动踏板，给钻头提供动力，或是试着给他的器材消毒。

很难想象倭讷过着怎样的艰难日子——他竟然和谋杀女儿的嫌犯被一同囚禁。后来有几位被囚者回忆起他曾指着普伦蒂斯大叫："是你杀了她！我知道你杀了帕梅拉！是你！"[①]

在其他时候，他似乎随意胡指。有些人担心他已神智不清，但大家宽恕了他的奇怪举动。他的高龄、悲惨的过去和眼下集中营里的囚禁生活让大家觉得他的行为情有可原。

普伦蒂斯本人从未对此案发表任何看法。也许他投向了宗教。可以肯定的是，他曾经送宗教书籍给来临时诊疗室看病的几个小伙子。他真的皈依了吗？还是仅在书籍短缺的情况下送人阅读材料？还是说这是他内心有愧的证明？

美国当局肯定从未信任过普伦蒂斯的人品。1942年8月，新成立的美国战时情报机构战略情报局

---

① 曾经被拘入潍县集中营的 Desmond Power 通过电子邮件向我提供了这条信息。

（Office of Strategic Services）为普伦蒂斯建立了档案，调查他在北平与日本人的通敌行为。但他们从未收集到任何可靠的证据。普伦蒂斯又一次逃脱了。

随后日军战败，匆忙撤出中国，潍县集中营中的难民于 1945 年 8 月被美军解放。那里的囚徒当时已经营养不良，身心备受摧残。集中营里的生活击垮了很多曾经养尊处优、拥有显赫社会地位的外侨。他们之前或是因为身负官职而无法离开中国，或者只是执意无视日军会入侵中国的预兆。他们被粗暴地剥夺了优越的生活、北平与天津的豪华宅院和崇高的地位。他们从未适应集中营里的生活——住在逼仄的营房中，使用恶臭的旱厕，排队领那份少得可怜的配给食物，裹着褴褛的衣物。许多上了年纪的囚犯被病魔击垮，或因觉得生无可恋而与世长辞了。

但倭讷是个例外。年届耄耋的他走出集中营，乘火车回到了北平。他回到盔甲厂胡同的旧宅，忠心的用人们仍留在那里，防止有人乘虚而入，鸠占鹊巢。

他发现自己所处的中国虽然发生了不可逆转的局势变化，但又要滑入内战的深渊。日本人退出舞台，但国民党和共产党继续拔刀相向。北平已经遗忘了帕梅拉，英国公使馆也不再记得倭讷。他又向外交部和公使馆询问了几次，但都没有得到回复。倭讷的调查结果是对英国驻中国的外交人员和官员的潜在羞辱，因为他们曾致力于结束对他女儿案子的调查，还损害了他的声誉。他们花在后一件事上的精力甚至比花在破案上的还要多得多。

于是他不再联系他们。他曾是那样固执，一定要看到杀害了帕梅拉的凶手被绳之以法。他的这份韧性终于被耗尽了吗？或者这是因为在倭讷看来对帕梅拉之死负有直接责任的普伦蒂斯已经死了吗？

离开潍县集中营后，普伦蒂斯也回到了北平。1947年7月，54岁的他死于使馆大街的公寓里。他的早逝对于倭讷也许算是一种安慰。

在整个内战期间，倭讷固执地留在北平，直到蒋介石的国民党军队开始旷日持久的撤退。最后国民党军溃败，其残部和他们的总指挥一起逃到台湾岛。1949年1月，以毛泽东为首的解放军开进北平，宣布共产党接管了这座城市。10月，中华人民共和国宣告成立，倭讷成为新中国的居民。这个新政权很快就永久关停了"恶土"里的妓院、毒窟和赌场。

1951 年 1 月，城里只剩下七十名英籍人士，倭讷是其中一员。10 月，他们的数量减少到三十人。倭讷是个顽固且有主见的人，他因为无法在中国共产党治下找到自己的位置，最后决定离开。

他回到英国，但几乎不认识这个国家了。他从 1917 起就再未回过这里。他已经没有家人在世。姐姐艾丽丝是和他关系最近的亲人，但她已于 1935 年去世。倭讷最后于 1954 年 2 月 7 日辞世，被葬在肯特郡的拉姆斯盖特 （Ramsgate）。当时似乎已经没有人认识他，也没人能够出席他简短的葬礼了。

他走过了八十九年的岁月。他经历过中国的封建王朝，那时皇帝还高踞御座；他经历过委员长统领的共和国，那时整个民族在战火中、在生死线上苦苦挣扎；最后，他看到了共产主义者一手建起的人民共和国。2 月 16 日，《泰晤士报》发布了一篇详细的讣告，介绍了他的一生，着重描写了他漫长的外交官生涯、对西方了解中国的卓越贡献和他与格拉迪斯·尼娜·雷文肖的婚姻。最后，这篇文章写道："他们的养女帕梅拉于 20 岁在北平被谋杀。"

帕梅拉·倭讷的尸体现今仍躺在北京现代化的二环

路的地底深处，躺在曾经的英国公墓里。时间的长河已流淌了七十多年，她仍像她自己曾经宣称的那样，总是独自一人。

狐狸塔仍然在盔甲厂胡同上方若隐若现，它俯瞰着从前的"恶土"，俯瞰着那片下等人曾聚居的肮脏胡同的遗迹，同时也俯瞰着古老的鞑靼城墙。在 1937 年 1 月那个滴水成冰的清晨，人们就是在那段城墙下发现了帕梅拉的尸体。现在只有那些年纪极大的北平人才管它叫狐狸塔，只有那些年纪极大的人才谈论狐狸精。几乎已没有人记得那一天了——在那一天，人们发现一位外国少女残破的尸体躺在狐狸塔脚下。

中国的神话故事说，一只狐狸精辞世时，它的身影会短暂地闪烁，然后消失不见。人们认为精怪的影响会被中和，凡尘俗世最终会自愈。伤疤会逐渐消失，直至再也不见；瑕疵和污点会逐渐变淡，直至无影无踪。生活最终会回归正轨。但这只是错觉，因为事实上一切都已改变，不会再回到从前。

关于《午夜北平》的创作

　　我在美国记者埃德加·斯诺的一部传记里第一次读到了帕梅拉·倭讷。埃德加的《西行漫记》于 1930 年代末向世界介绍了毛泽东，一度成为畅销书。他的传记里有一处脚注，提到人们在北平距斯诺家不远的地方发现了帕梅拉被肢解的尸体，而埃德加的妻子海伦对此感到十分紧张。海伦·福斯特·斯诺经常在晚上骑自行车沿那条路线独自回家。脚注中也提到了狐狸精（一种"与爱欲相关的精怪"）、帕梅拉之父曾任英国驻华领事一事，以及此案一直悬而未决的事实。

　　我抛书入睡，次日早上在我脑海里首先浮现的就是帕梅拉·倭讷的谋杀案。如果你早上第一时间就想起了头天晚上随意读到的某些东西，这通常就说明你读到的是极好的故事。

　　这个故事在我脑海里萦绕不去，于是我以当时的报纸，以及北京、上海、香港和伦敦的档案为起点，开始回溯那段历史。我了解到当时的调查工作是由北平警方和一位在中国工作的英国警探一起进行的。资深中国警探和欧洲探员的组合真是少见，且他们间的合作想必很能吸引眼球。有些文件欲说还休地暗示英国公使馆曾以官方身份干涉此案，试图不顾一切地拯救国王陛下在远东地区的政府机构的尊严。帕梅拉的尸检报告确认这是一次极其恶劣的谋杀，北平的中国人和外国侨民夜以继日地就此传播各种流言。围城日军的一次袭击本已使城里的人战战兢兢，这种心态在流言的作用下又进一步升级为恐慌。这起谋杀案似乎成为千万人将失去生命的前兆——一件暴行在城里发生，更恶劣的暴行似乎也会接踵而来。

此案的所有细节都非常有趣：一位古怪却有多姿多彩的过去的父亲，在深夜的鞑靼城中作祟的狐狸精，对不正当性行为的暗示，鸦片的气味，人们悄声传播的丑闻，以前少有提及的属于罪犯和堕落外侨的城市底层世界，自大的英国外交官别有用心的搅局，以及正义在最后令人震惊的缺席。这一切都发生在中国注定将陷入大规模战争的背景下。但不久后，帕梅拉·倭讷就被人遗忘了。

在一个寒冷的早上，在伦敦北部大英图书馆的报纸档案室里，我无意中发现了她的照片。于是我决定把她的故事讲出来。我开始写作。后来，我在邱园（Kew）的英国国家档案馆里试着把某些零散的调查资料串起来，然后又因偶然的机会在几十箱随意乱放的信件中发现一份未被列入目录的档案。这些信于 1941 年至 1945 年从北平寄出，它们曾被记录在案、确认收悉、存档待查，但后来便被遗忘了。这些信约有一百五十页，纸上的字打得密密麻麻，纸边还有写信者后加的手写文字。

我花了好些时间才弄懂这些信是什么：这是倭讷在官方调查停顿后进行的私人调查的细节。北平当时已被日军占领，但倭讷的调查揭示的东西比警探的官方调查曾发现的还要多。它解答了始终困扰着警方的某些问题和疑点，比官方讯问更能揭露事实真相。这些丢失已久的倭讷的信让我对帕梅拉一案的认知更清晰了。

在写作本书的过程中，我去了倭讷曾经工作的前通商口岸，去了上海法租界的偏僻街道（很多被告和罪犯曾在这里藏身），还去了天津（帕梅拉曾在这里读寄宿学校，谣言曾在这里流传）。自然，我也在中国的首都北京住了一段时间，试着透过它那日渐炫目的现代化外表，追寻战争和革命之前的北平留下的痕迹，如前使馆区、曾经臭名昭著的"恶土"、古老鞑靼城中的胡同和狐狸塔。令人称奇的是，尽管在过去三十年中，北京经历了大规模的拆迁和重建，但与帕梅拉的一生有关的地点及她被害那日去过的主要地点都被保留下来了。我也联系了世界各地仍在世的几位还记得帕梅拉的人，检视了每一条虚假的或被误导的线索，以及英国当局发布的每一则看似多管闲事的禁令。

我同意倭讷得出的结论；在"聚会之邀"一章中，我利用他的调查结果，重现了他女儿生前的最后一夜。从一开始，我就认为帕梅拉·倭讷不应被遗忘，这很重要；而且尽管正义迟来，我们还是应为她讨还公道。

保罗·法兰奇

2011 年 2 月于上海

致　谢

　　我重现帕梅拉·倭讷一案调查工作的依据包括医学记录、媒体报道、北平警方的报告、苏格兰场官员的信件，以及二战后由远东国际军事法庭签发并为之服务的文件（现存于新加坡）。我也利用了英国驻北平公使馆、驻天津领事馆和驻上海临时公使馆的各类文件，以及北平和天津文法学校中认识帕梅拉的人的回忆录。

　　其中最有帮助的当属倭讷给伦敦外交部寄去的大量笔记，里面详尽地记述了案件调查于 1937 年 7 月被当局正式叫停后，他自己私下进行的调查工作。我在邱园的英国国家档案馆偶然发现了这些未被列入目录的信。它们当时被放在一箱于 1941 年至 1945 年从北平寄来的各类信件中，而同样的箱子还有数十只。

　　许多专家以及北京和天津过去的居民极其亲切热心地为我提供了帮助，包括 Eric Abrahamson、Jacob Avshalomov、Michael Aldrich、Julia Boyd、Luby Bubeshko、

Dora Chun、Ron Dworkin、Robin Farmer、Jim Hoare、Ed Lanfranco、Greg Leck、Desmond Power、R. Stevenson Upton、Joan Ward、Adam Williams、Frances Wood。在此，我还要向谭礼士的儿媳 Diana Dennis 致谢。同时也要感谢 Lucy Cavender、Peter Goff 和 Alexandra Pearson 将我讲的故事的缩略版本收入了他们的文集《北京：一座城市的肖像》（ *Beijing：Portrait of a City* ）。

　　图书管理员的工作至关重要；我必须感谢以下机构的工作人员的协助：大英图书馆中文部、位于科黛花园的大英图书馆报纸档案部、邱园的英国国家档案馆、上海图书馆、香港大学图书馆、剑桥大学丘吉尔档案中心（Churchill Archives Centre）和伦敦大学亚非学院。

　　感谢中国企鹅的所有人，特别是 Jo Lusby。被指派负责此项目后，她为此投入了大量时间和精力，直到本书最终出版。同时还要感谢所有中国企鹅的员工，包括上海的 Mike Tsang。我的编辑、澳大利亚企鹅的 Meredith Rose 以外科大夫般的技巧把我的原始手稿肢解后又缝缀在一起。Arwen Summers 勤勉地编审文稿，帮我避开了许多潜在的差错。若仍有错误出现，则应完全归咎于我本人。

最后，和往常一样，我还要感谢 Lisa（Xu Ni）：她一直不遗余力地支持我的工作。我希望终有一天她能看到这种支持对我的重要意义。

by
Paul French

『恶土』北平的
堕落乐园

The Badlands
The Decadent Playground of
Old Peking

〔英〕保罗·法兰奇　著

兰莹　译

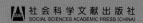

社会科学文献出版社
SOCIAL SCIENCES ACADEMIC PRESS (CHINA)

多少秘事不能宣之于口……多少奇闻只可深藏于心。

——埃德加·爱伦·坡

《人群中的人》，1840 年

世界毁灭在即；

众生依然嘈杂。

——约瑟夫·罗特，1934 年

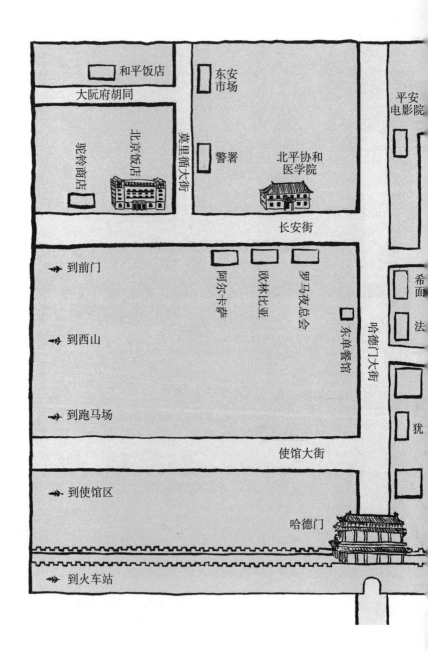

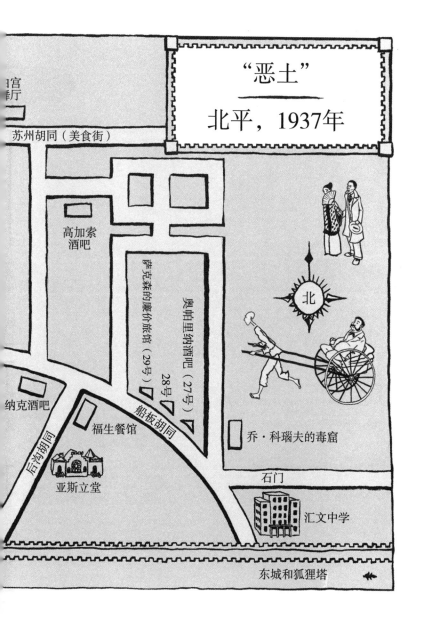

"恶土"

北平，1937年

苏州胡同（美食街）

高加索酒吧

萨克森的廉价旅馆（29号）

奥帕里纳酒吧（27号）

28号

纳克酒吧

福生餐馆

船板胡同

乔·科瑙夫的毒窟

后沟胡同

亚斯立堂

石门

汇文中学

东城和狐狸塔

北

目　录

导　言

　　1920 年代末，北平尚未解放时，一片被称为"恶土"的区域渐渐成型。它满足了城市中某群外国侨民的需要。种种娱乐方式、皮肉生意、酒精和毒品齐聚于此；人们在性的放纵和不义之财中渐渐沉沦。1941 年，这个欲望和邪恶如影随形之地就走入了末路，其存在时间极其短暂。它的全盛期在 1930 年代——奥登①极其贴切地形容那个年代为"十年低迷，正义袖手"。

　　当时，北平古老的皇城被鞑靼城墙②环绕，"恶土"就坐落在城墙东翼的内侧。1920 年代以前，此地不过是一片无人理会的荒地，只有那些守卫北平各国公使馆的百无聊赖的外国士兵在此列队操练或训练马匹。但等

---

①　奥登（Auden），英国－美国诗人，20 世纪的重要文学家之一，于抗日战争期间在中国旅行，与人合著了《战地行书》。本书脚注均为译者注或编者注，后文中不再另做说明。

②　满人入主北京后，内城非旗人不得居住，外国人由此称内城为鞑靼城（Tartar City），称内城城垣为鞑靼城墙。

到这片荒地摇身一变，成为夜生活的中心，挨挨挤挤的房屋就被匆匆建成，形成条条小巷（或称胡同）。中国投机者逐渐掌握了这里的地产，把它们出租给外国侨民；后者则开办舞场、廉价酒吧、窑子、低等旅店和餐馆。这些外侨大部分是无国可归的白俄①，为逃避布尔什维克革命来到中国；然而，欧美人也蝇趋蚁附。这个容纳了多国侨民的地区像一块吸引罪恶的磁石，夜幕落下后，它就渐渐苏醒过来。

1920年代，距义和团运动和公使馆被围困的事件已过了近三十年。北平的外国人惊魂已定，渐渐趾高气扬，从而导致了1930年代的道德崩坏。社会风气变坏，人们自我放纵，在这一切的背后，"恶土"成了一处溃烂发脓的疮。多数情况下，中国警察选择撒手不管，让这些外国人自行维持治安。"恶土"逐渐壮大，吸引了中国境内那些所谓的外国"弃儿"。于是，中国官方在这里的控制力每况愈下。即使是人心中最黑暗的欲望也可借这里的罪犯与堕落者之力得到满足，因为他们认为

---

① 白俄指1920年代因俄国革命或苏俄国内战争而流亡至中国境内的俄裔难民，主要为反对苏联政权的原沙俄官员、军官、士兵、知识分子、有产者等。

自己在这个罪窟里可以无法无天。

其他城市，尤其是上海，也自有其"恶土"。与它们相比，北平的这个"国中之国"并不算大。它由几条狭窄的胡同组成，其中最主要的是东西向的船板胡同。它同南北向的后沟胡同的交会处被公认为"恶土"的中心地带。

"恶土"北起传统美食街苏州胡同，南至高约十八米、宽约十二米的鞑靼城墙，西抵哈德门①大街，与使馆区隔街相望。使馆区自成一体，坐拥各国公使馆、欧洲风情的林荫大道和种种体面的娱乐场所。这个各国人混居的外交综合区是平静祥和、彬彬有礼的小社会，它仿佛是立在"恶土"对面的一面镜子。"恶土"并不大，因此居民相互间十分了解。他们与这几条狭窄小胡同的关系十分密切，到了共呼吸、同命运的程度。

1931 年 9 月，日军入侵中国东北。从那时起，"恶土"的居民和常客就不得不承认：他们在北平时日无多了。随着日军在占领东北后一路南下围困北平，这种

---

① 哈德门即崇文门，又称海岱门，始建于 1267 年，历经元、明、清三朝，有七百五十多年的历史。

末日感与日俱增。1911 年，清政府垮台，共和政体的中华民国成立，北平被褫夺了皇城的地位。从那时起，这座城市的气运就一路走低。随着都城被南迁至南京，北平不仅丧失了政治上的显赫地位，也因此无力抵抗日军的猛攻。

在这座逐渐陷入混乱和动荡的城市的中央，"恶土"像一朵盛放的邪恶之花。当日本侵略者兵临城下时，北平依然是军阀、共产主义者和黑帮的战场；北平城中的居民深受种种疾病之苦——天花、百日咳、肺结核、周期性肆虐的黑死病，等等。"恶土"也贡献了一种疾病——梅毒。同时，欲望的恣肆蔓延以及麻醉药和吗啡等的横行，使"恶土"本身成为北平的又一痼疾。它体现了北平在两次世界大战之间从文明社会缓慢地向野蛮社会退化。

1937 年 7 月，北平最终被日军攻陷；"恶土"却在中国殊死对抗野蛮侵略的过程中幸存并苟延残喘。到1940 年时，"恶土"的居民已经大多是那些不得不留在中国的外侨，例如因没有身份证件而无法离开的白俄，不能归乡的罪犯，离不开毒贩的瘾君子，等等。

1941 年 12 月，日本突袭珍珠港。随后，北平的同盟国侨民都被投入集中营，"恶土"的发展步伐进一步放缓。然而，这里的妓院照常营业，鸦片和吗啡也照常交易。1945 年日本战败后，"恶土"甚至迎来了短暂的复兴。1949 年，毛泽东领导的革命最终以令人难以置信的雷霆手段横扫了旧社会的一切。"恶土"从此被人遗忘，至今已有六十余年了。

但是，曾在这里居住的外侨后来怎样了呢？那些曾在这里生活和工作的白俄、美国人和欧洲人呢？看起来，他们似乎与这里曾经的罪孽一并消失了，没有留下任何痕迹。最主要的是，他们没有留下任何回忆录，我们没有收集到任何他们写下的只言片语。关于他们和他们的世界的影像记录少之又少。史料中的记载也只有零星的片段和逸事，讲述了他们在中国，在北平这座古老的城市，在皇城东部那寥寥数条狭窄胡同里的经历。

写作《午夜北平·民国奇案 1937》时，我第一次意识到了"恶土"的存在。《午夜北平·民国奇案1937》讲述了一位名叫帕梅拉·倭讷（Pamela Werner）的英国少女被无情谋杀的故事。她是著名的英国外交官、汉学家爱德华·西奥多·查尔默斯·倭讷（Edward Theodore Chalmers Werner）的女儿。当我苦苦搜寻此案留存在世的细节时，"恶土"激起了我的兴趣；同时，我发现许多读者也被它吸引。世界各地都有人联系我，向我讲述他们关于"恶土"的回忆，舞女塔季扬娜·科洛维娜（Tatiana Korovina）住在澳大利亚的女儿就是其中之一。她找到了我，讲述了她母亲令人难以置信的故事。曾在中国居住的其他白俄目前散居世界各地，他们也与我分享了他们自己的回忆、看法和长长的故事。

在今天的中国，"恶土"早已被遗忘，即使是现居中国的外国侨民群体也对其一无所知。它只存在于那些散布世界各地的耄耋老人的记忆中。他们只需一个讲述自己故事的契机，只需一个保证，即至少有一位听众对那个世界和它的居民感兴趣。积极的回馈激励我深挖不休。很明显，"恶土"的居民有好有坏，也有不幸的穷人；他们因种种原因遭到了当时北平受人尊敬的外国人群体的放逐。在我看来，他们的生活值得记录。这就是我创作这本单薄的小册子的原因。

它之所以单薄，是因为经官方证实的细节很难获取，且它们即使存在，也不过是寥寥数语。它们有时出现在警方档案里，有时现身于使馆记录中。然后，当事人就悄悄溜走，匿名潜踪，就像无法保持信号稳定的广播站发出的声音，在静电干扰下渐渐变得无法追寻。有人说，历史是由胜利者书写的；然而，"恶土"中的人多为失败者，包括受剥削者、瘾君子，还有那些隐瞒过去的经历和失败的人或是逃跑者。出于负疚或羞愧，大多数人之前未曾之后也不会讲述他们的故事；其他人则觉得自己的故事不值一提。

在这个失落的世界里，有些居民似乎没有任何可取之处。美国人乔·科瑙夫（Joe Knauf）在暴力、恐惧和毒品间周旋；鸡头萨克森（Saxen）剥削女人，视她们如草芥。尽管这两个男人没留下什么痕迹，但在同时期的人对他们的叙述中，我们可以清楚感受到他们生活中所秉承的可怕的虚无主义。

其他人留下的故事更是充满了不确定因素。布拉娜·沙日科（Brana Shazker）和罗茜·吉尔伯特（Rosie Gerbert）——北平最有名的白俄鸨母中的两位——真的恶毒到了不可救药的地步吗？那些仍然记得这两个女人的人了解她们的矛盾之处：当然，她们是卖淫业的获利者，然而最初也是这一行当的受害者。还有白俄妓女玛丽（Marie）和佩吉（Peggy），她们的职业生涯无疑十分悲惨。她们本来是密友,后来严酷的现实使她们落入不同的泥坑——一个发了疯,另一个则染上了毒瘾。

从这两个女人身上,我们可以一窥"恶土"的日常生活。我们知道至少在一个很短的时期内,她们看起来开开心心、无忧无虑。她们在莫理循大街①和使馆区的百货商店浏览橱窗,流连于城市里的外国人开的面包店、熟食店和咖啡厅。在生活陷入困顿之前,她们肯定还曾抽时间去附近的平安电影院看最新的好莱坞大片。

尽管"恶土"之名对罪犯和堕落者有很大吸引力,但这里的人也在努力为体面的生活奋斗。他们在这里恋爱、结婚、养家糊口,在娱乐业中开拓成功之路。塔季扬娜·科洛维娜的故事就是如此。这位白俄女孩熟谙该地区的门道,但并没有被同化,没有染上恶习,而是与自己的爱人成婚生子,最后离开中国,幸福终老。

尽管可怕的事情——如自杀、谋杀、战争和拘留——时时发生,但日常生活的喧嚣忙碌仍在继续。倒夜香的苦力在清晨穿街过巷;当地美食和路边摊的香气

---

① 袁世凯称帝后,为感谢他的外籍政治顾问乔治·厄内斯特·莫理循(George Ernest Morrison),将王府井大街更名为"莫理循大街",并在大街南口立起英文路牌"Morrison Street"。

从苏州胡同飘出；无轨电车的叮当声和黄包车夫踏上行车道时节奏分明的脚步声汇成背景音乐。在"恶土"的中心，也就是船板胡同和后沟胡同的交会点，妓女、乞丐、毒贩、鸡头和为夜总会揽客的人都聚集着，等待客人光顾。一位从前的居民回忆称，站在这里，抬头就能看到北平夜空中的繁星。即使在此等混乱污秽之所，也有这样平静美好的时刻。

在那短短几年中，一进入暗夜，"恶土"就一下子变得鲜活起来，日出后又归于静寂。那些日子似乎是人们的错觉，虚无缥缈而再难追寻。在这种背景下，那个被大家公认为"恶土之王"的人成为一个谜也是理所当然的。人们称这位难辨雌雄之人为"舒拉"（Shura）。在有些人的记忆里，他不过是个俄罗斯浪子，脸上挂着动人的微笑，身怀奇闻秘史；另外一些人则认为他是一位绝顶聪明的犯罪大师，在"恶土"的各行各业（从卡巴莱歌舞厅、妓院、毒品交易到银行抢劫）中都能插上一手，从而积聚了大量财富。事实真相则似乎介于两者之间，因为"恶土"中处处都有夸张的谣言和捕风捉影的八卦。

有些构成"恶土"的老旧胡同现在仍然存留，它们被夹在北京现代化的马路间，深受交通阻塞之苦。有些胡同的历史可以追溯到 14 世纪以前，但船板胡同和后沟胡同出现的时间不会早于 1920 年代。它们第一眼看上去平淡无奇；然而如果靠近细看，人们就会发现它们的建筑和石雕工艺有二三十年代的风格。有些建筑物堪称现代主义艺术，中国的建筑业从业者在修建它们时借鉴了西方的风格和繁复华丽的手法。

　　船板胡同和后沟胡同的景象已完全不同于昔日。现在，那里的居民对于他们所在街区声名狼藉的过去一无所知。如今，这里几乎成了在京外地人的家园，他们拖家带口，从全国各地来到首都，希望打拼出一片天地。廉价旅馆接待外省来客；售货亭向野心勃勃的生意人出售移动电话号码；一家打印店只用几分钟就能为你制作名片。这里有理发店、烟草店，还有提供各地特色餐饮的廉价餐馆，缓解了新移民舌尖上的乡愁。船板胡同里，在昔日奥帕里纳（Oparina）夫妇的酒吧、布拉娜·沙日科的妓院和鸡头萨克森的廉价旅馆对面，现在坐落着一所现代化的学校，它有着宽敞的操场。这是一个友好的社区，虽然生活空间局促，但居民们看起来很开心且无限乐观，就像现代化的中国本身一样。

除了遍地开花的奇特建筑之外，还有很多事物可证明这个地区的历史积淀。被称为"希望之岛"的亚斯立堂①仍然对外开放，就像在过去"恶土"仍然繁盛时一样。这片老旧房屋的北部边界苏州胡同仍然是人头攒动的美食街。这里的煎饼、油条、辣面条的价格和当年的"恶土"差不多。从前，附近的居民在通宵享乐或工作后，常在这里填饱饥肠。

然而，无论是这点历史的遗留，还是那些经历了"恶土"黄金十年的居民，抑或是那些熬过十年日占期和战争的幸存者，终会消逝于岁月长河中。关于那个世界的记忆仍然飘荡在那几条狭窄的胡同间。我希望在它们随风飘逝之前，后文中的故事可以重现旧时北平的"恶土"，展现它的喜怒悲欢。

---

① 　亚斯立堂即北京基督教会崇文门堂，始建于 1870 年，是美国卫理公会（美以美会）在北京乃至整个华北地区建立的第一所礼拜堂。它当时被命名为亚斯立堂，是为了纪念美以美会第一位赴美洲传教的主教亚斯立。

舞女

塔季扬娜·科洛维娜如何
变成了莉莲

1930 年代末，"恶土"里廉价小旅馆的老板们常常发现某位短租客人因头天晚上吸毒过量而死在房间里。没人知道这是有意为之还是无心之失。总之，老板们学会了先掏空房客的腰包，以偿付当天的租金，然后才叫来救护车。冬日里，妓院和酒吧的所有者们在打开门时，可能会发现某位"恶土"里的俄罗斯老乞丐被冻僵的尸体，它可能属于某个身无长技的原沙俄军官，或是某位老得无法出卖色相的孀居妇人。

自杀事件也屡见不鲜。身无分文者放弃了与贫困的战斗；沦落风尘的人认为自己遭遇悲惨，生不如死。廉价烈酒，特别是穿肠毒药萨摩根（*samogon*，这是一种在后院里非法酿制的伏特加），使人脾气火暴，常常引发决斗，然后就会有某个男人因腹部中刀或头部中弹而亡。许多人在"恶土"走向了生命最后的归宿，且在此之前未再离开"恶土"。在他们逐渐下行的生活轨迹上，"恶土"是最后一站。

新生命仍不断地来到这里。后沟胡同的亚斯立堂是中国内地会①的大本营，由好心肠的美国卫理公会传教士打理。他们每周都会在亚斯立堂发现一到三个白人婴儿在夜晚被丢弃在门前台阶上。孩子们身上别着纸条，上面写有乞求怜悯和宽恕的俄文字句，因为这些婴孩的母亲没法自己养育他们。传教士们收留了这些孩子，竭尽全力地照顾他们。因此，亚斯立堂渐渐被人们称为"希望之岛"。

"恶土"不是什么好地方。在这个残酷之地，人命十分廉价。但对某些人来说，这里的生活激动人心，还能找到志同道合的人。塔季扬娜·科洛维娜就是其中一个把这里当成家的人。她是个非常漂亮的白俄女孩，于1919年生于上海。她的父母为逃避布尔什维克革命，

---

① 中国内地会（China Inland Mission）是英国牧师戴德生（James Hudson Taylor）1865 年创建的基督教差会组织。

于 1917 年来到中国并在此谋生。她的外祖父曾是沙俄子爵库达谢夫（Kudachev）领导下的俄国驻京公使馆的代表，俄国革命后他滞留在了中国。

塔季扬娜（家人叫她塔妮娅）受过良好的教育。她也喜欢音乐。她曾与父母一起去南京路市政厅听上海的白俄交响乐团的音乐会，这对她来说是一种特别的享受。1922 年，俄罗斯芭蕾舞蹈家安娜·帕伏洛娃（Anna Pavlova）在她的第一次东方巡演中造访了上海，表演了《垂死的天鹅》。塔季扬娜的母亲和城里许多人一样，因此狂热地迷恋上了芭蕾。她把女儿送到俄国侨民乔治·贡恰罗夫（George Goncharov）那里上舞蹈课，这位老师在布尔什维克革命前是莫斯科芭蕾舞团波修瓦（Bolshoi）的成员。塔季扬娜有一个同学兼朋友名叫玛格丽特·胡卡姆（Margaret Hookham），大家叫她佩吉（Peggy）。

芭蕾舞在上海风靡一时，这两个女孩都被带去观看著名的加利福尼亚州丹尼肖恩舞蹈学校（Denishawn Dance School）演出团表演的一出特别的东方剧目。她们也欣赏了一些现代舞蹈家的巡回表演，如艾尔玛·邓肯（Irma Duncan），她是伟大的伊莎多拉·邓肯

（Isadora Duncan）的养女和被保护人。佩吉·胡卡姆的爱尔兰裔父亲为英美烟草公司（British American Tobacco）工作，她的巴西裔母亲则有无可挑剔的美貌。后来，佩吉在十几岁时被送到英国的芭蕾舞学校学习，塔季扬娜一家则在当时搬到了北平。

佩吉在伦敦师从妮内特·德瓦卢瓦①，继续学习舞蹈。佩吉加入了英国皇家芭蕾舞团，经常在萨德勒韦尔斯剧院②演出，那时她已更名为玛戈特·芳婷③。塔季扬娜·科洛维娜则在北平利用一切时间练习跳舞。她加入了当地的歌舞团，在"恶土"的各个场地演出，并更名为莉莲（Lilian）。

舒拉·吉拉尔迪（Shura Giraldi）的歌舞团规模不大，成员在最多时也只有六个女孩和一个俄罗斯吉卜赛吉他手，然而它在北平为数不多的歌舞团中是名气最响的。有人说（或者更准确一些，他们偷偷说），考虑到

---

① 芭蕾舞界的传奇人物妮内特·德瓦卢瓦（Ninette de Valois）夫人是英国皇家芭蕾舞团的创建者。
② 萨德勒韦尔斯剧院（Sadler's Wells）是伦敦最负盛名的舞剧院，有着三百多年的历史。
③ 玛戈特·芳婷（Margot Fonteyn）于1956年获女爵士头衔，曾任英国皇家舞蹈学院名誉院长。

它的金主是臭名昭著的白俄阴阳人舒拉·吉拉尔迪，也就是各行各业都要插上一手的"恶土"中的无冕之王，它达不到这样的高度才是不可能的。歌舞团在"恶土"边缘最好的俱乐部定期演出，如白宫舞厅（White Palace Ballroom）、法国风情的小酒吧马纳克（Marnac）、阿尔卡萨（Alcazar）、欧林比亚①和罗马夜总会（Roma Nightclub）。后三家演出场所离得很近，分别坐落在长安街3号、5号和9号。这条大街沿线闪着霓虹灯招牌，像是微缩版的百老汇不夜城，且与莫理循大街上时髦的百货公司、电影院和酒店相距不远。舒拉的歌舞团也在"恶土"的曼哈顿夜总会表演过，那里是驻北平的美国海军的心头好，他们还要求欣赏好莱坞和百老汇最新的演出。

歌舞团也承接堂会演出。中国的富人喜欢在宴会上使用金银餐具，同时还需要外国舞女来为朋友和商业伙伴助兴。日本人（舒拉对他们了如指掌）会把整个白宫舞厅租借给舒拉，让他手下衣着单薄的女孩们上台表

---

① 欧林比亚（Olympia）为意大利汽车商米纳修建的三层小楼，一楼为电影院，二楼为意大利餐厅，三楼为歌舞厅。新中国成立后此地被改建为青艺剧场。

演，以取悦那些愿意与他们勾结的中国人。

舒拉歌舞团里的女孩都意志坚定、精力出众。她们都是专业的舞者，所有人都在白俄人的芭蕾舞学校里接受过训练。她们进步神速；无论脚如何酸痛，她们的脸上永远保持微笑。她们不仅在北平演出，还在外地巡演。在上海，她们与当地最出名的外国舞蹈团百乐门宝贝儿（Paramount Peaches）同台献艺，后者因其舞蹈指导乔·法伦（Joe Farren）而闻名。法伦既是一位舞蹈家，又经营着一家赌博俱乐部。从某种意义上说，他是远东地区的乔治·拉夫特①。他是从维也纳的犹太人贫民窟来上海淘金的。

几年之后，法伦将同上海最残暴的黑帮成员和日本人发生冲突。然而在 1930 年代晚期，他是上海的夜生活之王。在公租界和法租界的夜总会，如仙乐斯、百乐门、逸园舞厅，法伦一手组织起各种娱乐活动。这些传奇般的夜总会光彩照人，使北平那批规模小得多的同类场所相形见绌。法伦的演出通常以最经典的剧目、最美

---

① 乔治·拉夫特（George Raft）是美国电影演员、舞蹈家，以出演犯罪片里的黑帮成员而出名。

丽的女孩和最豪华的行头著称。

舒拉的女孩的服装以及她们演出的剧目多模仿百老
汇的音乐剧，或是声名远扬的齐格菲尔德①和他的讽刺
剧。塔季扬娜以她模仿玛琳·黛德丽②的行头和剧目通
杀全场。她的声音轻快而抑扬顿挫，犹如小鸟的鸣叫。
她常常叼着一支抽到一半的香烟，它摇摇欲坠地挂在她
唇边。北平的观众从未见过这样的中欧典雅风度和十足
的性感。

巡演停留的其他城市多在东北和俄国流亡团体的聚
居地，如天津、寒冷的工业城市奉天③（它靠近朝鲜的
日占区），以及距苏联国界不远的哈尔滨（白俄观众最
多的中国城市之一）。1930 年代，俄式的娱乐节目十分
盛行，吉卜赛爵士乐、俄式三弦琴之音、流亡者的思乡
哀歌等与百老汇的最新歌曲和好莱坞的舞蹈剧目混合在
了一起。整块大陆上的外国观众和西化的亚洲人都渴望

---

① 齐格菲尔德（Ziegfeld）是美国音乐剧历史上成就非凡的音乐剧
　制作人，他制作的数量众多的剧目促进了美国百老汇艺术的繁
　荣，有些音乐剧，如《演艺船》，甚至是划时代的作品。
② 玛琳·黛德丽（Marlene Dietrich，1901~1992）是好莱坞著名影
　星，好着男性服装，曾以此引领时尚潮流，其形象代表着高雅
　和性感的完美结合。
③ 沈阳旧称。

看到这些文艺表演，因此剧团的巡演路线远至东京、横滨、马尼拉和槟城。

剧团成员过着浪迹天涯的生活。他们坐在装满行头的卡车里，睡在宿舍厚重的床垫上。为防跳蚤，每张床的床脚都在煤油罐里浸过。演员们在狭小的后台房间里化妆，把油彩涂在脸上；她们从厦门坐轮船去瑞天咸港，在甲板上还要排练新舞。在遥远的中国港口，如威海卫、烟台和亚瑟港①，舒拉·吉拉尔迪歌舞团是造访当地的演出团体中最时尚的。

在路上漂泊的生活确有其妙处。女孩们喜欢新加坡卡巴莱歌舞厅中的深夜，那里的白人男性带着文雅的欧洲口音，把鸦片卷在香烟顶端吸食。在横滨，观众向她们投掷的钞票如雨点般落下。缺点也不是没有的：在巴达维亚②，孤独寂寞的荷兰咖啡种植园主频繁地求欢示爱，来自吉隆坡的不受异性待见的英国橡胶种植园主也会笨拙地试探，她们常常不堪其扰。然而，回到北平东城的大本营后，她们会睡到很晚才起身，然后与宣称永

---

① 西方对大连旅顺口的旧称。
② 印度尼西亚首都和最大商港雅加达的旧名。

远爱慕自己的男士共进早餐。

* * *

塔季扬娜在 16 岁时加入了歌舞团。舒拉·吉拉尔迪亲自面试了她，并给她起了艺名"莉莲"。他给她的第一印象是：一个瘦削的男人，足似金莲（相当出名的外貌特征），齿若编贝。他的衣饰总是一丝不苟，头发用发油抹得光滑平整。他掌管着歌舞团，但把彩排和编舞的工作委托给另一个白俄男人。在俄国革命以前，这个人在家乡经营了几家著名的卡巴莱歌舞厅。

在塔季扬娜的记忆中，舒拉是一个和善的人，对女孩们十分尊重，从不对她们动手动脚，这在卡巴莱歌舞厅的老板间很少见。舒拉在跑马场①附近的西山有一栋房子，出门就可以看到赛道。外国人喜欢在那里饲养矮壮结实的蒙古马或举行赛马，中国人则前来下注。有一次，因政治局势吃紧，塔季扬娜和其他女孩一起暂时离

---

① 北平也有自己的传统赛马活动。不过，作为正规竞技项目的西式赛马在第二次鸦片战争后才传入。进行这项运动的主要是驻华外国人。为此，他们在西郊开辟了一个跑马场。

开城区来到此处休整。当她把视线从她正在修剪的指甲上移开并抬起头来时，她在这栋房子里看到了一位绝世佳人，此人身着长裙，从楼梯上款款而下。那就是舒拉，他和"某位大人物"有个约会，所以把自己装扮成这样。多年以后，塔季扬娜已远离了北平的"恶土"，她向年幼的女儿描述了当时的场面。

这是她第一次意识到舒拉那有名的雌雄难辨的特征。歌舞团里的其他女孩对"恶土"的掌故更为谙熟，她们取笑她的天真烂漫。舒拉是个阴阳人，外国富商和中国军阀都对他极尽追捧之能事。这次西山之行后，塔季扬娜就对以下情景见惯不怪了：舒拉穿着如水般流动的紫色晨衣亮相，和歌舞团成员闲聊，啜饮因加了糖浆而浓稠得粘牙的利口酒。

罗马夜总会是舒拉·吉拉尔迪歌舞团定期演出的场所之一。它属于乌戈·卡普佐（Ugo Capuzzo），一位定居北平的著名意大利医生。这家夜总会恰好坐落在"恶土"之外，风格几乎堪称高雅可敬。这里有时也放映电影。塔季扬娜一直很喜欢为这里的观众表演，因为他们的身份更高，艺术鉴赏力也更好。她觉得自己喜欢这里的经理罗伊·朱（Roy Tchoo）。他是中英混血儿，只比她大几岁，正在"恶土"的商业世界里闯荡。

罗伊的父系血统相当优秀：他的祖父曾是总理衙门的高级官员，总理衙门是清政府中主管外交事务的部门；他的姑外祖母闺名朱其慧①，思想时髦独立，在当时很有名气，与袁世凯政府的财政总长（曾短时间任总理）熊希龄②成了婚。袁世凯被称为"中国的马基雅维利"，曾冒失地于1915年登基称帝，并于不到一年后死于肾衰竭，死时年仅56岁。罗伊的父亲是一位民族主义者，曾于牛津大学学习。在那里，他遇到了一位英国女子。当时人们鄙夷跨种族婚姻，但她冲破这种社会风气的阻挠嫁给了他。罗伊生于伦敦。他们一家后来离开英国，前往日本，加入孙逸仙医生创立的同盟会，支持中国革命党人的起义。

罗伊持英国护照，大家认为他英俊而富有魅力。鉴于其地位和家庭背景有一定影响力，他受到的不公正待遇可能不像其他欧亚混血儿那样严重。但在当时北平的

---

① 沅州府太守朱其懿（江苏宝山县人）的妹妹，生得十分美丽且才学极好。

② 熊希龄（1870~1937），民国时期的著名教育家、社会活动家、实业家和慈善家，北洋政府第四任国务总理，杰出的爱国人士。

外国人团体中，最不在意血统和种族划分的地方就是
"恶土"了——那里的居民自成一体，利益至上。无论
怎样，塔季扬娜爱上了罗伊并在18岁时嫁给了他。罗
伊是个时髦人物。他骑着摩托车载着塔季扬娜穿梭于
"恶土"的大街小巷，塔季扬娜则紧搂着他，他们身
后是摩托车留下的一道烟尘。他们骑着摩托车在北平
城里无所不至——高至西山，远至跑马场，一路引人
注目。

在一年后的1938年，他们有了女儿西尔维娅，后
来她去了三条胡同的圣心女修院的学校读书。这所学校
由玛利亚方济各传教修会经营，学校里同时还有一所孤
儿院。二十年前，英国外交官倭讷和其妻格拉迪斯·尼
娜（Gladys Nina）从这里收养了一个被抛弃的白俄女
婴，给她起名帕梅拉。倭讷一家住在使馆区那片享有特
权的"国中之国"附近，与"恶土"仅有一墙之隔。
然而，无论从哪方面来讲，两地的境况都不啻云泥之
别。帕梅拉聪明，爱闯祸，喜欢玩乐。在1937年1月
的一个寒冷的夜晚，19岁的她被残忍杀害，然后被扔
在了城墙之下。

塔季扬娜和罗伊知道"恶土"能够残酷到何种地

步。虽然他们在那里的娱乐行当中谋生，并从中受益匪浅，但危险也如影随形。西尔维娅一天天长大，她的妈妈警告她要同那片地区的某些人保持距离——塔季扬娜知道那些人不好惹。她和罗伊搬到这个不道德之地的边缘地带，目睹了缺乏警力的"恶土"上的那些放纵过分的行径。他们清醒地认识到：这个地区是某些真正邪恶疯狂之人的避风港。1939 年，有人逼迫罗伊在罗马夜总会放映日军的宣传电影，但他以自己是英籍人士为借口拒绝了。当天晚上，夜总会被一把火烧为平地。纵火犯逍遥法外，日本宪兵队的搜寻则敷衍了事。

珍珠港事件后，塔季扬娜、罗伊和西尔维娅被遣送至位于北平以南大约三百公里的山东省，并被投入了日军为同盟国侨民设立的集中营——"潍县民众集会中心"①。这个名字听起来倒是人畜无害。在这里，他们与其他许多北平的外侨待在一起，各阶层的人混杂共居；使馆区的银行家和外交人员与来自"恶土"的妓

---

① 太平洋战争爆发后，日本为报复美国限制日裔美籍人士在美国本土活动，于 1942 年 3 月在山东潍县乐道院设立了外侨集中营，关押了 2008 名欧美侨民（后来交换战俘时释放了 500 名），包括 327 名儿童。

女、皮条客和小贼一起排队，鱼贯进入集中营。

当那些更可敬的外侨看到他们混迹于"恶土"上的同胞时，感到非常震惊。有一个"被毒瘾玩弄于股掌之间的可怜虫"被日军直接从"恶土"里的鸦片窟中拎出来送到了潍县。同行之人形容他"脸色苍白得像鬼，身体单薄得像纸片，衣服脏且破，胡子凌乱，肤色青蓝"。这类人是"恶土"中的"弃儿"，常年深居简出，冒险范围几乎从未超出过苏州胡同、哈德门大街或鞑靼城墙——"恶土"对他们来说就是整个世界。

在到达山东之前，塔季扬娜一家待在拘留所里，对他们来说这是段十分悲惨的经历。当他们如牲畜一般被驱赶到前门火车站时，一个男人从围观的中国人群中箭一般地冲出，抢走了塔季扬娜手里的小旅行箱。旅行箱里有全家人的大部分照片、珠宝，以及结婚证明和出生证明。然而，日本人挡住了罗伊，不让他去追那个小贼。

全家人一起坚强地在集中营里设法生存，到1945年时终于被美军解放。在那之后，塔季扬娜、罗伊和西尔维娅回到了北平东城，打算重新过之前那种日子。他们发现，现在的"恶土"不过是从前那个"恶土"的影子而已。罗伊接管了长安街上原罗马夜总会隔壁的欧林比亚歌舞厅和曼哈顿夜总会，也就是北平的美国海军和飞虎队（他们前来增援战时的中国空军）喜欢的两个消遣之地。通过帮约瑟夫·亚瑟·兰克（J. Arthur Rank）的工作室在华北、东北和内蒙古发行电影，罗伊还能挣到些外快。

然而，"恶土"的日子屈指可数了。1949 年内战结束后，朱家人实际上被软禁在家长达四年之久。最后，他们于 1954 年逃到香港。家族里的其他成员就没有这么幸运了。罗伊的一个兄弟在"文化大革命"期间身陷囹圄，最后在北京去世。他所有的有纪念意义的遗物，以及他手中关于塔季扬娜、罗伊和"恶土"的照片，都被扔到屋前的院子里，然后被付之一炬。

罗伊和塔季扬娜并未带着年幼的西尔维娅在香港定居，当时香港不过是供大多数逃离中国的欧洲难民短暂停留的地方。他们在这里乘船前往澳大利亚，这也是他们许多同胞的目的地。白俄团体在悉尼、墨尔本、布里斯班逐渐壮大，今日仍然在那里生活。塔季扬娜和她的家人在墨尔本定居下来。

经历了香港的混凝土丛林、潍县疯狂而有悖人性的集中营、"恶土"人头攒动的后街背巷，以及她的出生地，也就是之前亚洲的最大城市之一上海后，塔季扬娜在澳大利亚的广阔天地和新鲜空气中终于获得了完全的解脱。她喜欢那里的气候；罗伊喜欢那儿的自由；西尔维娅则终于能在一个稳定的环境里成长，远离战争、革命或"恶土"的兴衰起落。

塔季扬娜模仿秀兰·邓波儿

塔季扬娜的水手服造型

塔季扬娜模仿黛德丽的吸烟造型

塔季扬娜在樱花丛中

塔季扬娜和罗伊在北平庆祝
圣诞节

塔季扬娜于"恶土"骑上罗伊的摩托车

鸨母

布拉娜和罗茜出场

布拉娜·沙日科和罗茜·吉尔伯特从刚到中国时起就彼此认识了。她们有着相似的可怕经历。她们都是来自比萨拉比亚（Bessarabia）的俄罗斯－波兰混血儿，这个地区现在被摩尔多瓦和乌克兰分而治之。她们都曾在家乡被帅气的男人诱拐到伦敦。在伦敦滑铁卢火车站附近的肮脏公寓里，她们都遭到了轮奸。

随后，她们被送到伦敦东区的妓院里接客，并于同时得知自己的工作地即将随着大英帝国的贸易路线转移至东方。她们的故事在 19 世纪末那些贫穷的东欧女孩间不足为奇——她们不过是声名狼藉的"白奴贸易"中的两个受害者而已。

新的世纪到来了，日子却没有变得更好。第一次世界大战和沙俄的崩溃使白人流亡者如潮水般涌入中国。他们大多身无长物，两手空空。1920年代早期，有大批俄罗斯妓女出现在北平、天津和上海。当时，布拉娜和罗茜接一个客人的收入还不到1美元。

她们在年轻时也许曾是被贩卖的猎物，但之后她们就沿食物链一层层向上攀登。她们有了自己的生意，最后发展到自己掌有一间妓院。布拉娜的妓院开在天津，那座位于中国北方的熙熙攘攘的大城市；罗茜则在北直隶湾的营口奋斗，那里是一个小型通商口岸。据说布拉娜很有头脑，懂得如何取悦顾客，以及如何拉拢警察和官员。她的妓院开在英租界的博罗斯道，在那里，有头有脸的天津客人从来不需要花费一分钱。于是，她的事业一向顺风顺水。

布拉娜唯一的竞争对手是桑格（Sanger）姐妹，她们是出生在波兰的犹太人。在1904年日俄战争爆发后，她们就来到中国做起了这门生意。人们都知道姐妹俩让自己的亲生女儿同买来的法国和比利时的姑娘一起在妓院工作，她们的丈夫则做些体力活，所以这是家族生意。桑格姐妹在日军控制的亚瑟港还有一家廉价酒吧，专门接待俄罗斯水手。这家酒吧就在海河在北直隶湾的入海口的对面。她们还有一个姐妹回到欧洲，为她们的生意物色女孩，并在法国鸡头的协助下，从马赛把女孩们偷渡到天津。

桑格姐妹的妓院是大家公认的龌龊低等、充满梅毒病菌的下水道，最好留给水手们享用。布拉娜对经营这种地方毫无兴趣。尽管她自己的妓院也没有好多少，但她有自己的原则。布拉娜手下的女孩只要染上了毒瘾，或有点嗜酒的倾向，或染上梅毒，或欺骗了客人（除非事先得到允许），就会被赶出去，没有任何条件可讲。拜布拉娜和当地执法机关的良好关系所赐，她们会被赶出博罗斯道，被赶出通商口岸，或被赶上随便去哪儿的一辆火车，总之就是让她们有去无回。如果有谁胆敢无视布拉娜·沙日科回到天津，其下场很可能就是死亡。现在，她正琢磨着向北平扩张事业。

摆在布拉娜面前的难题是，北平与天津完全不同。天津是通商口岸，那里的巡捕和政客都是欧洲人，只要适当妥协，她就可以和他们搞好关系。天津的中国人也很和善。布拉娜跟他们也有很多生意往来，特别是为数不多的几位北方军阀，他们喜欢不时光顾她的生意，找几个白人妓女换下口味。然而在近来一段时间，布拉娜很少看见他们了。他们要么被杀，要么见风头不对就摇身一变成了"爱国人士"，要么退休隐居了。她的顾客中还有一批俄罗斯老人——他们做过雇佣兵，在东北随军阀们征南讨北。然而到1937年时，他们也步入老年，满身疲惫，或是去世了。

与博罗斯道相反，"恶土"由懒散的中国警察维护治安。妓院在那里总是出乱子。迈克尔·孔西利奥（Michael Consiglio）曾于美国海军服役，他和他的"妻子"莱辛斯基夫人（Madam Leschinsky）在船板胡同里有一处妓院，他们觉得自己已经受够这一切。此外，大家都知道日本攻占北平只是个时间问题，要想活下去，就必须处理好与日军的关系。孔西利奥与驻天津的美国海军仍有联系，急于把生意转手的他听说布拉娜·沙日科正打算进军北平，于是向她报了一个极低的价格。

布拉娜在天津也跟日本人打过交道，发现他们对白人女孩很感兴趣；且他们虽然不愿在价钱上做任何让步，但作为客人也算得上爽快。布拉娜知道如果自己要在"恶土"做生意，最后就还是必须应付北平的日本人。然而孔西利奥给出的价格实在是太有诱惑力了，她无法拒绝。1937年，她接过了船板胡同的租约。

不管别人怎么看，布拉娜还是认为自己是有些身份的：作为一位老派的妈妈桑，她不是妓院里满嘴脏话的老板，而是精于世故的鸨母。她知道，想要在野蛮混乱的"恶土"中争得一席之地并将生意发展壮大，就必须找一个帮手。于是，她想起了北方亚瑟港的好友罗茜·吉尔伯特。布拉娜需要一位懂得用铁腕手段经营生意的鸨母，而她的经验告诉她，罗茜·吉尔伯特在这方面一向可靠；机缘巧合的是，罗茜那时正打算离开亚瑟港，另找一份工作。

于是两人一拍即合。布拉娜·沙日科以很低的价格得到了经营场所和员工，罗茜则南下北平处理日常事务。布拉娜住在和平饭店最好的套间里。和平饭店是一栋西式风格的建筑，在上等人常去的大阮府胡同里享有上佳位置，相去莫理循大街不远，距使馆区也只有一射之地。这家饭店最初被称为"电报饭店"，因为大北电报公司①的工程师住在这里。该公司建起了北平的首套电报系统，把这座城市与外面的世界连接起来。

---

① 大北电报公司又称丹国大北电报公司，是来自丹麦、挪威、英国、俄国等国的资本在中国合设的电信机构，总公司设在丹麦首都哥本哈根。

布拉娜搭乘仅有头等车厢的火车（所谓的"国际列车"），在船板胡同和博罗斯道间来回奔波。她告诉自己在天津的忠实顾客：布拉娜在北平开分店啦，就像天津马场道的起士林冰激凌店在各地开了分店，或是惠罗百货公司在上海、加尔各答、香港有多家分店一样。布拉娜·沙日科保证两地妓院的女孩都是漂亮、健康的（只要不近看）。

两处生意就意味着收入翻番，且万一其中某家停业了，财政危机也会因此不那么严重。布拉娜还可以让女孩们在两地串场，以保持顾客们的新鲜感。现在布拉娜像她在天津的对手桑格姐妹一样，也拥有了一排房子。这真是一笔好买卖。

只有一点不如人意：在某种程度上，罗茜是个我行我素的人。她迅速离开亚瑟港是有原因的。她手下的一个女孩因重伤而死，其尸体的发现地离罗茜住处不远。大家恰好都知道这个女孩正在攒钱为自己赎身，她手里有价值约8000银圆的珠宝和7000美元的现金。警方搜查了罗茜的住处，在她的床头柜里找到了珠宝和现金。

罗茜对这批东西出现在自己家中一事似乎并不太吃惊，她声称自己只不过是在帮那个女孩保管它们罢了。

然而，只有最纯朴的亚瑟港市民才会相信罗茜完全与此案无关；为了让警方放她一马，她付了一大笔封口费。警方坚称，她必须在二十四小时内离开亚瑟港，不得再回来。她身无分文，无家可归，只好重操旧业，去做妓院的经理，这是她唯一懂得的营生了。布拉娜·沙日科给她提供的在"恶土"工作的机会真是太完美了。

罗茜最大的缺点在于她那可怕的脾气——她时常暴跳如雷。她出生于波兰，但拥有俄罗斯血统，这两个国家间的边界线也时常变来变去。她没有护照，按官方说法是"无国籍的白俄侨民"。有时她宣称自己是纯种波兰人，有时又说自己是俄国人——她根据心情来决定自己是什么，但总是情绪不佳。她能以六种语言破口大骂，其用词甚至能让一个水手都羞红脸，她也由此出了名。

当时，中国有不少为白人男子提供白人女孩的妓院。19世纪晚期时，它们应运而生，出现在中国的所有通商口岸和有外国海军驻扎的城镇，当然也包括香港（开在了摆花街两侧的建筑中）。它们的业务甚至做到了横滨［传奇般的内克塔琳（Nectarine）］、新加坡［V夫人（Madame V）］、西贡（著名的卡提拿街）

和马尼拉。妓女们在这些城市间巡回。鸨母和鸡头让女孩们在不同的妓院间辗转，以维持顾客们的兴趣。女孩们则在这个过程中就各自的关系网、小费和各地的优势交换意见。

有的地方令人趋之若鹜，有的则让大家避而远之。在上海，臭名昭著的江西路和租界里聚集了许多妓院。它们由中国沿海城市所有鸨母中最出名的格雷西·盖尔（Gracie Gale）掌管，她堪称这一行当里的传奇。她的"度假村"位于江西路 52 号，是中国高端俱乐部的样板。但是，在上海的虹口还有一个人称"壕沟"的声名狼藉之地。许多被走私到中国的女孩和已经走上穷途末路的妓女在那里结束了生命。她们有的人老珠黄，有的遍体鳞伤，有的染上毒瘾，有的疾病缠身。

一些妓院专门接待水手。罗茜在亚瑟港建立起自己的事业之前，曾在威海卫的威斯克女孩之家（Whisker's Girl House）工作。这座城市当时是英国皇家海军在中国北方的基地，俄国军队控制下的亚瑟港——这里有一家妓院，恬不知耻地给自己起名为"美国公使馆妓院"（American Legation Brothel）——与它隔海相望。在布拉娜成为天津娼妓业的女王之前，博罗斯道的妓院由声名狼藉的赌场兼妓院经理"天津的布朗"（Tientsin Brown）运营。他的统治从 20 世纪初一直持续到一战后，由天津向上海扩张，一路"攻占"了那些规模相对较小的通商口岸，从而形成了一个博彩业和卖春业的帝国。布拉娜志在与布朗一决高下，至少在开妓院方面她是如此打算的。

事实上，许多拥有白人女孩的妓院在中国知名度很高，包括广州的亚细亚饭店（Hotel Asia）和卡兹别克（Kazbek），烟台的马斯科特饭店（Mascot Hotel，在大连有分店），奉天的奉天咖啡厅和中国东清铁路大饭店，哈尔滨的马迭尔宾馆。女孩们在这些妓院间来来去去，有时也要前往远东地区的其他地方。市场对她们有很大需求；鸨母和鸡头一直十分忙碌，想把这项生意做好。

然而，到 1930 年代末，布拉娜和罗茜的处境发生了变化，且造成这种变化的不只是日军行动在远东地区的推进（从中国东北到马来半岛）。看起来，使迈克尔·孔西利奥和莱辛斯基夫人逃离"恶土"的麻烦，比起布拉娜当时得知的更为糟糕，而且摆脱不掉。另外，一位无足轻重的老人从亚瑟港南下，在城里到处散布关于罗茜手下那个死去的女孩和其被盗的钱财的故事。拜他所赐，警察四处打探，流言满天飞。随后，白俄多尔贝切夫（Dolbetchef）也来插上一手，不断添油加醋。他是个愚蠢的人，收了日本人的钱，告诉所有人总有一天他会带领白俄回到俄国，重新辅佐沙皇上位。太多人想前来打听虚实，这对生意没有任何好处。

据称，到 1930 年代末，布拉娜的妓院已是"恶土"上的最后一拨妓院之一。西方列强的公使馆把这里列为禁区，禁止士兵光顾此地。然而，受白俄女孩的吸引，日军排起了长队，打算一亲芳泽。因此，布拉娜和罗茜只要花钱打点日本宪兵队，保证萨克森一类的鸡头能供应足够多的女孩，就可以安坐数钱了。无论打不打仗，男人总是要去妓院的，这就是这个世界的生存之道。布拉娜和罗茜并不是这个行业的创始人，只是从业者。谁统治北平，以及谁会出现在她们船板胡同的妓院门前，对她们来说都无足轻重。

布拉娜和罗茜的归宿最终成了一个谜。谣言一如既往地传开：有人说这对搭档逃回了天津；有人说她们消失在了上海法租界的后街小巷中；有人说她们作为难民

拿到了签证，结业走人，去了旧金山、墨尔本、圣保罗
或是其他地方，到底是哪座城市取决于流言的版本。也
许，她们被菲律宾图巴包岛（Tubabao）上瘟疫横行的
国际难民营接收了（1949 年，它收容了来自中国的五
千名白俄难民），随后可能又被移交到了美国、澳大利
亚、加拿大或南非。

有一件事看起来比较确定：布拉娜和罗茜没有回到
比萨拉比亚。她们曾于 19 世纪与 20 世纪之交离开那
里，开始了自己被虐待、被剥削的生活。她们无论最后
身归何处，似乎对自己的过去都讳莫如深。

香港摆花街

WHISKER'S GIRL HOUSE.

No. 1. Ki Siang Lane. Wei Hai Wei.
with.
Peiping Nice Girl
Chefoo Nice Girl
Tientsin Nice Girl
Shanghai Nice Girl
Hong Kong Nice Girl
Price Moderate & Situated in
A Sanitary Place.

號 一 里 祥 吉

威斯克女孩之家提供的各种妓女

俄罗斯鸡头

"猫咪"萨克森

萨克森这个男人没有任何可取之处。他是"恶土"上的第一号"猫咪",是一个俄罗斯鸡头①,在下九流中也是最低贱的人。鸡头是一类特殊的罪犯。走上这条路很少是因为陷入绝境,也不需要鼓起任何勇气。鸡头是天生的,绝非后天造就的:一个男人要么是鸡头,要么不是;他要么靠强迫女人出卖肉体为生,要么以此为耻。如果一个女人不喜欢鸡头为她找来的顾客,那确实很糟,但她必须接客。如果一个女人因病重而无法工作,好吧,这也挺糟,但扇几个耳光,踢打几下,她很快就能回去工作了。如果这样也不管用,那么鸡头将保证她马上就会睡在大街上。

---

① 在俄语中,"kot"(猫咪)被用来指称男性鸡头,女性鸡头则被称为"bandersha"(餐具)。

"猫咪"萨克森之所以能够逼迫他的女孩们持续工作且不敢尝试离开他，是因为他使用了毒品针剂和药片。没人喜欢他，妓女们不，鸨母们不，顾客们也不，因为他甚至会恐吓顾客。他的毒品供货商之所以能忍受他，是因为他会进很多货，然后转手卖给他手下的妓女和顾客。当一个女孩陷入绝望时，萨克森会在那儿等她求助——带着顾客和毒品，笑出一口残缺的牙。

他是谁呢？没人能确定。即使有人知道他姓什么，也没人把它记录下来，因为萨克森的朋友不多。他很可能是个住在伏尔加河畔的日耳曼人，一个远祖为德国人的俄罗斯人。他可能来自萨拉托夫（Saratov）。有人说他在那里跟警察有点麻烦事，也许跟拉皮条有关。无论他的背景是什么，大家都看不起他。

萨克森很早就参军离开了那个城镇，因为在俄国的监狱中，"猫咪"不会有好果子吃。他似乎是一战老兵，曾被征召入沙皇军队。但传说他叛逃了，逃离了俄国和前线，向东前往中国。当他到达"恶土"时，他已在犯罪的深渊里泥足深陷，据说他在中俄两国都有长长的犯罪记录。但也有可能他夸大了自己的恶名，以便吓住那些打算给他的妓女和顾客找麻烦的凶恶之徒。

布拉娜·沙日科和罗茜·吉尔伯特在船板胡同开创事业时，她们需要一个保护人。她们发现萨克森正等在那儿准备施以援手。这两个女人知道他是何许人物，但她们急需他的服务，因为在"恶土"，单干可不是个好选择。至少他不是"王八"：他只不过靠手下女孩的皮肉钱生存，并不玩弄她们的感情。在"恶土"的社会等级划分中，"猫咪"多少是高于"王八"的。对于萨克森来说，整件事就是在商言商，十分简单：他为女孩们找来顾客，保护她们，把毒品卖给她们或是其他任何人。

萨克森乐于看到他的妓女吸毒上瘾。毒品使她们忠心耿耿，每晚能在屋里或露天之地接客多达十几人。毒品使她们感觉不到寒冷或疼痛，只要能再次体验到登仙之感，她们什么都可以做。他本人也不可避免地成了瘾君子。他又瘦又邋遢，神经系统有问题，指甲经常啃到露出嫩肉。他的牙齿因为经常抽一种肮脏细长的手卷雪茄帕皮罗西（*papirosy*，这种雪茄里面裹的是廉价烟草）而烂掉了。他口气难闻，衣衫褴褛，几乎从不吃饭。

然而，萨克森的门路很广，落脚处所在的位置也不错。他在船板胡同 29 号有几间房，正在布拉娜妓院的隔壁。所以，他熟识所有的妓女，在这一带卖起海洛因和避孕药来也很容易。他的生意遍布酒吧和卡巴莱歌舞厅内外，他可以为"恶土"里任何一间廉价小旅馆或出租房直接送货上门。当他手下的女孩们想找个地方嗨一把时，就会去他那儿待着。他的大部分生意是在胡同对面通宵营业的福生餐馆做成的。他只从美国人乔·科瑙夫那里进货。科瑙夫在一栋由他自己控制的廉价公寓里交易，但从不亲自公开贩货。

几乎没人见过萨克森在光天化日下现身——只有在夜幕降临前，"猫咪"才会出动。他的世界很小，由他的廉价公寓、福生餐馆、船板胡同和后沟胡同的几家夜总会，以及科瑙夫在"恶土"东部边缘的领地构成。没人记得自己在"恶土"之外见过他，尽管他确实曾送手下的女孩去给使馆区举办的聚会助兴；有时，乔·科瑙夫会为他介绍好买卖，即为"绅士们的周末"供应妓女。科瑙夫的同伙在西山上租了一间寺庙，这类活动就在那里举行。他们出手很大方，还会专门雇一辆汽车接送姑娘们。萨克森本来还想在那里贩卖毒品；然而，因为那些人是科瑙夫的同伙，所以那里可算是科瑙夫的地盘。除非你想找碴，否则别在科瑙夫的地盘上越界。

有时住在使馆区的单身汉会屈尊来"恶土"举办

告别单身的派对，萨克森也会把妓女们派过去。当驻军因轮岗而要离开北平时，他们会举办晚会，萨克森的女孩也是这种场合中的常客。然而，到1937年底时，外国侨民或是离开，或是破产，生意开始难做。日军于当年7月占领北平，然后便开始加快实施既定战略：使这座城市于毒品中沉沦，从而削弱中国人的反抗意识。数量多到前所未有的毒品被船运至北平，然后被大量出售，所有的限制都被取消了。毒品因市场饱和而价格暴跌，瘾君子随处可见。日军安然坐视自己的计划生效。高级鸦片从伊朗被进口至此；火车把海洛因和吗啡从朝鲜的工厂经由东北的日占区运到北平。

在北平被占领后的六个月内，在日军的授权下，这座城市里新开了一百家药房、三百家"有执照的"鸦片窟，它们以折扣价销售伊朗鸦片。实际上，东京在"补贴"中国人的毒瘾。北平警方在日军占领前曾尝试打击毒品：他们逮捕吸毒者和毒贩，关闭鸦片窟，使毒品价格于1937年初飙升。但一年后，毒品开始泛滥，其价格开始急转直下。到1938年底时，廉价毒品供货充足，瘾君子随处可见，以至于北平的当铺主动以毒品而非金钱换取顾客的当物，且当铺老板还会在现场提供注射器。

在日军占领北平两年后的 1939 年，萨克森几乎沦为赤贫。除了跟"恶土"里日渐减少的一小撮外侨做点生意外，他没有任何其他经济来源。与此同时，毒品价格仍在下跌。现在，即使是乔·科瑙夫也得找日本人进货了。日军严禁其他货源，这也是造成毒品价格崩溃的原因之一。萨克森手下只剩两个女孩为他在大街上揽客，她们染上了严重的毒瘾和酒瘾，状态越来越不稳定。

"恶土"里所有人的日子都不好过，日本人除外。如果近距离观察那些皮条客、毒贩、卖色情卡片的人和"猫咪"，你就会发现他们的西装已穿旧了，肘部的布料被磨得很薄，领子油腻，袖口磨损。瘾君子们骨瘦如柴，苍白的脸上带着淡淡的黄色；年轻或年老的妓女们脸上糊着廉价化妆品，下面的肌肤干到皲裂了。夜间的"恶土"玩弄了人们的视觉——上了年纪的女人或是正在生病的年轻女性在昏暗的鱼皮灯光或烛光下时，其肉体上最糟糕的缺陷都会被阴影掩藏；然而，在明亮的阳光下，一切把戏都将无所遁形。"恶土"和它的居民似乎走到了崩溃的边缘。

所以，萨克森在事态严峻时打包走人了，就像当初在萨拉托夫和在前线时那样，连在船板胡同的租金都没来得及付清。他在福生餐馆中常坐的那张餐桌空落落地立在那儿；他手下仅剩的两个女孩也因被他抛弃而只好自谋生路。他去了哪里？他后来怎么样了？没人知道。也许和"恶土"的许多其他流亡者一样，他去了上海，随后被那里的战争、混乱和贫穷压垮了，决定了结一切。于是和许多人一样，他在法租界的一间公寓里割腕自尽。另一种可能是，他吸毒过量，死在了虹口"壕沟"的一间钉棚①里。

也许他拖着虚弱的身体蹒跚前行，最后到达了一家收容瘾君子的精神病院或某个为贫困白人开办的慈善疗养院。也许在战争快结束时，他找到了一处联合国难民营，成为千百万没有身份证明的难民中的一员，最终变成了战争的遗留问题之一。也许他搞到了新的身份、一张新的护照、一种新的生活。也许……但这些都只是猜想罢了。可以确定的事实是，他也消失了。萨克森被历史的洪流吞噬，成为那段不堪回首的过去的又一个赘疣——战争结束后，中国的土地上不会再有他的位置。

---

① 旧日上海的下等妓院，多开在棚户区。

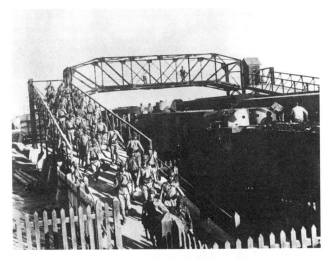

日军于 1937 年 8 月进入北平

日军在北平大街上巡逻

妓女

玛丽和佩吉

　　有些女孩因衣食无着才堕入风尘。有些是因为不堪工作之重负：每天都要在工厂或百货商店站十四个小时，直到得了静脉曲张。有些则像布拉娜和罗茜一样，因受人诱骗而堕落：某一天，她们心中的爱人把刀架在了她们的脖子上，逼她们去侍候他的朋友们，再逼她们交出卖身钱。

　　此外，也有玛丽这样的女孩。她被父亲送到"恶土"里的妓院，交给一个满口烂牙和臭气的男人，然后告诉她这个男人和其他人可以对她做任何事。在还不到 13 岁时，玛丽就被扔在那儿。她的父亲则可以分到她的皮肉钱作为回报。

　　在北平城东臭名昭著的贫民区洋溢胡同里，小姑娘玛丽住在一间肮脏的、见不到阳光的房间里，这就是她的全部天地了。这间房属于一栋日本人经营的寄宿公寓，在这里，她和其他十五个不名一文的白俄家庭使用同一个卫生间，以干面包和茶为日常饮食，和北平其他无国可归的绝望白俄一样。

在她能记事之前，她的母亲就已经去世或是弃家出走了。她的父亲是个肮脏的酒鬼，终日沉湎于廉价伏特加。玛丽刚一长成就被父亲卖给了那个牙齿烂掉、满口恶臭的男人。很快她就明白了自己的现状，看穿了自己的未来。

妓院里大多数女人比玛丽年长，且称不上和善。在这个行当里，年老的妓女总是痛恨那些年轻的，因为后者的存在提醒她们自己韶华已逝，很快就会门前冷落。她们知道自己的恩客总是盯着小姑娘不放，渴望得到这些女孩；那些年轻人能招揽到客人，能挣到钱，工作之余偶尔还会凭借妓女的身份得到些小甜头。年轻人总是挣得更多；她们从鸨母、皮条客和其他妓院工作人员（上至看门人，下至倒恭桶的中国杂役）那里受到的优待，也总是多于年长的妓女。在妓女的世界里，年轻鲜嫩就是硬通货，年龄和时间则是大敌。那些年纪大一些的女人都恨玛丽。

于是，她跟另一个新来的女孩佩吉交上了朋友。佩吉只比她大几岁，也是白俄，生于一个关系稳固的家庭，在哈尔滨长大，那里有规模仅次于上海的白俄聚居区。自从离开俄国后，佩吉一家一直运气不佳；但他们仍然头上有屋顶，壁炉里有火，盘子里有食物。佩吉每天晚上和两个妹妹一起坐在桌边吃饭。她的父亲是一家白俄开办的企业的办事员，该公司的主营业务是蒙古人和俄罗斯人间的边贸生意。佩吉全家会去洋葱形圆顶的圣索菲亚大教堂做礼拜；佩吉在谢列夫神父的严厉注视下上他开的圣经课。冬天，她和俄罗斯同学一起，在松花江上溜冰。

佩吉喜欢学校，喜欢学习、读书和上课。15 岁时，她发现自己还喜欢男孩。哈尔滨有许多蓝眼白肤的俄罗斯男孩。他们从事各项体育活动，还玩拳击和滑冰。他们牙齿洁白，笑容开朗明亮。

其中有个男孩尤为显眼。佩吉知道他不是合适的伴侣，因为大家都觉得他的家人是麻烦——他们来自哈巴罗夫斯克（Khabarovsk），他罪恶的父亲把所有儿子都捏在手心里。城内的体面白俄家庭从不提起这家人，然而酒吧里的闲聊话题总是离不开他们。爱上这个男孩成了佩吉的灾难。他随后把她介绍给一个男人。那个男人强暴了她，她的男友则在旁边看着，哈哈大笑。事后，那个男人付钱给她的男友，在佩吉身上吐了口唾沫。

佩吉十分羞愧，再也无法回家。她被男友转手卖给一个俄罗斯女鸡头，也就是所谓的"餐具"，这个鸡头为全中国的白俄妓院物色女孩。佩吉随后被卖给船板胡同里莱辛斯基夫人开的妓院。她不再是那个来自哈尔滨的体面女学生，也再不能去谢列夫神父的主日学校了。她被拐卖了，从此只能躺在床上靠出卖肉体挣钱。

1937 年，在玛丽和佩吉还年轻时，她们一度是"恶土"中的姐妹花。住在使馆区的西方富人纡尊降贵地来到这里，常常会叫她们来一起服侍。她们彼此保护，对抗那些对她们怀恨在心的老女人。那些人总想找个机会用指甲挠花她们的脸，毁掉她们的容貌；或是抠坏她们的胸，这样男人们就不会对她们的乳房垂涎欲滴了。这对姐妹已经相互认识很久了，久到即使互相抚摸她们也不会觉得尴尬。她们的生活很简单：工作以及背着莱辛斯基夫人瓜分客人给的丰厚小费。玛丽和佩吉是最好的朋友，她们相互照应。

然而，她们长得并不像。玛丽是西伯利亚人，白皙的皮肤上有些雀斑，学东西很快。佩吉肤色更深，几乎是拉丁人的长相。客人们认为她是意大利人。有些人觉得她有点缺心眼，实际上她脾气坏得很，时不时就要发作——有时向客人发，有时向莱辛斯基和孔西利奥发，有时向妓院里年纪更大的女人发。她有一次把隔壁奥帕里纳家开的廉价酒吧砸烂了，只因为他们那个满肚子男盗女娼的儿子想非礼她。孔西利奥因为她这脾气没少抽她耳光。只有玛丽能让她平静下来。佩吉是棵摇钱树，所以从某种意义上说，妓院对她比较宽容。

在那段美好的时光里，玛丽和佩吉很少在下午两点前起床。起床后她们就出去散步，浏览商店橱窗，吃零食，闲聊。这两位烟花女子很喜欢练习英语，她们认为以后英语会很有用；据说玛丽能讲一口近乎流利的英语。她们有时一直闲逛到使馆区那边的莫理循大街，去看那些高档的百货商店和酒店。她们喜欢在北京饭店外面消磨时间，打量来来往往的游客，还有那些过来吃午餐的使馆区的漂亮欧美淑女。她们欣赏来自伦敦和巴黎的最新款时装，也喜欢来自西伯利亚的毛皮。她们有时透过橱窗玻璃，往北京饭店隔壁一家叫作驼铃（The Camel Bell）的商店里面看。那是全北平最时尚的店铺，由一位美国妇人开设，专卖皮草、中国风的长裙和古玩。

那些东西对她们来说是可望而不可即的。她们知道，豪华酒店是不会欢迎两个在烟花之地谋生的俄罗斯女孩去用午餐的，也没有哪家商店会允许她们试穿那些美丽的礼服和皮草，或是把玩那些用于出售的小摆件。所以，她们飞快地回到哈德门大街，去找一位来自敖德萨（Odessa）的犹太裔俄罗斯裁缝。她们向那位裁缝描述刚刚在使馆区看到的女士们的着装，之后裁缝会为她们缝制廉价的仿制品，把玛丽和佩吉变成"恶土"里最时髦的烟花女。

她们沿着哈德门大街继续往前走，去买做皮肉生意时需要的工具——避孕套。她们从一家小店整盒购买避孕套，店主是来自欧洲的犹太难民。他的商店专卖香水、紫丁香花露水、染发剂、各种新奇的卷发工具等商品。他私下里还卖一种蓝色软膏，能杀灭阴虱。她们时常因肮脏的床单和顾客而染上阴虱；但如果用多了这种软膏，它就会烧伤皮肤。

还有几个白俄女孩在使馆区里工作，她们在维奥莱塔美容院里为客人烫发美甲。店主是一位来自莫斯科的女人，但总喜欢冒充法国人。她看出玛丽和佩吉不是从事正当工作的女孩，有时对她们不理不睬，有时则干脆把她们轰出去。于是，她们去了洋溢胡同的一家美容院，它是由一间起居室改装而成的。位于使馆区的利威洋行里的珠宝对她们来说价格过高；同样，因为囊中羞涩，她们从来没在阿东照相馆一起照相，尽管她们对此很是向往。

有时，在她们的午后游逛时间，玛丽会去探望父亲，不过他们并不交谈；他甚至认不出她，虽然他仍然用她的皮肉钱买酒。当时，那个男人的身体已经彻底毁了，他毫无节制地喝酒，沦落到喝萨摩根的地步。一位来自喀山的老人在洋溢胡同的一处院子里酿这种酒，据说已有六个男人在喝了他的酒后变瞎了。

有时，佩吉和玛丽为了品尝各种美食而出门。她们喜欢熙熙攘攘的东安市场，古老的胡同被那里的摊位挤满了，它们一直摆到了莫理循大街上。在早春或夏季的夜晚，人们看到她们挽着胳膊，沿着船板胡同和后沟胡同一直走到苏州胡同，从中国小贩的草扎上买糖葫芦或美味的羊肉串。如果哪天客人小费给得大方，她们也许就会去哈德门大街的法式甜点屋，尝尝那里的奶油蛋糕；或是去希金俄式面包房（Shikin's Russian Bakery），买热乎乎的皮罗什基（*pirozhki*）。那是一种小圆面包，表面刷有蛋液，里面裹着圆白菜。有一次，她们去了位于哈德门大街和长安街交会处的东单餐馆，那里生意兴隆，前来享用中国美食的大多是西方人。当佩吉和玛丽进入餐馆时，北平高等外侨中的年轻人盯着她们咯咯笑，朝着她们指指点点，但没有勇气走上去跟来自"恶土"的姑娘搭讪；她们则对这些人视而不见。

夜晚对她们来说是一种折磨。顾客们有时很粗暴，多数时候醉醺醺的，且又臭又脏。她们每晚要接待六到八人；在周末或节假日，这个数字还要加倍。男人们从不在莱辛斯基夫人这里长待，因为这里不过是下等窑子，而不是风雅的勾栏院。房间全都臭烘烘、空荡荡的，里面只有一张铁床和旧床垫、一套小桌椅（给客人放衣服用）、一罐水和一个碗、一个烟灰缸和一只没有灯罩的电灯泡，窗子永远紧闭，床单很少更换。玛丽和佩吉只好把她们为数不多的家当放在旧旅行箱里，塞到床下，让它们跟臭气熏天的夜壶待在一起，而夜壶只有天明时才会倒空。"恶土"的妓院在建造时都偷工减料，滋生了大量虫蚁：臭虫从天花板落到床上；蜈蚣和蝎子暗中潜伏；"长毛的臭虫"整晚都在剥落的墙纸后面搔抓，发出令人恼火的声音。

士兵是妓院的常客，他们来自美国海军、女王的皇家军团（西萨里郡）（Queen's Royal West Surreys）、意大利海军陆战队等。按军规，这里应为禁区；然而无论如何，他们还是来了。他们不在乎简陋的房间和各种虫子。从美国公使馆的美国海军营房出发，由使馆区位于前门的那个出口出来，只需走上短短几步路就能到达"恶土"。欧洲军队的营地离这儿更近。大多数士兵会先去隔壁的奥帕里纳酒吧，喝点酒壮胆，或者从酒吧里晃来晃去的小贩手里买几套廉价的色情卡片。

其他的顾客是被萨克森从街上拉来的，他总是不断地为手下的女孩找活儿干。如果有男人从奥帕里纳酒吧出来后再来到这里，那么他给的钱会被交给莱辛斯基或孔西利奥（后来交给罗茜·吉尔伯特），萨克森会从中抽成。如果萨克森直接带人过来，他会公允地分给孔西利奥一部分钱。一个漫长的夜晚结束后，玛丽和佩吉会在对面的福生餐馆拿到她们的分成。

她们几乎看不到客人的脸。她们能看到其轮廓、身形、衣服（通常是制服），但她们不会去看对方长什么样。男人们进屋前从不敲门，因为觉得没必要尊重佩吉和玛丽这样的妓女。他们自己脱衣服，但玛丽会帮他们解开裤扣，这样她就可以偷偷观察一下此人是否有梅毒。

她会给他们戴上安全套，但有的人会拒绝。士兵们倒是很少反对。他们经常出入烟花之地，但家里还有妻子或恋人在守候，他们想干干净净地回去见她们。没有前戏，直入主题，获得满足后，他们就离开。正因为这样，在大多情形下，整个过程耗时不多，但有时他们在酒后需要点助兴手段。有些客人满足于简单的手段，有些客人则需要借助更奇特的工具。

完事后，他们简单清理一下，在她的夜壶里小解，然后穿上衣服走出去。整个过程几乎是无声的。男人们一语不发，玛丽也几乎不懂他们使用的语言。他们在楼下付账——以前是付给莱辛斯基，后来则是付给罗茜。有的人会丢过去一两个硬币，算是小费。

从他们离开后到下一个客人到来前，玛丽会有一小段宝贵的空闲时间。她坐在那里，倾听从隔壁奥帕里纳酒吧的留声机里传来的若有若无的音乐声，从楼下或是同在楼上的其他卧室里传来的声音，还有外面胡同里整夜都有的嘈杂声——人力车与汽车来来去去，成群的士兵大喊大叫，路过的零食小贩担子里的罐子叮当作响。

她有时会发白日梦，幻想驼铃商店里那些美丽的衣袍、北京饭店餐桌上的白色亚麻桌布和她以后可能会过上的美好生活。也许她会搬到上海或天津去，搬进一所更好的房子，有一位更和善的鸨母。她也会考虑明天和佩吉要一起去做的事和要去的地方。然后，又一个男人进来了，一切又从头开始。

一天晚上，妓院里挤满了下值的意大利海军。他们喝得醉醺醺的，浑身汗臭，在床上很快就完事了。玛丽、佩吉和其他妓女听到了可怕的尖叫声。随后她们就被锁进各自的房间，整晚都听到有人来来去去。莱辛斯基和孔西利奥争论，然后是她的大吼声与尖声叫嚷。再后来妓女们都被放了出来，推到大街上。山东壮汉在她们后面闩上了门。有人告诉她们：莱辛斯基夫人和迈克尔·孔西利奥已经逃了。传说他们不告而别，躲入了天津或是上海的法租界。

在胡同对面的福生餐馆里，玛丽和佩吉试着思考下一步该怎么做。然后萨克森走进来找到了她们，于是她们就成了他的手下，搬进了他的那些小房间，就在她们之前的工作地的隔壁。

然而，她们现在得上街拉客了，要把客人带进后沟胡同那些廉价的小旅馆里。那里的条件比莱辛斯基夫人的房间还糟糕，跳蚤和臭虫更加猖獗。客人似乎也更糟糕：时常有人不想付钱，且有怪癖的变态出现得更频繁了。

完事后，她们得迅速离开房间。在那种廉价旅馆里很难洗漱；如果想要洗澡，就只能用冷水，而且水通常很脏，她们都因此得了传染病。很快，佩吉和玛丽变得邋遢，也没有时间去美容院或裁缝铺了。萨克森的抽成越来越多，她们也逐渐绝望。玛丽和佩吉没有资本去为自己争取权利。在大街上揽客和在屋里接客不同，她们不能像以前一样收费了。她们现在很少能得到安全保障和容身之所，也不会去逛哈德门大街和甜品店，或是去买皮罗什基了。通常她们只能在福生餐馆吃一碗廉价的油腻面条，周围坐着毒贩、瘾君子和其他妓女。鸡头们时不时地把这些女孩轰回大街上，这让她们十分厌烦。

在福生餐馆外的遮雨篷下熙熙攘攘的芸芸众生中，中国人占了多数，他们中有人力车夫、等着购买赃物的销赃人、能认出那些外国瘾君子和走投无路者的放债者。住在周边的小孩站在那里，盯着开进"恶土"的为数不多的几辆汽车，疯狂地争抢纡尊降贵来到船板胡同的"大人物"从车里扔出的硬币——他们时不时地从肩膀上方扔几个子儿过去。

1937 年的冬日寒冷而漫长，似乎看不到尽头。生意很不好做，人们都说要打仗了，日本鬼子要来了。萨克森却想让佩吉和玛丽接待更多客人。当情况变糟时，玛丽总是心不在焉；她会在傍晚时去奥帕里纳酒吧喝酒，或是服用萨克森给她的海洛因药片。一天晚上，她觉得特别冷，就让萨克森为她打一针，然后她立刻就感到了温暖，忘了所有的烦心事。

从那以后，她就可以在廉价小旅馆里待上一整夜了；她不再觉得寒冷，也感觉不到跳蚤在咬她。她不照镜子，也就看不到自己干枯的皮肤、剥落的头皮屑和蓬乱的头发。她一再服用海洛因，使自己感觉不到工作带来的痛苦和客人身上的恶臭。萨克森一次带三个、四个甚至五个士兵到她的房间，但玛丽对这一切都麻木了。

佩吉也是如此。小旅馆里残酷的生活逼她走向了萨克森手里的海洛因、注射剂和药片。她开始魂不守舍，要靠酗酒来赶走脑袋里的恶魔，然而这只会使情况恶化。在莱辛斯基夫人手下混时，她一有空闲时间，就和玛丽待在一起；而现在，她总是孤单一人，因为她们在不同的小旅馆工作。她越来越依赖酒精，钱包却越来越瘾。于是，她也喝起了洋溢胡同里非法酿造的萨摩根酒。

她的健康每况愈下，脾气越来越坏，常常狂性大发。发脾气时，她会与客人、旅馆老板、在"恶土"上开始四处探索的日本士兵等任何她觉得碍路的人打架。最后，客人都绕着她走，以免被她骂得狗血淋头。她在生活的泥淖中陷得更深了。

当北平最终沦陷时，玛丽和佩吉仍然活得恍恍惚惚，几乎没有注意到这件事。萨克森不告而别，销声匿迹。玛丽当时已经吸毒成瘾。她被抛弃在这里，没有稳定的海洛因来源，也没有固定的住处。她从一家廉价旅馆搬到另一家，按天付钱。如果能哄得客人给她足够多的钱，晚上她就会有房间住，可能还会有些药片帮她入睡。如果不成的话，她就得去找个铺位，或是直接睡在大街上，并且没有毒品可吸食。玛丽现在只能得到那些最次等的海洛因，里面掺着士的宁和面粉。她和别人共用针头，或是租用那些被反复使用直到针尖变钝的注射器，它们在她的手臂上、小腿肚上和大腿内侧留下了穿刺伤和擦伤。她和佩吉失去了联系，后者在别的小旅馆里和正困扰着自己的恶魔——毒瘾和酒瘾——做斗争。

这样的情况并没有持续太久。在 1939 年的夏天，北平"恶土"中神秘的幕后大人物舒拉·吉拉尔迪对此做出了评论（玛丽刚来到这里时，他就认识她了）："她只能转动眼珠，嘴张开又合上，脑袋晃来晃去；她完了；她活不过两周了。"

她确实没有活过两周。夏天结束前，玛丽死于吸食海洛因过量。至于她是不是有意为之，没人知道。她去世时还不到 30 岁。

萨克森走了，玛丽也离开了，佩吉在海洛因和廉价烈酒中越陷越深。她继续嗑药，情绪起伏不定，精神状态进一步恶化。大约在玛丽过量吸毒的那段时间，佩吉曾设法回到哈尔滨，其中的细节不为人知，但有长舌者说舒拉为她买了火车票。在那里，家人把她拒于门外，不想再管她的事。她先是住在臭名昭著的马迭尔宾馆，后来流落到了为穷困旅人提供食宿的按天付钱的小旅馆。

在那座滴水成冰的北方城市，她继续为一点小钱和伏特加出卖肉体。尽管中间的细节已经散佚，但看起来佩吉最后因在宾馆房间里大发酒疯而被当局带走，之后又被送进了一家精神病院。数月后，她在那里离世，和玛丽一样，去世时还不到 30 岁。

供应北平最高档午餐的北京饭店

"恶土"与使馆区的分界线——哈德门大街

"恶土"附近的广告牌（1930年代）

毒贩

坏家伙乔·科瑙夫的
利刃和生意

　　乔·科瑙夫生于美国，是个毛发浓重的矮胖子，有引人注目的罗马式高鼻梁，大家喜欢在他背后议论他的鼻子。他住在"恶土"东部边缘一栋又脏又乱的寄宿公寓里，做着毒品和皮肉生意。所有人都不喜欢他。

　　那栋公寓肮脏不堪。冬天，凛冽的寒风通过撕烂的窗纸吹进来；夏天，房间里则会闷热得令人喘不过气来。然而，他似乎并不在意这些。来访者总是见他只穿一件丝绸和服；在其他时间，他站在院子里，喝得醉醺醺的，一丝不挂，挥舞着一把巨大的鲍伊战刀。他为此曾数次被逮捕。

　　这栋建筑背阴面的房间都面对着天井，阳光永远照不进天井。天井里有公用垃圾箱，腐烂的蔬菜和人类排泄物发出的臭气一到夏天就让人简直受不了。谁也不知道有没有人来清理它们，也不知道什么时候才会有人来清理。

尽管这里破败不堪，但它靠近船板胡同，距离"恶土"的所有主要街道也不过几分钟的路程，非常适合科瑙夫开展生意。这里就是一处大杂院，走廊阴暗，终日不见阳光。门开开关关，人进进出出。他们窃窃私语，独自抱怨，私下交易，接收或是发出包裹，偶尔还会有人大声争论，或把门撞得砰砰响。汉语、英语、朝鲜语和日语混杂在一起。房间里，窗帘永远低垂，挡住外面的大街；在偶尔射进来的光线中，还有隐约可见的灰尘在空中飘浮。

此地严重失修：地板肮脏裸露，油漆剥落，灯泡早已坏掉。有些人对这里避之唯恐不及。没人知道业主是谁，但据说那些中国房东慑于科瑙夫暴烈的脾气和他与日本人相互勾结的关系，让他控制了整栋楼。他的朝鲜小姑娘（他叫她"奴隶"）也兼任这栋楼的女仆，每天要把各屋马桶里的脏物倒进垃圾箱里，要拎水，还要从附近的福生餐馆取外卖。

乔·科瑙夫热衷于随身带刀，也喜欢把刀亮给别人看。他会从挂在腰带上的刀鞘里拔出刀来，在袖子或大腿上擦拭刀刃，然后把刀举到脸旁，快速转动它，让所有人看清楚他身上带了什么。人们怕科瑙夫和他的刀是有原因的。这个男人之前在美国海军陆战队服役，是个身体结实、性格棘手的家伙。他的个头倒是不高，但身体重心相应较低；他的手臂像猴子一样灵活；他胳膊、前胸和脖子上的肌肉十分发达——简直是一个理想的刀客。在其敌人的眼中，没有一把刀能够伤到他分毫。

此外，他的眼中总是闪着生人勿近的凶光。他的思想和行动瞬息万变，极难预测，仿佛下一秒就会暴起伤人。据说乔·科瑙夫喜欢看到死亡降临的场面。人们都知道他和几个住在"恶土"的好友常去天桥的露天刑场，观看死刑的当众执行。在当时，执行死刑都是一颗子弹了事，已经不像早些时候那样采用更加繁复的绞刑了。但这足以使许多观众毛骨悚然。由于这种场面可怕又残忍，许多外国侨民从来不敢涉足天桥。

女人们一见到这个人，就本能地讨厌他；男人们对他十分警惕。甚至鸡头萨克森在看到科瑙夫时也望风辟易，除非要找他买入毒品。人力车夫们垂着头，装作没看见科瑙夫在叫车，因为知道他会跟他们讨价还价，还从来不给小费。如果他们胆敢抱怨，他就会拔出刀来。"恶土"的妓女们也尽可能远地躲着他。有时他带着可怕的朋友走进莱辛斯基夫人的妓院，在玛丽和佩吉面前挥舞他的刀，就好像他是这里的主人一样。她们都怕他。在"恶土"中，乔·科瑙夫的出现肯定意味着坏消息，但他凭借毒品建立了自己的小王国。那个穷困的朝鲜女孩同样惧怕他，但又无法离开他，因为她也吸毒成瘾。

"恶土"里的居民各有各的圈子。尽管绝大多数廉价小旅馆是白俄开的，但实际上房屋所有者是中国富人。他们以房租为生，赋闲终日，只要有租金收就万事不管。但执照就是另一回事了；只有中国富人（多数住在海外，在伦敦、加利福尼亚或巴黎有资产或生意）和少数外国侨民才有执照。

关系网在编织，同盟在建立，参与其中的并不全是不起眼的小人物。外国侨民中的地位尊崇之人或专业人士可能私下里有"恶土"的夜总会和酒吧的股份，这种情况屡见不鲜。他们中有的是北平的长期居民，有的是使馆区里最高档的俱乐部的优质会员，最时髦、最奢

华的酒店会为他们和他们的夫人预留最好的餐桌。他们
了解乔·科瑙夫和萨克森这样的人：这类人不是任何俱
乐部的优质会员；除了"恶土"里的廉价餐馆，没有
人会把最好的餐桌预留给他们。大家都知道长安街北部
居民区里的罗马夜总会和电影院的主人，也就是意大利
医生乌戈·卡普佐，时常出没于"恶土"，以满足来自
使馆区的某些地位崇高的病人的需求。这些病人来到船
板胡同和后沟胡同的夜总会或破烂的廉价小旅馆房间，
也就是玛丽和佩吉等妓女的工作地点，于是，他们表面
光鲜亮丽的生活和这种明显低等下流的生活就有了
交集。

圈子里的人又有各自的小圈子。就像但丁在《神
曲》中描写的那样，这种圈子一路向下，一直抵达最
底层炼狱里的纯粹的邪恶和卑鄙。科瑙夫喜欢与来自
"恶土"和使馆区的那些与他臭味相投的欧美人打交
道，但他认为俄罗斯人是二等公民，没时间理会他们。
他和日本人、朝鲜人保持着紧密联系，因为他们为他供
应毒品，而且是北平的实际控制者。日语和朝鲜语这两
门语言他都会讲一点。1937 年 7 月后，美国公使馆认为
他可能会成为叛国者，于是为他单独设了档案。

自从离开海军陆战队，科瑙夫除非要前往西山打猎，否则几乎不会离开"恶土"。在 1930 年代中期，美国公使馆注意到，他和船板胡同里桌球酒吧的老板娘奥帕里纳夫人曾合伙经营妓院，但后来他们闹翻了。科瑙夫曾管理欧林比亚歌舞厅，但和许多客人处不好关系，这是做生意的大忌。要知道，长安街可不像"恶土"那样混乱无序。

科瑙夫也组织妓女们到"恶土"外面做买卖。在军阀肆意践踏北平的那段日子里，他也做过军火生意，这使美国公使馆第一次注意到了他。他酗酒、嗑药，一般不跟任何人讲道理。与他关系最亲密的小圈子由一群前美国海军陆战队士兵组成，他们大多数自行离开了军队，也有个别是被开除的。

这伙人里有迈克尔·孔西利奥——莱辛斯基夫人的妓院合伙人。他有一半意大利血统，一半菲律宾血统，从不惧怕与人打架。他因扰乱社会治安而被海军陆战队开除。亚瑟·林沃尔特（Arthur Ringwalt）是当时驻北平的一位美国外交官，他形容孔西利奥"暴戾恣睢"。圈子里还有托马斯·杰克（Thomas Jack），他是一位出生于意大利的美国人，起了一个最没意大利味的名字。

同孔西利奥一样，他是在中国被海军陆战队聘用的，而不是从美国本土被派出来的。在一般人眼中，这些"当地雇员"通常低人一等。

杰克离开海军陆战队后便开始在"恶土"里游荡。他正式的职业是机修工，私下里则插手夜总会生意，还为科瑙夫的毒品交易帮忙。科瑙夫、孔西利奥和杰克喜欢和在这一带闲逛的其他前海军陆战队士兵一起喝酒。他们相互扶持，利用他们从前的身份和关系网向美国公使馆的现役海军陆战队士兵出售毒品。科瑙夫被欧林比亚解雇后，仍然设法帮杰克在那里谋了一个职位。

科瑙夫一般在他的公寓房间里做毒品生意。那里只有一根电话线，连着一部电话机。来电话时，只有科瑙夫会去接。顾客们会来到公寓的前门。这是一扇坚固的铁门，高四米，在与成人头部平行的地方有一条小缝，从缝中可以看到外面的访客。如果科瑙夫的男仆认识来客，他就会放人进来；如果他不认识，对方就得等科瑙夫亲自辨认。科瑙夫会从楼上的窗户向外看，没问题的话就点点头，允许他们进来。

毒品被堆放在一起，它们已经称过重量，即将被送进各个房间，房间的门经常是锁着的。随着门锁打开，门也开了，门里人与门外人一手交钱，一手交货，然后重新关门落锁。科瑙夫养着一群女孩，有朝鲜人、俄罗斯人和中国人。在大多数房间里，她们在看守毒品和现金——他似乎很信任她们，不怕她们会盗窃现金或偷服毒品。

朝鲜黑帮成员与日本人合作，将海洛因运进中国，并被回报以对他们从事毒品交易的许可。最初，他们手里的毒品纯度很高，因为日本人需要优质毒品，以使中国人因上瘾而无心抗日。一百五十多年来，鸦片一直在中国交易，且直到当时仍然源源不断地流入中国。然而，吸鸦片的那套常用仪式和工具——包括烟枪、鸦片榻和烟室——推广起来很费时间。日本人希望毒品制造、流通和消费过程变得快速简捷，于是海洛因和用来注射的针头（简直称得上"艺术品"）进入了市场。输入中国的毒品越多，其造就的瘾君子群体就越庞大，日军的高级指挥官就越容易产生自己能征服整个中国之感。

瘾君子也需要能让人尽快飘飘欲仙的产品，同时其成本越低越好——毒品价格可能会下降，但收入也缩水了。时间十分紧迫。日军在占领北平后，就不再费心费力地引进高纯度的毒品了，而是带来了"红药片"作为替代品，这是日本人在朝鲜和中国东北开办的工厂的"馈赠"。

这些海洛因药片里掺有咖啡因、奎宁、糖和士的宁，甚至还有砖灰。1920 年代，它们首次在上海现身。人们口口相传，说它们服用方便，比鸦片效力更强且更易成瘾。对于科瑙夫来说，它们更易储存，更易在街面上传递，利润也比直接贩卖鸦片更大，同时还避免了注射器或烟枪交易的麻烦。另外，如果有需要，这种药片也能吸食，且方式没那么讲究：找个花瓶或类似的东西，在其侧面打个小孔，往孔中穿入一根中空的竹管，就成了水烟袋。现在，日本人一边供应药片，一边负责街面上的治安，所以毒品的交易成了公开活动。科瑙夫实际上已腾出一只手来，还有一份交易执照，可以大干一场了。

瘾君子们很快就接受了新的药片。大批的人死于吸食过量、身体衰弱、中毒，或是感染坏疽造成的裸露疮口——这些现象都是掺了杂质的药片造成的。1939 ~ 1940 年，整片"恶土"上都飘着红药片散发的焦糖味的烟雾，它取代了原来的鸦片烟。这已经很能说明情况了。鸦片绝大多数流入了烟室，那里仍然为更具鉴赏力的烟客准备烟枪。科瑙夫的分销商，如萨克森，则在整个"恶土"进行地毯式倾销，他们出售红药片，每次的交易量高达一盎司。有人用美国俚语称这种药片为"上等货"。

1941年，毒贩和其他外国侨民被驱赶到一起。突然之间，他们发现自己能与地位更尊贵的家庭一起生活了。兰登·吉尔基（Langdon Gilkey）关于潍县生活的回忆录《山东集中营》（*Shantung Compound*）一直是对集中营生活最生动翔实的记叙，里面写道："两位爵士音乐家（一个是波利尼西亚人，另一个是黑人）和一名比利时毒贩同住一屋；此外还有一位英国银行家、一位工程师和亚细亚火油公司在中国的负责人。"在集中营里，使馆区的世界和"恶土"的世界终于在大白天融和了。

然而，"恶土"里还有很多居民没有被送进集中营，因为他们背叛了自己的国家（祖国或者入籍国），站到了日本人那边。这使"恶土"成了不同国籍的投敌者的巢穴。珍珠港事件后，大批外侨被逮捕或被羁押，但科瑙夫的名字没有出现在任何记录中。他似乎仍然待在"恶土"，可以自由地向留下来的任何有购买需求的人——无论是中国人还是外国人——出售鸦片、海洛因和红药片。

据说他死于 1944 年末或 1945 年初，也许死于抽样检测货物时的吸食过量导致的并发症，也许死于酒精中毒、食物短缺、严寒、致命的肺炎……美国公使馆没有任何关于他结局如何的记录，因为当时公使馆已经停止工作，锁上了大门。任何地方都没有留下关于他的记录，似乎也没有人哀悼他的离世。"恶土"中人人避之唯恐不及的刀客乔·科瑙夫随风而逝，就像他自己喷出的一口鸦片烟一样。前一分钟他还在那儿，后一分钟就消失了，且绝不会有任何人想念他。

"恶土"之王

谜一样的舒拉·吉拉尔迪

  任何人如果对舒拉·吉拉尔迪做出断言，就肯定有其他人坚持相反观点。舒拉是个男人；舒拉是个女人。舒拉英俊又漂亮；舒拉是天生的怪胎和变态。舒拉善良又仁慈；舒拉是剥削他人的恶魔。舒拉只不过是又一个为求生存而苦苦挣扎的白俄难民，除了与他有关的某些谣言和他奇特的性别外，他的人生不值一提；舒拉是某个帮会的灵魂人物和智囊，该帮会要么操控了俱乐部、妓女、非法烈酒和毒品交易，要么就曾抢劫银行、偷窃珠宝并在上海销赃。

  在两次世界大战之间，舒拉行走在破败的北平城里，没人能看清他的真容。他在男人的天地里八面玲珑，在女人的世界里也如鱼得水。有时候，他是一个寂寂无闻的男人，裹在外套里，泯然众人；有时候，她是惹眼的倾城佳人，身着定制礼服，指涂蔻丹，发如墨玉，脸上带着迷人的微笑，能在四十步内让男子的心融化，凡其所过之处，无人不回首相顾。舒拉是一个不折不扣的谜。

英国人蒲乐道（John Blofeld）在他关于1930年代的北平的回忆录里，称舒拉是"恶土"里规格并不算高的高加索酒吧的常客，常在那里跟几个过气俄罗斯妓女聊天。她们讲蹩脚的法语来抬高身份，以廉价的格鲁吉亚白兰地浇愁，因为她们那时已是门前冷落车马稀了。在其他人的回忆中，高加索是舒拉自己开办的廉价酒吧，也是他在中国千百种营利活动的大本营。这些活动有的触犯了法律，有的则处在犯罪的边缘。

在上海公租界巡捕房的档案中，以及在全中国的白俄间流传甚广的传说中，舒拉是中国历史上最大的银行抢劫案的策划者。1937年春，北平银行被劫，事后警方没追回一分一厘的赃款。劫匪们全都如人间蒸发般，没有留下任何线索。如果舒拉是策划者，那么现在应该已经没有活着的人能够告诉我们劫案的真相以及赃款的去向了。

警方还认为他可能是狡猾的珠宝大盗，利用那些拜倒在他魅力之下的愚蠢轻信的外国女人实施犯罪。她们把偷来的珠宝转手交给上海法租界弄堂里的白俄销赃人，这使北平的"恶土"同上海联系在了一起。

即使是在七十五年后的今天，甚至在将来，旧日北平白俄圈子中的遗民仍然在世界各地生活，包括旧金山、多伦多、墨尔本、里约热内卢和香港；而关于舒拉的真面目，他们仍然有着极大的分歧。在读到《午夜北平·民国奇案1937》后，一位"恶土"过去的常客联系了我。这位老人现居巴西，1930年代时他曾是北平的一位无国籍白俄青年。他说自己十分震惊，因为大家都认为他认识的那个"舒拉老爹"或舒拉大叔是个骗子。但按这位老人的说法，舒拉可不是这样的人。他只不过有点阴柔，名声不太好，爱讲各种奇闻逸事而已。

另一位白俄老妇人曾于1949年与家人一起逃到香港，现在仍然生活在那里。她给我写信，说再次听到同"恶土"有关的这位舒拉的名字真是太可怕了。她第一次听到这个名字是在六十多年前。她非常肯定地告诉我：在1930年代的北平，舒拉在各行各业都会插上一手，包括夜总会、酒吧、夜盗、销赃、贩毒。她坚称这是"众所周知的"。

有个白俄家庭曾经在两次世界大战之间以多种方式涉足"恶土"的娱乐业。他们热情洋溢地向我描述了舒拉，称他为"恶土之王"。那么，真相到底是什么呢？下面就是我们知道的真相，或者说是我们自以为知道的真相。

舒拉·吉拉尔迪是个阴阳人。利用这个特点，在年轻时他就可以根据不同的情绪或环境在两个性别间转换。他到底是男是女，取决于在某个特定时刻哪种性别最有利于他达到目的。然而，为了不让读者困惑，我会用"他"来指代舒拉。他的真实姓名，也就是本名，很可能是亚历山大·米哈伊洛维奇·索斯尼斯基（Alexander Mikhailovitch Sosnitsky），伊万（Ivan）、瓦尼亚（Vania）、万努什卡（Vanushka）也是他的名字。他似乎出生在西伯利亚的托木斯克（Tomsk），在20世纪的那次大变革前，他的父亲是沙皇政府在当地的中层官员。托木斯克从1830年的淘金热中获利匪浅，然而当舒拉出生时，这座城市已经是一潭死水，因为西伯利亚大铁路取道新西伯利亚，绕过了这里；该城成为白卫军①对抗

---

① 白卫军简称白军，是苏俄内战时期的一支武装力量。白军以保皇派为基础，主要将领有邓尼金、高尔察克等人。1921年初被苏俄红军消灭。

布尔什维克党的中心。在父亲死于布尔什维克党之手后，舒拉跟着一群难民逃向了东方。

他在中国东北住了一段时间，也许是在俄化程度很深的哈尔滨，也有可能是在奉天。然后，他在"恶土"定居。在那里，他臭名昭著的传奇人生开始节节攀升。他从很早起就被人叫作舒拉了——叫亚历山大的俄国男子常被人叫作萨沙，叫亚历山德拉的女子则会被叫作舒拉。在1930年代，他遇见了蒲乐道。这位感觉论者在来到中国后，就一头扎进了对这个国家的古代哲学和宗教的研究。他对舒拉宣称："我跟其他人一样，也叫你舒拉吧。亚历山大·米哈伊洛维奇？那是谁？没人知道。舒拉？北平人都知道舒拉。"

对作为男人的舒拉在1939年的长相，我们可以略窥一二。倭讷曾向法租界巡捕房描述过舒拉："身高在五英尺八英寸至五英尺十英寸之间，身材强壮但并不矮胖，发色浅淡但并非金黄，面色苍白。此人可能年已不惑，有朝鲜血统，但长相上并没有什么朝鲜人的特征，且据说还是个阴阳人。"之前也有人形容他是个苗条的人，长着深色或乌黑的头发，具有较强的西伯利亚人的面部特征，眼睛和颧骨多少有些像亚洲人。这些描述可能都没错：舒拉不仅是个谜，还是条变色龙。

对"舒拉女士"的描述则把他形容为一位衣着漂亮、魅力四射的佳人。舞女塔季扬娜·科洛维娜回忆称，他曾把自己的胸缠紧，扮成一个男人。但在他跑马场的住处，她看到他从楼梯上款款而下，他"有小巧诱人的胸部、杏仁眼、完美的身材和闪亮的白牙"。

我们知道他至少在洋溢胡同住过一段时间。该胡同位于鞑靼城的华人区以东，是一处人满为患的白俄贫民窟，与他后来在跑马场的奢华住宅相比有云泥之别。洋溢胡同应该是他初到北平、身无分文时的居处。舒拉的社交圈子、生意伙伴和情人几乎是清一色的俄罗斯人，所以我们也许可以理解他为何想在同胞们居住的贫民窟里保留一席之地了。

他在自己的酒吧、妓院和不同住处的墙上挂着俄式圣像，一旦危机逼近，他就会在圣像前画十字祷告。其实就算他没有宗教信仰也很正常，然而他确实有，因为罪犯一般很迷信。如果关于他犯罪生涯的传说都是真的，那么在北平其他无国籍的白俄间隐姓埋名就显得很有用了。对当局来说，舒拉在多数时间里活得低调而神秘，从不冒失地当出头鸟。

故事就这样开始了。尽管有些人认为他不过是高加索酒吧的收银员，在其他人（包括蒲乐道）的记忆中，他却是北平最大的酒商之一，跟高加索酒吧没有任何关系。难道"恶土"里其他的酒吧收银员会有私人歌舞团吗？而且这个歌舞团不仅在"恶土"演出，还在上海和远东地区巡演。当然了，也没有哪个无国籍的俄罗斯酒保会拥有一所俯瞰跑马场赛道的度假屋，不是吗？

许多白俄老中国通记得舒拉的跑马场豪宅，它规模极大，甚至可以被称为度假村。许多年轻人在那儿集会，舒拉喜欢被英俊的男孩围绕。他的"闺阁"在一楼，里面的空间主要被一张巨大的床占据了。这张床由两只黑天鹅雕像托起；床帐则是彩绘丝绸，和他收藏的那些定制紧身丝绸旗袍很搭。这张床确实有点花哨俗气，但也华贵无比。在潮湿的夏季，他穿着黑丝绸制成的女裙裤，放松地躺在上面。他小巧的脚上穿着黑棉布的中国拖鞋，苦力和人力车夫都爱这么穿。

1920 年代末，在这处避暑山庄，传说有个中国军阀曾向舒拉求婚，但在发现了舒拉的阴阳人身份后就马上销声匿迹了，以免丢人现眼。还有一件事广为人知：他的另一个情人于 1930 年代在国民党驻北平的行政机

构任高级官员，舒拉对他的爱称是"Zaichek"，意为
"小兔子"或"兔仔"。"小兔子"似乎曾出力帮助舒
拉，使他在"恶土"的投资避开大家的视线，同时也
确保当局不会对舒拉涉足银行劫案和珠宝失窃案的传言
产生调查兴趣。这可真是只有用的"小兔子"。

据说舒拉在"恶土"的各行各业都插了一手，有
时他占的股份较少，有时则占大头；他总是买入或卖出
"恶土"中各产业的份额。肮脏的俄罗斯风格的高加索
酒吧里有传统的手风琴音乐，最适合多愁善感的流亡
者，他们有家难归，只想找个地方借酒浇愁；还有法国
风小酒馆马纳克，它被装修成了图卢兹－劳特累克①推
崇的样子，也就是说，像一间 19 世纪末风格的康康
舞厅。

还有欧林比亚，它被设计成了一家精致的、有白色
墙壁的、曼哈顿风格的夜总会，是"恶土"边缘处的
大楼里的一家妓院，只雇用朝鲜女孩。这栋建筑归苏联
公使馆所有，当时被舒拉和他的情人——跑马场的一个

---

① 图卢兹－劳特累克（Toulouse-Lautrec，1864～1901）出生于法
国阿尔比的一个世袭贵族家庭。作为艺术的革新者，他善于描
绘巴黎蒙巴特尔地区的艺术家的豪放不羁的生活并以此著称。

俄国骑师租了下来。这可不是酒吧收银员做得了的生意。妓院的恩客主要是下值的美国海军陆战队士兵和飞虎队队员，还有其他负责使馆区警卫工作的军人。它确实是棵摇钱树。

只要忽略舒拉的收入来源，绝大多数人就会喜欢上他。即使是具有翩翩学者风范的前外交官倭讷也喜欢他，这很是令人吃惊，因为舒拉跟他明显不是一个世界的人。舒拉认识北平风月场中的每个人，大家也都认识他。如果在"恶土"的不同小圈子之间存在着一个中央枢纽的话，那就是舒拉了。他知道莱辛斯基和孔西利奥不告而别后的命运；他认识奥帕里纳夫妇、鸨母布拉娜·沙日科和罗茜·吉尔伯特；他知道妓女玛丽和佩吉；塔季扬娜·科洛维娜在他的歌舞团里跳舞；罗伊·朱一度为他打理欧林比亚歌舞厅。

舒拉也认识那些前来"恶土"，却还装模作样地过着使馆区上流生活的外侨，但他不喜欢他们。他知道乔·科瑙夫有多么狠毒邪恶，可以把刀耍到多快，也知道他是在海洛因里掺入毒素的毒贩。这群人无法无天，带来麻烦，引来警察，把那些只宜留在阴影里的东西暴露在了天光下。

然而，战争和革命给每家每户都带来了灾难，舒拉·吉拉尔迪也没有逃过此劫。当地人传说他在珍珠港事件后乘坐国民党安排的飞机逃离了北平（也许能干的"小兔子"又帮了忙?），去了上海的法租界。在那里他拥有一家高等妓院，里面到处是他偷来的奇珍异宝。当时的法租界由维希政府控制，受日本人保护。他在这里置身事外，舒舒服服地旁观了整场战争。他以女子身份示人，做起了妓院鸨母。尽管他要支付超额的保护费来换取无人打扰的自由，但他的财富仍然翻了一番。传说二战后他卷款乘船逃到了香港，以逃避武装的澳门海盗和英国缉私巡逻队。在这个英国实行殖民统治的地方，他理所当然地成为一个小人物，最后不知所踪。

这个故事听起来不错，然而没有反映事情的真相。就算舒拉曾经靠偷窃珠宝和抢劫银行敛得巨额财富，到1945年时，这一切也将烟消云散。他失去了跑马场的住宅，"恶土"也不复昔日的繁华。北平的外侨团体，无论是走黑道还是白道的，人数都已减少到屈指可数的程度。恶性通货膨胀消耗了他们仅存的消费能力。瘾君子们失去了毒品来源，像苍蝇般大批死去。白俄数量锐减，从上等人到普通人都是如此。有些人去了苏联，但昔日的俄国仍存留在他们的记忆里。

所谓的"哈尔滨俄裔"自1937年起就开始自发离开；在1945年苏联红军进入哈尔滨后，他们中的大多数人被放逐了。在斯大林的统治下，他们不可避免地被指控犯有叛国和间谍活动罪。其他人则更幸运一些，在联合国善后救济总署（之后改名国际难民组织）的帮助下，他们在美国、澳大利亚、加拿大、巴西，以及南美的其他地方找到了新的安身之所。然而，前往新的栖身地的旅程非常可怕。许多白俄逃离了被内战蹂躏的中国，却在疾病横行的菲律宾图巴包岛难民营殒命，至死都没能看到旧金山、圣保罗或墨尔本。

对舒拉来说，他的生活在1949年后变得越来越艰难了。共产党因为他和"小兔子"的风流韵事追缉他，中华人民共和国政府十分警惕日占前与国民党高级官员保持紧密关系的人员。在1950年代早期，他似乎在狱中待了一段时间。这段经历和关于其罪行的谣言导致所有西方国家都拒绝接受他为公民。

然而，他的朋友支持他，之前的众男友也对他忠心耿耿；他们中还有人留在中国，总是尽力帮助他。塔季扬娜的女儿西尔维娅回忆起舒拉去朱家吃饭，和她的父母追忆"恶土"的全盛光景、风云人物和已经被查封的各种场所。内战后的中国还是一片混乱，白俄遗民喜欢这样"愁肠互诉，烦恼减半"。

舒拉是滞留在新中国的最后一批白俄中的一员。当时白俄团体的人数大幅缩减，剩下的人已不知应投奔何处。最后，他们迁到天津，住在位于维多利亚道一度辉煌但已经破败的泰莱饭店，等待命运的裁决。

舒拉上了年纪，身心俱疲。在后来的生活中，他胖了一些。苗条迷人的女性和衣冠楚楚的花花公子都一去不复返了。

他住在一间破烂不堪的房间里，睡在磨损了的床垫和坚硬的铁床上。不过，还有一个年轻人陪着他。有人在那儿为他拍了照，照片中仍然能分辨出那双与众不同的西伯利亚人的眼睛——厚眼皮，带着些倦意。虽然满室凄凉，天气寒冷，摄影光线也不足，但这双眼睛仍然极具穿透力。

在二战前就和舒拉很熟的蒲乐道说他"因内心宁静而显得高贵"。即使在天津时舒拉已身无分文、身陷绝地、前途不明，但他看上去仍然保持了某种高贵的镇定。他可能是留在中国的最后的"恶土"外侨了，是一位不折不扣的北平堕落者。

1950 年代末，舒拉被遣返回苏联。他回到了那片他已离开了四十余年的土地，但已经快认不出它了。人们认为他在之后不久就去世了。随着他的离开，那个他曾经称王称霸的世界最终也消失了。舒拉·吉拉尔迪是"恶土"中的第一位也是唯一一位国王。

舒拉和朋友在泰莱
饭店（1950年代）

"恶土"中的歌舞团

跑马场赛马

关于名称变更的说明

自 1949 年以来，大多数中国地名已经发生了某种形式的变化。因此在本书中做一简要说明或许会有所帮助。

在北平（当然，现在是北京），莫理循大街曾以《泰晤士报》的澳大利亚记者乔治·莫理循命名（他当年更为人所知的名字是"北平的莫理循"），现在这里已是王府井大街。北京饭店依然伫立，但由 Grand Hotel de Pekin 变成了 Grand Hotel Beijing。它离前门不远，而前门已被重建为天安门广场。

不远处，东安市场仍在，但其规模已大大缩小，成为东华门夜市。当年莫理循大街西南方的大阮府胡同则几乎不复存在；仍然保留的部分被更名为大甜水井胡同。和平饭店已经消失，原址被重新开发。熙熙攘攘的哈德门大街一度分隔"恶土"和使馆区，现在则已经成为崇文门大街。从前从中间穿过使馆区的使馆大街现在被称为东交民巷。位于洋溢胡同的老旧贫民窟在 1930 年代住了很多俄国和欧洲的难民，现在已被拆迁了。

在天津，博罗斯道现为烟台道，维多利亚道现在是解放北路，而原维多利亚道 158 号的泰莱饭店现在是第一商务酒店。

在上海，南京路现为南京西路；施高塔路（现山阴路）和虹口公园（现鲁迅公园）附近的虹口"壕沟"早已全部重建。

1930 年代的西方人耳熟能详的城市也改名了。厦门从 Amoy 变为 Xiamen，广州从 Canton 改为 Guangzhou，烟台由 Chefoo 变为 Yantai，大连由 Dairen 变为 Dalian，奉天改名为沈阳，牛庄变成了营口，亚瑟港更名为旅顺港，威海卫现称威海。另外，北直隶湾现在叫作渤海湾。

在马来西亚，瑞天咸港现为巴生港。

西贡被今人称作胡志明市；那里的卡提拿街现在是同凯路。

致谢和信息来源

在此向塔季扬娜·科洛维娜和罗伊·朱的女儿西尔维娅·沃克致谢。她与我分享了关于她的杰出双亲的记忆，以及生活在"恶土"的童年回忆。令人悲痛的是，在 2011 年底我们开始通信后不久，西尔维娅就去世了。但她的丈夫艾德里安·沃克（Adrian Walker）非常体贴，愿意继续与我交流。他也向我提供了西尔维娅的家庭相册里的部分照片，它们从战争、革命和不断的搬迁中幸存了下来。除了她自家的故事，西尔维娅还给我讲述了乔·科瑠夫和其他"恶土"居民的天桥刑场一日游。他们曾专程去观赏在那里处决死刑犯的场面。

西尔维娅还热心地联系她圈子里其他曾在北平长期生活的白俄，向他们打听关于舒拉的信息。信息像潮水一样向我涌来。我知道，白俄群体里的许多老中国通当时不信，且直到现在也不敢相信，舒拉·吉拉尔迪曾经涉足犯罪活动。但恕我难以同意此点；北平和上海的警方也与我持相同意见。我敢肯定：只要曾居北平的白俄群体存在一天，关于舒拉·吉拉尔迪的真实经历和本来面目的争论就不会停止。唯一无可争辩的事实是，舒拉是个难解之谜。

本书故事里的许多细节来自倭讷保存在邱园（Kew）的英国国家档案馆中的文件。建议任何想要查阅它们的人可以从 F3453/1510/10（Far East）号档案开始。从 1937 年秋至 1940 年夏，倭讷对"恶土"中的房间和小巷进行了拉网式排查，以搜寻杀害他女儿帕梅拉的凶手。他的见闻也许能很好地帮助我们了解关于此地的短暂存在和运行方式。

兰登·吉尔基的回忆录《山东集中营》（Harper & Row, New York, 1968）讲述了一位名叫"布里格斯"（Briggs）的欧洲瘾君子的遭遇。他被驱逐出"恶土"，然后被送到潍县的集中营。当然，我相信这是个化名。想要追寻这段外国侨民战俘的历史，最基本的材料莫过于格雷戈·莱克（Greg Leck）的详尽历史著作《帝国的俘虏：中国的同盟国侨民在日本集中营（1941～1945）》[*Captives of Empire: The Japanese Internment of Allied Civilians in China（1914 – 1915）*, Shandy Press,

Philadephia，2006〕。

布拉娜·沙日科和罗茜·吉尔伯特可能的早期背景，也是查尔斯·范·昂赛雷恩（Charles van Onselen）发人深省的卓越著作《狐狸和群蝇：约瑟夫·西尔弗，敲诈者和精神病患者的世界》（*The Fox and the Flies*：*The World of Joseph Silver，Racketeer and Psychopath*，Jonathan Cape，London，2007）中的人物的典型经历。玛丽、佩吉那样的白俄妓女，以及布拉娜、罗茜那样的白俄鸨母，在北平也并不罕见，可以在许多更早期的回忆录中找到，其中最有名的是沙皇政府的外交官迪米特里·伊万诺维奇·阿布里科索夫（Dmitrii Ivanovich Abrikosov）的著作《一位俄国外交官的启示录》（*Revelations of a Russian Diplomat*，University of Washington Press，Seattle，1964）。阿布里科索夫回忆起他曾代表俄国行使外交职责，在1900年的义和团运动期间将几个俄罗斯妓女和她们的鸨母护送至安全地带。

据我所知，只有倭讷保存在邱园的档案对玛丽和佩吉有所记录。深受爱戴的著名神父保罗·谢列夫（Paul Shelaeff）在其子安德烈去世后，曾在加利福尼亚出版社对他的几次采访中，谈起他作为一位俄国东正教教士在哈尔滨的工作经历。安德烈是一位天才拳击手，获得过东方重量级拳王称号，似乎注定要在美国取得更高成就。然而，1938年12月，不久前才参加了旧金山国家礼堂（San Francisco's National Hall）的一次比赛的他死于脑出血。

关于乔·科瑙夫人生轨迹的记载也大多在倭讷留下的档案里；亚瑟·林沃尔特留下的文件也提到过他。亚瑟·林沃尔特是1930年代末美国驻北平公使馆里的一位深受尊敬的三等秘书，受命监视中国北方的美国不良分子和问题人士。林沃尔特认为科瑙夫有通敌的可能性，因此专门为其建了一份档案；他同时也注意到迈克尔·孔西利奥是另一位卷入"恶土"犯罪活动的美国人。有几位成长于"恶土"的人士，包括西尔维娅·沃克在内，都记得父母曾特别警告他们要离科瑙夫远些。他的恶名由此可见一斑。

1930年代，关于高加索酒吧和作为酒商的舒拉的最详尽描述，可参见蒲乐道的《无法抹杀的辉煌之城：北平异国乐事的翔实记载》（*City of Lingering Splendour：A Frank Account of Old Peking's Exotic Pleasure*，Hutchinson，London，1961）。这本书里有几处提到了其他长居"恶土"的白俄和他国侨民，以及在两次大战期间旅居北平的外国人。朱莉娅·博伊德（Julia Boyd）最近出版的著作《与龙共舞》（*A Dance With the Dragon*：*The Vanished World of Peking's Foreign Colony*，I. B. Tauris，London，2012）也值得一提。对于偶尔起兴，想体验一晚北平贫民窟生活的玩世不恭的西方人来说，哈罗德·阿克顿（Harold Acton）的《牡丹与马驹》（*Peonies and Ponies*，Chatto & Windus，London，1941）是必读书目，它可以把那个时代极端的离经叛道和最糟糕的人性展现出来。

图片来源说明

　　所有塔季扬娜·科洛维娜和罗伊·朱在北平的照片，以及舒拉·吉拉尔迪在天津的照片，由西尔维娅·沃克和艾德里安·沃克友情提供；香港摆花街和北京饭店的照片，来自作者本人收藏；威斯克女孩之家的广告和1937年8月日军开进北平的照片，由Getty Images友情提供；日军在北平街道和哈德门大街巡逻的照片由Corbis友情提供；北平广告牌的照片由Fred Jewell Collection和John Cornelius友情提供；跑马场的赛马照片来自Michael Hanley Lawless Collection和网站www. chinamarine. org；北平歌舞团女孩的照片由Graham Earnshaw提供。

图书在版编目（CIP）数据

午夜北平：全二册／（英）保罗·法兰奇
（Paul French）著；兰莹译. -- 北京：社会科学文献
出版社，2019.3
　书名原文：Midnight in Peking
　ISBN 978 - 7 - 5201 - 4060 - 7

　Ⅰ.①午…　Ⅱ.①保…②兰…　Ⅲ.①纪实文学 - 英
国 - 现代　Ⅳ.①I561.55

中国版本图书馆 CIP 数据核字（2018）第 278898 号

午夜北平（全二册）

著　　者／〔英〕保罗·法兰奇（Paul French）
译　　者／兰　莹

出 版 人／谢寿光
项目统筹／董风云　李　洋
责任编辑／沈　艺　廖涵缤

出　　版／社会科学文献出版社·甲骨文工作室（分社）
　　　　　（010）59366432
　　　　　地址：北京市北三环中路甲 29 号院华龙大厦　邮编：100029
　　　　　网址：www. ssap. com. cn
发　　行／市场营销中心（010）59367081　59367083
印　　装／三河市东方印刷有限公司

规　　格／开　本：889mm × 1194mm　1/32
　　　　　印　张：16　插　页：0.5　字　数：249 千字
版　　次／2019 年 3 月第 1 版　2019 年 3 月第 1 次印刷
书　　号／ISBN 978 - 7 - 5201 - 4060 - 7
著作权合同
　　　　　／图字 01 - 2019 - 0244 号
登 记 号
定　　价／86.00 元（全二册）

本书如有印装质量问题，请与读者服务中心（010 - 59367028）联系